轉生就是劍 8

棚架ユウ

插畫 るろお

"I became the sword by transmigrating" Story by Yuu Tanaka, Illustration by Llo

Kadokawa Fantastic Novels

轉生就是劍 8

"I became the sword by transmigrating" Story by Yuu Tanaka, Illustration by Llo

棚架ユウ

插畫／るろお

Kadokawa Fantastic Novels

CONTENTS

"I became the sword by transmigrating"
Volume 8
Story by Yuu Tanaka, Illustration by Llo

第一章　難忘的邂逅

經過短暫但高潮迭起的一趟船旅，我們來到獸人國後到了第二天。

『總之先去那個叫做角車工會的地方看看吧。』

（嗯。）

我們離開旅店，往城鎮外圍走去。

因為我們在公會打聽如何前往王都，人家建議我們搭乘角車。

我們來到獸人國的最大目的，就是去見人在王都貝斯蒂亞，名叫琪亞拉的黑貓族人。

這位黑貓族的老婆婆和烏魯木特的公會會長迪亞斯以及鎮上名士奧勒爾是老朋友，而且也是獸王他們的師傅。

我們跑這趟名義上是冒險者公會的指名委託，內容是確認下落不明的琪亞拉是否安在。

我們原本以為獸王是敵人，作為對他的牽制，才有了這項指名委託表示公會是芙蘭的靠山……結果獸王非但不是敵人，甚至可以說是幫手。

於是這趟旅程失去了原先的目的，一半變成了遊山玩水。聽說公會當時已經做好準備提出指名委託，沒辦法臨時取消。

「咦咦？那不是——」

「不、不會吧——」

周圍其他獸人的視線，刺在芙蘭身上。

大概是親眼看到進化的黑貓族，無法視若無睹吧。

今後，我們打算不再隱瞞芙蘭已進化的事實。毋寧說正好相反，我們準備大肆宣揚這件事。

因為我認為如果芙蘭變得遠近馳名，黑貓族進化的條件也會跟著變得廣為人知。

芙蘭的目標，是提升黑貓族的社會地位。為此，改變世人對黑貓族抱持的「無法進化的廢物種族」觀念非常重要。

獸王應該已經將進化條件慢慢告訴獸人國的貴族與商人了。如果我們再讓世人看到芙蘭已經進化的狀況，這項事實必定會傳布得更快。

「那個？」

『八成是了，屋頂也是藍的。』

抵達的設施，外觀跟在公會聽到的一樣。

建築物有著蔚藍色的屋頂，宛如一座巨大馬棚。招牌上寫著「角車工會分部」。

內部裝潢跟冒險者公會很像。

裡面有櫃檯，身穿制服的一位女性前來相迎。

「歡迎光臨～」

應對舉止很有禮貌，但純粹只是待客用的態度。種族是人類，所以似乎完全沒看出芙蘭的來頭。

不像公會的櫃檯小姐對芙蘭那麼殷勤招呼。路上擦身而過的行人，即使沒聽說過黑雷姬，看到進化的黑貓族人也都駐足做出吃驚反應。甚至還有一些老人家開始頂禮膜拜，把我嚇了一跳。該怎麼形容……好像把她當成了傳說中看到就有保佑的珍奇動物？很多人都做出看到珍禽異獸的反應。

所以，這種普通的反應反而顯得很新鮮。不過今後在獸人國展開活動時可能不管到哪裡都會碰到相同反應，得早點習慣就是了。

「我想先聽說明。」

「您是第一次搭乘角車嗎？」

「嗯。」

櫃檯小姐向我們做了基本說明。

所謂的角車，是一種由類似犀牛的魔獸雙角獸拉動的車輛。

她說這種魔獸跑得快，體力也比馬強壯而不需要經常休息。

因此，可以用快過馬車將近一倍的速度抵達目的地。

而且是威脅度F的魔獸，所以也不容易遭到盜賊或其他魔獸等等襲擊。

「原來如此。」

「請看這個。」

大姊拿一張羊皮紙給我們看，原來是角車的價目表。單子上列出了共乘費用、包車費用以及各種距離的費用等細項。王都的名稱也在上面。

「我想去王都。」

「貝斯蒂亞嗎？這樣的話，共乘收四萬戈德，包一輛車的話是十二萬戈德。日數為十天。」

「好像滿多的？」

時間與費用都是。

不過聽起來，這似乎是無可奈何。大姊一邊拿簡單的地圖給我們看，一邊解釋給我們聽。

「格雷西爾在這邊。然後，王都貝斯蒂亞在這邊。」

「好像沒有很遠？」

地圖上看起來還滿近的。

我們現在所在的格雷西爾，位於庫洛姆大陸的東海岸。從這裡來看，王都貝斯蒂亞就在正西方位置。我看不太懂比例尺，可是需要花到十天嗎？其他距離差不多的都市，都寫著只要三天或四天耶。

「走直線距離的話是這樣沒錯……但請您看看這裡。」

大姊指出了畫在王都與格雷西爾中間的綠色區域。

「蠍獅森林？」

「是的，這座密林被指定為C級魔境。已發現有威脅度C的魔獸蠍尾獅棲息其中。」

講到威脅度C，那可是一隻就足以毀滅大城市的強大魔獸。

「由於這座森林呈南北走向，導致路途必須大幅繞道。」

這樣聽起來，即使是角車恐怕也很難穿越森林了。

「不能從哪個地方穿過森林嗎？」

「一般人是辦不到的。不過聽說有點實力的冒險者，都會直接穿過森林。」

「我也是冒險者。」

「可是，我覺得一個人可能有點困難喔。」

她人真好。我想她應該把芙蘭當成了菜鳥冒險者，卻沒有直接說「妳辦不到」。而且也沒問芙蘭有沒有錢，還有問必答。

「是這樣的，聽說大多數的冒險者人士都會先到這座城鎮，然後從這裡通過魔境。」

大姊指出位於蠍獅森林前面不遠處的一座城鎮。

「阿基多拉潘？」

「是的。聽說只要從這座城鎮進入蠍獅森林，就能穿過森林寬度最窄的部分。您到了鎮上，也許可以找到能與您同行的隊伍。」

原來如此。那就先去那座城鎮，再考慮是要直接穿過森林還是繞道好了。如果是C級魔境的話，我是覺得以我們的實力應該能通過……

問題是要怎麼去阿基多拉潘。

從簡易地圖來看似乎往西南方走幾天就到了，但恐怕不會這麼容易。路上一定會有一堆地圖沒畫出來的山野谷地或是魔境等難關。

「到阿基多拉潘大約需要幾天？」

「搭角車的話一天就到了。共乘三千戈德，包車九千戈德。」

『欸，我是覺得就直接搭角車到阿基多拉潘算了。』

（我也這麼覺得。）

『是吧？這樣就不怕迷路了。』

再加上我們對角車有點感興趣，於是我們訂了明天早上的第一班車。

我們猶豫了一下要共乘還是包車，最後決定先共乘。得趁搭車途中替黑貓族做宣傳才行。

「那麼，請問您能夠出示身分證明嗎？」

「冒險者證照可以嗎？」

「可以。」

「那這給妳。」

「謝謝——咦咦？C級？咦咦？」

大姊拿著證照跟芙蘭比對了好幾遍，看來是真的很難置信。不過她把證照放在水晶上查驗真偽後，似乎就知道是真貨了。

「是真的……對吧？」

「嗯，是真的。」

「啊，不好意思！這個還給您。抱歉失禮了。」

「沒關係。」

「不過，原來您是C級冒險者啊。」

大姊本來就很有禮貌所以態度沒什麼轉變，但是看芙蘭的眼神顯然有了變化。

原本是用關愛的眼光看著芙蘭，現在的眼神則像是在跟一位貴客做交易。

「嗯。」

「是這樣的，其實本工會目前正缺護衛人手，冒險者人士只要願意接受護衛工作就能享有車費折扣優惠。C級人士的話可以半價搭乘喔。」

「護衛為什麼會不夠？這座城鎮不是應該有很多冒險者嗎？」

「一則是因為很多人士是以船舶護衛為主要工作，但更大的理由是目前國際情勢緊張。」

「怎麼回事？」

「噢，莫非您是搭船過來的？」

「嗯。」

「是這樣的，其實由於國王陛下不在國內的緣故，我國與鄰國目前緊張情勢增高。現況導致大半士兵被召集至國境附近，使得負責國內巡邏的士兵人數減少。」

她說士兵減少造成魔獸增加以及盜賊群起，提高了旅行的危險性。又因為冒險者被請去除害，連帶著減少了護衛人數。

「會開戰嗎？」

「不，兩國之間有簽訂協定所以應該不會開戰……但是鄰國巴夏王國與獸人國的關係非常惡劣，說成水火不容都不為過。」

雖然目前獸人國採取和平路線，多數國民也都反對種族歧視觀念，但過去也的確有過一段時期實施獸人族群至上、摒除其他種族的排外政策。據說在更早的時代，甚至還對其他種族採取過壓迫政策。

巴夏王國是過去逃出或是被逐出獸人國的人建立的國度。因此該國對獸人的攻擊性非常強烈，而且絕不讓步。

又因為過於優待人類種族的關係，直到近代都還傾向於人類至上主義。

「同樣身為人類種族說來實在很丟臉，那個國家認為人類才是最優越的種族，其他種族都差他們一截。以前甚至還高聲主張獸人是被人奴役理所當然的劣等種。」

「不過妳說以前，表示現在不是了？」

「大約在一百年前國內改由穩健派王室掌握實權，現在與獸人國是彼此忽視的緩和狀態。」

但兩國並未對彼此敞開心扉，處於互相監視的關係。

目前獸人國擁有以國王為首的雄厚戰力，獸人國國民似乎都認為巴夏不敢對他們動武。

即使如此，聽到鄰國正在召集士兵，獸人國內也不得不跟著增派兵力。雖然巴夏王國宣稱他們這麼做是為了掃蕩地下城。

「但從來就沒聽說過在那個地方有地下城，如果是最近才產生的，怎麼會需要動用好幾萬的兵力？怎麼想都是對獸人國的示威行動。」

「這樣啊。」

「所以本工會目前才會需要募集護衛人員……您意下如何呢？」

即使說價格減半，對我們來說也只是小錢。但看在這似乎是透過公會發出的正式委託，我們決定承接下來。反正已經決定要搭角車了。

「那麼，我願意承接從這裡到阿基多拉潘的護衛工作。」

「好的。確定要預訂明天早上六點的班車嗎？」

「嗯，確定。」

「那麼等候您的蒞臨。」

好，這下交通工具就有著落了。

『那就放鬆心情等明天搭車吧。先來找旅店要緊。』

「不行，先吃當地美食要緊。」

『當地美食？』

「剛才有看到招牌。」

她在這方面眼睛真的很尖。好吧，反正這座城鎮應該多得是旅店，最不濟還有冒險者公會的住宿設施可以住。

『那就先去那家店吧。』

「嗯！」

芙蘭用今天最燦爛的眼神點頭。

「嗷！」

在芙蘭的影子裡睡覺的小漆，聽到當地美食似乎也醒來了。真是兩個貪吃鬼搭檔。

好吧沒差，我也可以趁機學點廚藝。

『那家店在哪裡？』

「那邊。我們快走。」

「嗷嗷！」

喀噠喀噠喀噠——

角車用遠遠快過馬車的速度，在道路上奔馳。

我們此時正坐在前往阿基多拉潘的角車上。雖說擔任護衛，但敵人沒出現的時候可以正常搭車沒關係。因此到目前為止，都跟一般的馬車之旅沒兩樣。

頂多就只差在速度遠比馬車快而已。

「芙蘭大人也請用。」

「謝謝。」

「這個也請您享用。」

「嗯。」

「這個也——」

角車上的氣氛一團和氣。

好吧，其實有點像是在辦節慶活動。就稱它為芙蘭節吧。

車上清一色是獸人，而且很多都是老先生老太太，對芙蘭畢恭畢敬。

看來這些上了年紀但未能進化的獸人，會對經過進化的人抱持超乎必要的敬意。

而且芙蘭還是以理應不能進化的黑貓族身分努力達成進化，看來大家對她的尊敬之情已經高到幾乎當成了神仙佛祖。

多虧於此，周圍的獸人們紛紛拿點心或麵包給芙蘭吃，好像在祭拜神明似的。

可能是他們的孫子吧，車上還有幾個小孩，看到老人家們崇敬芙蘭到這種地步，仰看芙蘭的眼神也簡直像是看到英雄人物似的。

「進化好強喔～」

「芙蘭大大～」

「好帥喔～」

小蘿蔔頭們似乎也用他們的方式，對芙蘭抱持著尊敬之情。

然而，歡快的氣氛戛然而止。

「魔、魔獸出現啦！」

車夫的慘叫響徹四下。

「魔、魔獸？」

「噫咿咿咿！」

「我、我好怕！」

「發生什麼事了……？」

角車上頓時引發一陣緊張情緒。看到這些老人家驚慌的模樣，孩子們應該也知道發生了壞事，害怕地縮成一團。

然後，所有人都用求助的眼神看著芙蘭。

芙蘭對他們點個頭做回應。

「不要緊，讓我來。」

「喔喔！」

「那麼，我去去就回。」

「嗯！」

「大大加油！」

芙蘭摸摸孩子們的頭，然後自己移動到車夫座。

「芙、芙蘭大人！」

「敵人呢？」

「就是牠們！」

爬上車夫座，可以看到前方遠處有很小的影子。車夫剛才大叫的時候，距離應該更遠才對。我心想那樣都能看得到真厲害，然後才知道鹿系獸人的車夫視力相當好。大概是因為這樣，才適合做這一行吧。

靠得更近之後，對方的模樣也變得更清晰了。

原來是大約十隻的犬型魔獸。體型大概就跟德國牧羊犬差不多。

「就那麼幾隻，不能直接衝過去嗎？」

「請、請別說這種強人所難的話！」

雖然來者是成群魔獸，但看起來不怎麼強悍。

雙角獸擁有與犀牛同樣高壯的傲人體型，應該隨便都能把牠們踹開吧？

但是湊得更近一看，才發現好像沒那麼簡單。

來者叫做猛毒犬，是一種身懷強效毒素的魔獸。

雖然只是小怪，但擁有魔毒牙。屬於活用速度用魔毒牙對獵物咬上一口，然後保持適度距離慢慢消耗其體力的那種魔獸。

對付那麼多隻的話，即使是雙角獸也很有可能身受劇毒。不過沒差，在被靠近之前打倒牠們就好。

「不用放慢速度沒關係。」

「不、不要緊嗎？」

「包在我身上。」

「好、好的！」

進化的影響力真驚人。車夫乖乖照著芙蘭這麼一個少女說的做。

『那就上吧。』

「嗯。」

芙蘭把我舉起，往成群魔獸擲射而去。我早已用魔力感知抓出了猛毒犬的魔石位置。

維持著念動彈射攻擊的高速，我一口氣刺穿了站同一排的兩隻。當然魔石都被我吸收了。我就照這種方法，接連刺穿用念動與風魔術封住行動的魔獸們。

除了魔毒牙很棘手，其他能力就只是下級魔獸該有的水準。不是我的對手。

我一邊吸收魔石，一邊不停地收納屍體。雖然下級魔獸大概賣不了幾個錢，就順便吧。

「……」

「嗯？」

「沒有，沒什麼。」

看到魔獸屍體瞬間消失，車夫似乎想說些什麼，但好像還是決定不要多問。

因為追問冒險者擁有什麼能力是很失禮的行為。

「……魔獸收拾掉了。也沒有其他魔獸了。」

「這樣啊，謝謝您的幫助。」

確定四周沒有更多魔獸之後，我回到了芙蘭身邊。芙蘭把我收進劍鞘，然後逕自回到角車車廂內。

芙蘭告訴大家她解決掉了所有魔獸後，老人家們紛紛言謝。

「謝謝大人！」

「包在我身上。」

「您是我們的救命恩人～！」

「沒那麼誇張。」

「感激不盡～！」

「這是我的工作。」

芙蘭一開始還有認真回答，可是不喊停感覺會沒完沒了。

芙蘭好像也開始窮於應對，結果似乎決定去車夫座躲躲。她以戒備魔獸為由，從車廂移動到車夫座。

反正已經讓大家見識到黑貓族的驚人力量了，應該不用繼續待下去。

「哈哈，大家情緒真激動。」

「嗯。」

車夫大概也聽見了騷動聲，臉上帶著苦笑。車夫只有一開始笑笑講了這句話，之後就沒再找她攀談。

這種程度的距離感應該比較適合芙蘭的個性。她並不以沉默為苦，望向前方跟著角車一起搖晃。

角車就這樣在道路上前進了四小時。

視線前方漸漸地可以看到像是牆壁的建物。似乎是圍繞城鎮的城牆。

「那是城鎮？」

「是啊，已經到阿基多拉潘嘍。」

總算到達目的地了。

結果魔獸只出現了一次，芙蘭都在車夫座上悠哉睡午覺。輕微的震動似乎誘發了睏意。

「鎮上有冒險者公會嗎？」

「有，還滿大一間的。就在城鎮入口的旁邊，您一進去應該就會看到了。」

沒過多久，角車就在搭建於城鎮外的停靠站停車。

停靠站似乎是與馬車共用。大概就像是這世界的公車總站吧。

「那麼，護衛工作到此結束。太謝謝您了。」

「嗯。」

委託費直接從車費扣，所以也沒有金錢收付的問題。

好像也不用做什麼繁雜的手續，委託就這樣結束了。

車夫告訴大家已抵達目的地，角車上的乘客們紛紛歡呼著下車。

坐車四小時是真的有點長。

聽說如果車程更長的話會有休息時間，但這次沒有所以比較累。

下了角車的乘客們，第一個先對芙蘭低頭致謝而不是車夫。

「哎呀～真是太謝謝您了～」

「感激不盡～」

「芙蘭大大掰掰！」

「嗯。」

受到其他乘客熱烈地送行，芙蘭離開停靠站。

老實說真把我給累慘了。但是為了提升黑貓族的社會地位，今後恐怕還得繼續做這種事情。

「師父。」

『怎麼了？』

「……我累了。」

好吧沒關係，我跟芙蘭以後都慢慢習慣就好。

我們輕輕鬆鬆就進入了阿基多拉潘。

只要對方是獸人，一眼就會看出芙蘭已經進化。這麼一來，對冒險者階級也不會多做懷疑。最後人家甚至還跟芙蘭敬禮咧。

阿基多拉潘的冒險者公會，跟車夫告訴我們的一樣，就在城鎮入口的旁邊。

格雷西爾的冒險者公會已經算大了，不過這裡的也不遜色。本來還在猜想獸人國的冒險者公會是不是每一家都這麼大，結果似乎只是我們碰巧途經的城鎮公會都比較大。畢竟格雷西爾是一大港都，阿基多拉潘則是冒險者們準備穿過蠍獅森林時落腳的城鎮。

『冒險者的人數也很多呢。』

「嗯。」

走進去一看，附設的酒館有三十多名冒險者在喝酒。

他們的視線一齊飛向我們。先是上下打量，接著感覺出芙蘭已經進化，隨即驚愕到弄掉手裡的杯子。今後在獸人國可能會看這種場面看到習慣吧。

果然沒有冒險者來找麻煩。就算有人動過念頭，大概也被獸人夥伴阻止了吧。

「歡、歡迎光臨。」

櫃檯小姐態度過於恭敬地迎接芙蘭的到來。

「我想賣魔獸。」

「我明白了。那麼，請出示公會卡。」

「嗯。C級冒險者芙蘭。」

「果、果然……！」

公會櫃檯還是比較專業，似乎認出芙蘭是誰了。凝視證照的神情，比剛才顯得更嚴肅。

「……」

「怎麼了？」

「失、失禮了。您要出售魔獸的素材對吧，請到那邊的素材收購櫃檯。魔獸素材現在在您身上嗎？」

「嗯，有點多。」

「原來您有攜帶道具袋啊。那麼，請拿出來放在這裡。」

櫃檯小姐指出位於收購櫃檯與酒館之間的寬廣空間。

「放在這邊就行了？」

「是。」

雖然櫃檯小姐點頭，可是冒險者們就在旁邊喝酒耶？把那麼多具散發血腥味的魔獸死屍擺在這邊沒關係嗎？

然而芙蘭已經按照她的指示，把猛毒犬的屍體拿出來了。

沒做肢解。這次沒那閒工夫。

冒險者們看了都發出低呼，但不帶有否定色彩。大概對這裡的冒險者們來說司空見慣了吧。

看到這些猛毒犬，反而好像還很佩服。

為什麼？不過就是威脅度F的魔獸，十隻上下的話不算是太難的對手吧？

然而一聽之下，才知道也不盡然。

「是猛毒犬啊，而且數量這麼多。您遇到的是一整群嗎？」

「嗯。」

「哇，果然厲害。」

她說猛毒犬雖是下級魔獸但具有魔毒牙，對初級冒險者來說是強敵。而且如果超過十隻，就是相當危險的對手。

群體的威脅度相當於E。換言之不是D級以上的冒險者很難單獨對付牠們。

不只如此，檢驗屍體之後又發現每隻都是被一擊打倒。想要如此漂亮地打倒身手敏捷的猛毒犬，需要一定的實力。

一些眼力好的冒險者看到這些猛毒犬的屍體，又看到芙蘭使用次元收納，似乎藉此感覺出了芙蘭的部分實力。

「肉能吃嗎？」

「有毒所以不行。不過可以當成毒藥原料，所以整隻都是收購對象。」

收購價扣除解體費以及少了魔石等等後，每隻賣到五千戈德，合計五萬戈德。以威脅度E來說還算值錢。

至少可以用來支付今後的住宿費與餐費吧。

「請收下。」

「謝謝。還有，我想問個問題。」

「請說。」

「我想知道王都怎麼去。」

「好的，請稍候片刻。」

櫃姊拿出像是周邊區域圖的地圖給我們看。

比起在格雷西爾角車工會借看的那份，繪製的內容更為詳盡。

「先跟您講路線，請看這裡。」

櫃檯小姐指了指蠍獅森林。一看會發現，從這座城鎮稍微南下就會來到一個森林大幅往內凹陷的位置。

「我想您看了就會發現，蠍獅森林的這塊地方特別狹窄。走這裡的話，大概一天就能穿過森林。冒險者們都稱這裡為捷徑。」

「聽說森林裡會出現蠍尾獅。遭遇率有多高？」

「大約每一百組就有一組會遇到吧。」

以一個冠有蠍獅——也就是蠍尾獅之名的地點來說，遭遇率還真低。

還以為進了裡面到處都是咧。

「就這麼一點？」

「畢竟冒險者不能說是很好的獵物嘛。」

對蠍尾獅來說弱小冒險者當然是到口肉，但有時萬一碰上強悍的冒險者，就得遭到慘痛的反擊了。考慮到這層風險，乖乖獵捕其他魔獸是比較安全。

年紀越大越強悍的個體更是明白這個道理，都不會從森林深處現身。

反之，會在捷徑出沒的似乎多半是經驗尚淺的年輕個體，或是被其他蠍尾獅逐出地盤的弱小蠍尾獅。

「有一條路直通捷徑，不用擔心會迷路。」

她說穿過蠍獅森林之後，會看到一座叫做蘿斯拉昆的城鎮。就跟目前的所在地阿基多拉潘一樣，那裡也是準備抄捷徑的冒險者聚集的大城鎮。

「另外還有一點，我想憑芙蘭大人的實力要一個人穿越森林也不成問題，不過那邊有在募集隊員。」

「募集隊員？」

「是的。即使實力不足，只要人數多就能降低風險。」

即使遇到強敵也可以並肩戰鬥，就算碰上對付不來的強敵，說不定也能趁著其他人犧牲時逃走。

她說一些獨行或是以少數幾人進行活動的冒險者，在城鎮組成臨時隊伍是理所當然的做法。

不過我們不需要就是了。應該說絕對會礙手礙腳。

「嗨，妳好。」

「嗯？你好？」

「妳打算穿過蠍獅森林，對吧？不嫌棄的話，能不能請妳與我們的隊伍同行呢？我們好歹也是E級隊伍，不會拖累妳的。」

正準備離開公會時，一名長得還算英俊的人類冒險者過來找芙蘭攀談。

但是，總覺得有點可疑。一個不是獸人的E級水準冒險者，有可能會看出芙蘭的實力請她幫忙嗎？

「為什麼來找我？」

「那當然是因為大家都在注意妳啊，而且剛才也聽到妳說妳是C級。」

「這樣你就信了？」

「嗯——畢竟獸人在能力值上比人類優秀，也有很多戰鬥好手嘛。而且前兩天，我才剛剛遇到一個實力超強的獸人女孩。所以即使是像妳這樣的年齡，我覺得也有可能是強者。」

「原來如此。」

抱歉我不該懷疑你，原來真的只是想跟芙蘭同行而已。只是，他說他們後天才要出發，所以這次就先回絕了。

實在不想浪費掉足足兩天。

再說，我們其實也可以騎著小漆，直接從森林上面飛過。只是考慮到今後的狀況怕太浪費魔力，所以能徒步就徒步。

哎，總之就是最後手段啦。那樣的話有旅伴只會礙事。

『那就走吧。』

「嗯。」

我們向大姊道謝，離開公會。

『反正才一大早，就直接前往捷徑吧。』

「蠍尾獅會出現嗎？」

『別講得眼中充滿期待啦，很像在埋伏筆耶！』

「好期待。」

伏筆這種東西，實在是太可怕又太難搞了。

有時演出一場路人甲與校花不符實際的戀情，有時把珍惜女兒照片的愛家士兵蠻橫不講理地賜死，有時又用一句「幹掉了嗎？」糟蹋掉99%勝券在握的戰況。

總之我想表達的是——

「嘎嚕喔喔喔喔哦哦！」

『遇到蠍尾獅的機率不是只有百分之一嗎！』

「嗯，真幸運。」

我們正在抄捷徑穿過森林時，卻忽然出現一隻身高將近五公尺，擁有蠍子般尾巴的巨大獅子擋在我們眼前。

名稱：蠍尾獅
種族：魔獅子
Lv：31
生命：399／819　魔力：81／196　臂力：201　敏捷：350
技能：腳底感覺1、敏銳嗅覺6、隱密4、火焰吐息6、警戒4、硬化8、剛力5、衝擊抗性6、異常狀態抗性6、生命探知4、爪鬥術7、爪鬥技7、土魔術5、噴毒6、尾部攻擊9、火魔術4、物理障壁7、咆哮5、夜視、氣力操作、體毛強化、體毛硬化、魔毒牙
解說：具備高度防禦力與蠍子般尾巴，外型如獅子的魔獸。其防禦力不愧為威脅度C的魔獸。不過，攻擊力在同威脅度的魔獸當中居於下位，除了毒尾巴需要留意之外屬於較好對付的類型。只是此種魔獸具有群居習性，這點需要格外提防。威脅度C。魔石位於心臟。

比起過去對付過的威脅度C魔獸，這隻的能力值似乎稍低？但是就如同解說寫到的，牠不但生命力強，還有硬化8、衝擊抗性6、異常狀態抗性6、物理障壁7、體毛強化與體毛硬化，守備系技能一應俱全。

而且還有魔毒牙與剛力，是個小看不得的對手。至少不能光看能力值就說牠弱。

不過，前提是牠處於最佳狀態的話。

「半死不活？」

『沒那麼誇張，不過生命與魔力確實都減半了。』

蠍尾獅身受重傷，體無完膚。右前腳明顯地傷得很深，左眼則被打爛，恐怕已經全盲。豈止如此，對蠍尾獅來說堪稱救命索的尾巴更是從中斷開，沒了毒針部分。是在同族的地盤之爭中落敗了嗎？記得之前聽說過，會在捷徑出沒的蠍尾獅幾乎都是年輕個體，或是輸給同族逃出來的個體。

這隻蠍尾獅想必就是了。

「嗯。」

「咕嚕嚕嚕……」

可能是感覺出芙蘭的力量了，牠顯得有些畏縮。但因為腳受傷而無法逃走，只能準備一戰。

『好，這個魔石與經驗值我們要了。』

「嗯！」

『小漆負責警戒周遭狀況。與這隻蠍尾獅打鬥過的個體說不定就在附近。』

「嗷！」

『芙蘭，我們上！』

「嗯！覺醒！」

這次由我負責攻擊。因為我認為對付物理防禦力較高的蠍尾獅，採取魔術強攻戰術比較有效。

「咕啦哦喔喔喔喔喔！」

「呼！」

負責防禦的芙蘭一面用察知系技能與敏捷身手閃避攻擊，一面以完全障壁與劍王術架開蠍尾獅的攻擊。當然，我雖然負責攻擊，但同時也在做準備，以便隨時可用傳送逃走。

以此為前提，我不斷施放魔術攻擊蠍尾獅。

『雷霆電壓！雷霆電壓！』

「嘎哦哦哦喔喔！」

雷鳴魔術的一個強項，就是能夠有效拖慢對手的動作。在造成傷害的同時又能讓敵人的動作變慢，使得芙蘭更容易躲避攻擊。

「嗯！有用！」

『好，就這樣收拾掉牠吧。』

我進一步連續施放了幾發雷鳴魔術。

其實開場放阿澄雷神──不，也許用雷神之鎚就能贏了。但威力太高的攻擊可能會把魔石一併毀掉。

就這樣用中等威力的法術強行取勝吧！

『雷光轟擊！雷光轟擊！』

好吧，雖然說是中等威力，但那是與阿澄雷神或雷神之鎚做比較。能夠對威脅度C的魔獸造成傷害，或許已經稱得上是高威力了。

我接連著用第四發雷光轟擊加以劈打後，蠍尾獅變得一動也不動。生命力終於耗盡了。

「……打倒牠了？」

『芙蘭！小心埋伏筆！』

「嗯？」

沒有啦～這次沒事。蠍尾獅老兄是真的一命嗚呼了。

『久違的大型獵物！』

我衝向蠍尾獅的屍體，吸收掉牠的魔石。

流進體內的魔力讓我心情大好。

哎呀～吸收強悍魔獸的魔石真是太過癮了！魔石值也比想像中更多，足足獲得了200點，再獵捕個一隻應該也還好吧？

本來是這麼想的，但完全感覺不到其他蠍尾獅的氣息。大概沒那麼容易遇到吧。

「咕嚕！」

「有什麼要過來了……！」

『魔力相當強大！』

然而，雖然沒有蠍尾獅的氣息，卻有另一種不同的氣息靠近過來。速度相當快。其魔力之龐大不輸給蠍尾獅。

而且後面還跟著另一個體，大概是一夥的吧。如果是魔獸的話，也許是一對伴侶。

『萬一應付不來就用傳送逃走。』

「嗯。」

「嗷！」

芙蘭保持戒心將我舉起，靜待謎樣氣息的來臨。然而出現的氣息主人卻超乎了我們的想像。

「啊——！本小姐的獵物——！」

從樹叢後方衝出來的，竟是個歲數看起來只比芙蘭大一點的少女。

是個美少女。嗯，是美少女無誤。

據說重要的事情都必須講兩遍，所以我姑且重複了一遍。

少女留著微捲的極短髮。橫短縱粗的眉毛，遠遠看上去跟麻呂眉有點像。略寬的額頭，也突顯了少女活潑好動的魅力。而且還是白髮白耳。不只如此，膚色也跟雪一樣白皙。

在這種一片雪白的臉部五官當中，唯獨一雙紅眼散發強烈的存在感。那雙眼眸不只是又大又紅，還像是完完整整地含藏著少女的好勝性情。那股力道最是吸引了我的目光。

然而身上的裝備卻又與少女的一身雪白恰恰相反，通體漆黑。

光澤煥亮的黑鐵材質加上金色裝飾，高貴與威嚴兼具。

讓這麼一個孩子來裝備似乎略嫌粗獷，但穿在少女身上卻不可思議地合適。

看不出是哪個種族。我可是有做鑑定的喔，在這種情況下沒必要客氣。可是，鑑定卻失敗了。不知道是本人的技能或道具的效果所致，總之她身上似乎有種強效的鑑定遮蔽，連我的天眼都被擋掉。

不過我來到這世界後也看過了不少獸人，至少知道對方是貓系獸人。大概是白貓族之類的吧。

『芙蘭，對方擁有鑑定遮蔽。不過看起來好像是白貓族？』

（沒有白貓族這種種族。）

『嗄？真的假的？』

（嗯。我自己也是貓系所以知道。）

『這、這樣啊。』

結果根本不是白貓族！

所以到底是什麼？難道不是貓系？可是那個耳朵與尾巴，怎麼看都是貓吧……會不會是白豹，或是白虎之類的種族？

（不過，我看得出來她已經進化了。）

『真的假的？』

（嗯。但種族就不知道了……真不可思議，看不出是哪種種族。）

難道說不只鑑定遮蔽，她還有某種能隱瞞種族的能力？

我正在尋思時，只見少女徑直走了過來。

感覺得到嚇人的敵意，但沒有殺氣。因此我決定暫且觀望形勢。只是不會再讓她越雷池一步。

「在那裡停下來。」

「嘎嚕！」

「……本小姐明白。」

少女老實得讓我驚訝，在芙蘭說的位置停了下來。不對，應該是她也無意踏進我們的攻擊範圍吧。

這下我明白了，這個少女實力相當高強。她一眼就看穿芙蘭的實力強弱，而且瞬時抓出能夠確保自身安全的距離。

而這個少女看著芙蘭，睜大了雙眼。

是看穿了芙蘭的真正實力，還是單純只是因為看到進化的黑貓族？從她的反應我說不準。

好，來弄清楚她是何方神聖吧。

不過，問題稍後再問。畢竟來者不只有這名少女。

「正在往這邊靠近的，是妳的同伴？」

「唔嗯，正是。」

少女一點頭的瞬間，從後方樹叢中又出現了一個人影。

「大小姐，您跑太快了。」

一看到那人的瞬間，我受到晴天霹靂般的衝擊。坦白講，跟日前碰上利維坦的時候同等震驚。

我按捺不住地喃喃自語了一句：

『竟然……來了個女僕？』

對，撥開樹叢現身的，是個如假包換的女僕。

咦咦？女僕怎麼會出現在這種地方？這裡可是威脅度C的魔獸出沒的危險魔境耶？搞錯地點也要有個限度吧！

讓我震驚的還不只是如此。如果來的是一位普通女僕，我也不會吃驚成這樣。畢竟自從轉生到這世界來，我已經遇到過好幾次女僕了。當然，個個都是正牌女僕。

但是，現在出現在我眼前的女僕，跟她們是截然不同的存在。

不同於真正職業女僕穿著的那種重視機能性的樸素服裝，來者穿著附有荷葉邊與蕾絲等裝飾、帶點哥德蘿莉風格的女僕裝。

感覺就是優先重視可愛外觀勝於機能美。

不過，還是比漫畫中登場的那種賣肉浮誇女僕裝要來得低調多了。

這件圍裙洋裝式女僕裝以深藍與白色為基底，各處細部搭配荷葉邊等裝飾。下身的長裙給人一種清純的印象，只能說很萌。這種設計正合我的胃口！

穿著這件女僕裝的，是一位眼神淡漠、身材凹凸有致的女性。就是不二子體型啦。栗色長髮在背後綁成一條大麻花辮，較長的瀏海在額頭上分半。

掛在鼻梁上的高度數眼鏡稍微往前傾，從正面看起來就好像戴得比眼睛低。圓框眼鏡也讓我對她印象加分。

獸耳嘛——有。被女僕頭飾擋到了看不清楚，不過是類似馬耳的細長黑耳。耳朵往後平貼頭頂，像是與頭髮合而為一。乍看之下也有點像是黑色髮飾。

鑑定對這位女性有用。

名稱：克伊娜　年齡：29歲

種族：獸人・灰獏族・夢幻獏
職業：高階女侍
Lv：49／99
生命：539　魔力：651　臂力：297　敏捷：312
技能：暗殺7、隱密8、回復魔術10、宮廷禮儀6、氣息察覺4、氣息遮蔽8、幻影魔術10、幻像魔術2、拘束6、裁縫7、殺意感知8、消音行動7、淨化魔術4、異常狀態抗性6、盤問7、精神異常抗性8、洗滌8、打掃10、治癒魔術4、捽拿技8、捽拿術9、毒物知識8、毒物感知8、魔術抗性4、魔力感知6、魔力吸收6、水魔術5、料理8、鍊金4、痛覺遮蔽、不動之心、魔力駕馭
固有技能：覺醒、夢幻陣、女僕品德
稱號：暗殺者剋星、回復術師、幻影術師、跨越地獄者、打掃王、皇家女僕
裝備：神絹女侍服、神絹手套、魔導指環、幻術封印手環

強到不行。而且已經進化，技能也豐富充實到要當戰鬥職業都行。應該說，好像帶點刺客風味？這樣還說是女僕……

以冒險者來說的話落在B級水準。不，視覺醒後提升的力量而定，就算達到A級也不奇怪。

「大小姐，跟您說過多少遍了，請不要只顧著自己往前衝。」

「抱歉，克伊娜。急著追上逃走的獵物，一下子忘了。」

「還有，這位小姐是誰？」

女僕——克伊娜一樣用淡漠的目光看向芙蘭。眼神與其說是冰雪聰明，說成愛睏、神情迷茫會更貼切。這點跟芙蘭很像，但她似乎對他人更不感興趣。

實際上她看到芙蘭，也顯得毫不驚訝。自從進化以來，我好像還是頭一次看到這麼沒反應的獸人？難道是沒發現芙蘭已經進化了？

「坦白說，我驚訝到都快要昏倒了呢。」

「唔嗯。本小姐還是第一次看到妳這麼驚訝的反應！」

結果好像並不是對芙蘭不感興趣，只不過是表情不會寫在臉上罷了。這個少女竟能清楚看出克伊娜的心情，也真厲害。

少女瞪著芙蘭開口了：

「報上名來！」

態度好狂妄。

但是問別人的名字時，應該先自報姓名才叫禮貌吧！我正想讓芙蘭這麼說時——

「不，先由本小姐報上名號吧！准妳叫本小姐米亞！」

「我叫克伊娜。」

米亞雙手扠腰照樣一副狂妄的態度，克伊娜則在她旁邊優美地鞠躬行禮，報上名號。

嗯，這兩個傢伙真讓人無所適從。不過人似乎還不壞？

「我是C級冒險者芙蘭，牠是小漆。」

「嗷！」

「芙蘭……跟本小姐想的一樣。妳就是黑雷姬吧？」

「嗯。」

原來她連黑雷姬這個綽號都聽過啊。是冒險者嗎？可是，冒險者怎麼會帶著女僕？還是說是商人？但以商人來說，又好像太強了。而且這樣說或許不太好，但我覺得她有點傻氣，怎麼看都不像商人。

「真沒想到會以這樣的形式見到您。如果能以更和平的方式相遇就好了。」

「啊！差點忘了！妳這傢伙！竟敢搶我的獵物！」

「獵物？」

「就是那隻蠍尾獅！都讓妳一個人不勞而獲了！」

米亞猛地伸手，直指被雷鳴魔術烤焦的蠍尾獅屍體。

然後，她憤怒地開罵。看來這隻蠍尾獅並不是在地盤之爭中落敗，而是快被米亞她們打敗，才會逃到這裡來。

這樣一想，就知道牠怎麼會那樣半死不活的了。

換成其他冒險者的話我會懷疑對方想說謊騙取戰果，但米亞與克伊娜的話要打敗蠍尾獅想必不成問題。

要怪也得怪米亞她們讓獵物逃走，我可以很肯定地這麼說。但是，我們確實是白撿了人家的好處，說我們搶獵物好像也沒錯。換做是我們陷入同樣的狀況，我也會想抱怨個一兩句。

『我不太想跟她們起糾紛……妳看怎麼辦？』

（嗯？把蠍尾獅給她們好了？）

『可以嗎？』

（我無所謂。）

好吧，只要這樣能迴避與米亞她們的爭執，出讓素材不算什麼大錢。

只是，魔石已經被我吸收掉了耶。我們從來不會把魔石賣掉，但對一般冒險者來說應該是一筆收入。沒有魔石的屍體，她們會接受嗎？

「那麼，蠍尾獅的素材讓給妳們。」

芙蘭如此告訴對方，但米亞照樣一副老大不高興的表情。

「誰稀罕那些東西了！」

「大小姐，我們稀罕。手頭的旅費快要見底了。」

克伊娜冷靜地對吼回來的米亞吐槽。

「好吧，本小姐就收下吧！但是，素材不過是附帶品罷了！重要的是打倒蠍尾獅能獲得的力量！本小姐本來只差一點就能升等了！」

噢，原來如此。所以是正在練等就對了。如果米亞的實力與克伊娜相當，想升等恐怕真的需要蠍尾獅這種等級的對手。至少打倒隨處可見的小怪恐怕沒啥幫助。

只是，她再怎麼抱怨這些，也已經來不及了。

再說，我們也並沒有做出什麼違法犯紀的行為。

「這得怪妳讓獵物逃走。」

「咕唔唔……」

芙蘭據理力爭，讓米亞只能閉嘴發出低吼。這就叫做毫無反駁的餘地。

「大小姐，黑雷姬小姐說得有理。」

「唔唔……」

可是，即使明白是自己的過失，大概心情還是無法接受吧。她心有不甘地看著蠍尾獅的屍體。

然後再次口出狂言：

「……跟本小姐來場模擬戰。這樣這次的事就一筆勾銷！」

還是一樣高高在上。

不過，這個女生大搖大擺的模樣並不讓我討厭。因為是美少女嗎？但芙蘭好像也沒想太多就接受了。至少被其他貴族擺出同樣態度時心中會產生些許厭惡，這次卻完全沒有。

可能是因為第一眼只會看到她很可愛？也有可能是因為她大搖大擺得非常自然。雖然完全感覺不到那種會讓人想五體投地喊著「大人說得是——」的威嚴，但會覺得可以一句話「真拿她沒辦法～」笑笑就算了。

「哦？」

聽到米亞的提議，芙蘭露出只有我看得出來的笑容。

「大小姐，您怎麼冷不防說這種話？」

「都讓蠍尾獅溜掉了！至少這點好處得討回來才行！能跟傳聞中的黑雷姬打模擬戰的話，就夠本了。黑雷姬，妳說呢？」

不用問也知道芙蘭會怎麼回答。光看她那眼神，就知道已經完全進入戰鬥模式！一副隨時都可能說出「我好興奮啊！」的表情。

「好。」

「唔嗯！那麼，先換個場地吧。在這裡不好開打。」

「嗯！」

好吧，反正米亞與克伊娜都沒在說謊，也沒有殺氣。看樣子是真的只想打場模擬戰。

那就陪這一次吧。

「要去哪裡？」

「總之先離開森林再說！」

「出了森林，就會抵達一片只有小怪的平原。」

雖說是C級魔境，但除了蠍尾獅會出現之外，不是什麼太難的地點。

好吧，對一般冒險者來說應該夠難了，但讓現在的我們來闖關只能說戰力過剩。

每當魔獸出現，芙蘭與米亞總是互不相讓，搶著出手解決牠們。看得我都開始同情魔獸了。

就算再來隻蠍尾獅，大概也能輕鬆戰勝。

路上打倒的魔獸素材，我們說好只拿魔石，其他全部讓給她們。小怪好像只要能賣錢，她們並不計較分到的是素材還是魔石。

附帶一提，剛才打倒的蠍尾獅屍體已經由克伊娜收進道具袋了。她那種袋子似乎比較特殊，袋口很小但是可以把大東西吸進去收納。

芙蘭與米亞邊走邊天南地北地聊天，話題不外乎就是愛吃的料理等等。

「咖哩？那是什麼樣的——」

「終極料理——」

「鬆餅？哦哦——」

「推薦豬排丼還有——」

克伊娜只是默默跟在後頭。

剛才垂下貼著頭頂的耳朵，此時像是在探聽周遭動靜般動來動去。從那副表情還是一樣看不出她在想什麼。

兩小時後。

芙蘭她們如入無人之境，輕輕鬆鬆就走出了蠍獅森林。

如同克伊娜所說，森林外頭是一整片廣闊的平原。

「那就立刻來打模擬戰吧！」

「嗯！」

大概是真的太期待打模擬戰了，兩人一出森林，立刻帶著一臉的興奮雀躍面對面站好。

但是，克伊娜一把抓住米亞的腦袋阻止她。

「請等一下。」

「克伊娜妳幹嘛啦！」

這種動作該說以下犯上嗎？不是一個傭人對主人該有的行為吧？但米亞看起來一點也沒生氣，只是問抓住自己後腦杓的克伊娜想幹嘛。看這態度，好像已經習以為常了。真是對不可思議的主僕。

「兩位這樣擋在路上進行模擬戰，會給其他旅人造成困擾的。我們到平原更後面一點的地方去吧。」

她這麼說也對。兩人恐怕不會只用劍術比劃，要是打得太激烈搞不好會對路上造成災害。

「唔嗯，這話說得有理！芙蘭，我們換個地方吧！」

「好。」

「那麼，這邊請。」

芙蘭她們讓克伊娜帶路，又多走了個十分鐘。

現在我們來到周圍空無一物的開闊曠野。在這裡就能盡情大展身手了。

「那麼現在開始進行模擬戰，但請不要鬧出人命。還有，禁止使用覺醒。」

「知道啦！」

「嗯！」

看來米亞也會使用覺醒，想想也是理所當然。畢竟她是實力高強的獸人，其實我早就猜到了。

「不過打到瀕死程度我都能用魔術治好，所以多少鬧過頭沒關係。」

「呵呵呵，真讓人躍躍欲試！」

「我才是。」

「那麼，那頭狼呢？要一起上嗎？本小姐都無所謂喔。」

「那樣是二對一喔。」

「不成問題！」

看到芙蘭偏著頭問，米亞膽大包天地以笑容回應。

然後，她緩緩拔出了背上的長劍。

金光閃閃的濃金色劍格，配上纏著酒紅色布條的握柄，兼具了華麗與高貴感。同時散發依稀光輝的銀刃也有種肅殺之氣。

不過，最為華麗顯眼的部分，要屬刀身的深紅色龍形浮雕。銀色的刀身，繪有一尾宛如從柄端往劍尖飛升的紅龍。

不只是外觀華麗。

一路上我就在注意了，這肯定是一把相當高檔的魔劍。

「呵哈哈哈——出來吧，林德！」

少女舉劍朝天，大聲呼喊。

『唔喔！有股嚇人的魔力……！』

彷彿呼應米亞的呼喚，感覺得到有股魔力自那把劍的內部湧起。

一道紅影浮現於劍身。

是龍。

眼前光景會讓人以為雕刻於刀身的紅龍，脫離劍身顯現於現實。

不，就某種意味來說這麼想並沒有錯。長劍上的紅龍還在，但米亞的面前也確實召喚出了一隻紅龍。

「啾哦喔喔！」

「好可愛。」

只是小到不行。全長大約一公尺多一點？是龍沒錯，不過是隻幼龍。

「妳那是魔獸武器？」

「唔哈哈哈！厲害吧！它叫龍劍・林德！」

米亞的鑑定遮蔽似乎沒擴及到劍上，我能夠對劍與龍進行鑑定。

名稱：龍劍・林德

攻擊力：963　保有魔力：669　耐久值：887

魔力傳導率：B+

技能：火焰抗性、自動修復、龍魂召喚

好、好強！光論攻擊力我都輸它！而且還是蘊藏龍魂的魔獸武器？

雖然不到神劍的層次，但肯定是一流水準的魔劍。

可、可是，我也不比它差！我、我可是擁有一堆技能的！

不過嘛，要我承認這把劍很厲害也不是不行啦！

那、那龍的能力呢？

名稱：林德
種族：龍・龍魂
生命：887　魔力：669　臂力：120　敏捷：300
技能：火焰吐息6、牙鬥技4、牙鬥術5、氣息察覺4、再生5、異常狀態抗性5、精神異常抗性5、突進6、熱源探知5、飛行8、火魔術5、咆哮4、龍魔術5、鱗片強化、火焰無效、魔力操作
獨有技能：操焰真理6
解說：不明。

解說之所以寫著不明，應該是因為牠是依附於劍的特殊個體吧。更令我在意的是，牠的基礎能力還滿強的。雖然不比小漆，但威脅度肯定有D以上。而且竟然還擁有獨有技能。

操焰真理啊……似乎是能夠操縱周遭火焰的技能。只說操縱還滿寬泛的，大概意思就是妙用無窮吧。

「妳那頭狼，由林德來對付！」

「好。小漆，不要輸牠。」

「嗷！」

看到小漆充滿自信地點頭，米亞也喊話激勵小龍。

「少說大話！聽好了，林德！讓牠看看你的龍族驕傲！」

「啾哦喔喔！」

看來那對組合也幹勁十足。

「那麼，模擬戰現在開始。無論誰輸誰贏，都不可留下遺恨。」

「當然了。」

「一定。」

兩人同時點頭，由克伊娜宣布模擬戰開打。

只不過，一開始狀況相當平靜。

「……」

「……」

雙方各自舉劍，定睛互瞪。

兩者都在以細微動作牽制對手。明眼人一看，就會看出雙方正在用高層次的假動作較勁。

不過，也許是覺得繼續這樣沒完沒了吧，米亞強行進攻了。

「喝啊啊！」

「呼！」

隨著兩名少女的犀利呼氣聲，激烈的劍戟之聲響徹四下。

米亞的劍術相當了得，與芙蘭對打起來不遑相讓。只是，還是無法與擁有劍王術的芙蘭平分秋色，芙蘭進攻、米亞防守的次數逐漸增加。

即使如此，米亞的面部表情仍然不帶焦慮，反而透出勇猛的笑意。

「哈哈哈！黑雷姬果然凶猛！這才稱得上是傳說中的種族！」

「妳才是，有兩把刷子。」

「雖然很不甘心，但看來單論劍法是本小姐輸了！從現在起，本小姐得拿出點真本事了！」

「正合我意！」

芙蘭她們一邊激烈揮劍互砍，一邊滿口豪言壯語。

看來彼此都是戰鬥狂，還挺氣味相投的。

「劍法堪稱高手，那麼魔術又是如何？」

接著米亞開始施展火焰魔術，但芙蘭用障壁與劍將魔術彈開。

再來就是穿插魔術的激烈對打了。

敏捷性高人一等的芙蘭展開連番攻擊，臂力見長的米亞則是著重於一擊威力。雙方各自尋找給予決定性打擊的機會，面帶笑容毫不遲疑地使出一被打中的話不死也剩半條命的攻擊。

米亞時不時會無詠唱射來火焰，那是魔術嗎？還是像獸王一樣身懷操縱火焰的能力？可是她不是赤貓族吧？顏色這麼白。

只是，兩人實在很相像。

外貌沒有相似之處。可是，在更深層的部分，總讓我覺得他們很像。例如個性與笑起來的方式。再來就是戰鬥風格等等。

記得獸王也說過他有女兒。

可是再怎麼誇張，也不可能公主一個人跑出來跟女僕當冒險者吧。沒那麼離譜吧？雖然如果是獸王那種人物的女兒，或許不是全無可能……

不知道真相到底是什麼？

我一邊猜測米亞的真實身分，一邊望向小漆的戰況。

「咕嚕吼！」

「啾喔喔！」

這邊則是上演著瞬息萬變的高速機動戰。

牠們移動範圍廣大，展開像是你追我跑的戰鬥。讓一個視力追不上動作的人來看，想必會以為是在戰鬥的同時反覆進行短距離瞬間移動。

令我驚訝的是，林德的速度相當快。儘管只限於達到最高速的一瞬間，但有時確實快過照理來講以敏捷取勝的小漆。

看來牠似乎是藉由往背後噴火的方式加速。大概就跟火焰魔術的噴火推進是同一種原理吧。

而且似乎完全駕馭自如，要做多複雜的動作都行。

然而，其他方面就是小漆略勝一籌了。

尤其是回復力與閃避能力更是差了一大截，林德無法對小漆造成有效打擊。而小漆即使出手有所保留仍能隨時保持優勢，看來不需要我去助陣了。

「嗯！」

「呵哈哈哈！」

芙蘭與米亞以刀劍相搏，從頭到尾都很開心。

然而，勝負的比重已慢慢偏向一方。

相較於米亞身上多處受傷淌血，芙蘭除了擦傷之外幾乎毫髮無傷。

面對劍法魔術雙雙高於自己的芙蘭，米亞似乎漸漸技窮了。

可是，感覺她還不想放棄。

米亞以火焰魔術為掩體大幅拉開距離，衝著我方而來的戰意一口氣高升。想必是另有打算。

芙蘭大可以打散魔術追擊過去，但似乎想看看米亞葫蘆裡賣的是什麼藥，故意不追。

米亞的雙眼在戰鬥的激昂情緒下炯炯發光。接著，喉嚨裡壓抑不住地發出宛若猛獸低吼的聲音。

「……咕嚕……」

可以感覺得到魔力在急速攀升。米亞渾身散發的魔力，震得大氣啪啪作響。

是覺醒嗎？還是某種技能？

我一面做好傳送的準備，一面專注留意米亞的下一步動作。

芙蘭面帶跟米亞一模一樣的表情，顯得滿心期待。但她的視線，轉向了米亞背後空無一物的空間。

緊接著，米亞提高的魔力忽然消散得一點不剩。

「哇呀啊啊啊！」

「這個傻大小姐真是……妳差點就要用那個了，對吧？」

「克、克伊娜……」

克伊娜不知道什麼時候偷偷溜到米亞背後，用水魔術做出大量的水當著她的頭潑下去。變成落湯雞的米亞尖叫著跳起來，一臉窩囊相抬頭看著克伊娜。

當然，我早就察覺到克伊娜的動向了。沒有啦，我是說真的。

因為在戰鬥中，我一直有在分神留意克伊娜的舉動。大概是用了幻影系魔術吧，從她忽然消失不見時我就在提防暗箭了。我以為她看到米亞快輸了，就會出手相助。

然而，克伊娜卻往米亞那邊走，所以我暫且不予理會。

芙蘭好像也從氣息察覺到了，然而米亞眼睛只盯著芙蘭，似乎對此渾然不覺。

「大小姐？您打算跟人家殺個你死我活嗎？」

「不、不是啊，因為我可能要輸了，所以——」

「打個模擬戰計較輸贏又能怎樣？」

「唔……」

「大小姐？」

「是、是本小姐不好！」

結果模擬戰就到此為止，克伊娜與米亞向芙蘭致歉。

還沒分出勝負就強制喊停，芙蘭顯得很遺憾。但應該打得還算滿意，就這樣順從了對方的決定。

說來說去至少讓芙蘭解了解悶，也沒搞到必須與米亞她們廝殺。我想結果還算不錯。明明經過了一場激烈到幾近於廝殺的戰鬥，芙蘭與米亞現在卻似乎變得惺惺相惜。

「芙蘭！妳果然一如傳聞地有本事！」

「米亞妳也很強。」

兩人如此說著，握手言歡。

也是，雖然剛才是我方占上風，但米亞好像還藏了一手，芙蘭應該也不認為自己打贏了吧。

「我說芙蘭啊，不介意的話，不如跟本小姐同行吧？若是跟本小姐一同旅行的話，隨時想打模擬戰都行！」

「！」

「雖然這樣芙蘭就得沿原路折返了……妳覺得呢？」

沒想到對方居然提出這種邀約。

米亞這人顯然藏有祕密，帶著外人一起行動不怕穿幫嗎？

還是說，其實只是我太多疑，她並沒有什麼祕密？

米亞的提議讓芙蘭兩眼發亮，但隨即露出遺憾的表情搖了搖頭。

「對不起，我還有事。」

「唔——這樣啊……」

「不如米亞妳跟我一起來怎麼樣？」

喔喔，芙蘭反過來邀請對方！

一定是真的很不想跟米亞說再見吧。

「芙蘭，妳是否要從蘿斯拉昆前往王都？」

「嗯。」

「抱歉，出於某種原因，我不能去蘿斯拉昆或王都。」

這次換成米亞低頭賠不是。

「原因？」

「抱歉，我不能說。」

我就說她有祕密吧。

模擬戰結束後過了五分鐘。

「下次絕對是本小姐贏！等著接受挑戰吧～！」

「啾咿咿咿咿咿咿！」

我們與米亞道別，準備前往距離最近的城鎮。就是名叫蘿斯拉昆的城鎮。

米亞她們還跟我們說了路怎麼走，那場模擬戰沒白打。

而且也讓我欣賞到了女僕。

不只如此，芙蘭也交到了新朋友。

『那兩個傢伙直到最後都好有活力啊。』

「嗯。下次會是我贏。」

「嗷！」

聽到小漆怕被遺忘似的發出叫聲，芙蘭改口道：

「會是我們贏。」

「嗷嗷！」

『那我們可得加緊鍛鍊，變得更強才行了。』

「嗯！」

雖然克伊娜是個大意不得的人物，但米亞應該就是個表裡如一的好戰女孩吧。那場模擬戰等於是芙蘭判定取勝，但若是認真打起來就難說了。在我看來，以米亞的潛力大有取勝的可能。

對芙蘭來說，這是她初次遇見年紀相仿又能認真打鬥的對手。

她不是沒有朋友，像是菲利亞斯的福特與薩蒂雅，還有錫德蘭的公主們都算得上。

但是，從來沒有一個同樣身為魔法戰士型，年紀又相仿的人物能跟芙蘭那樣切磋較勁。

與米亞的模擬戰，想必為她帶來了不錯的刺激。不過如果她變得比現在更對戰鬥成癮，那也很傷腦筋就是了。

可能是戰鬥的興奮情緒尚未消退，芙蘭與小漆一邊玩著稍偏激烈的你追我跑，一邊走過平原。

噢，雖然說激烈，但並沒有互相出手攻擊。

我的意思是他們用上了空中跳躍或加速技能，讓動作更激烈。

「師父，看見城鎮了。」

『哦，這樣啊。』

城鎮還滿大的。

『外牆也很高，那應該就是蘿斯拉昆了。』

「嗯。」

好，來看看是什麼樣的城鎮吧。希望能有一些讓芙蘭與小漆吃得開心的美味名產。

第二章　黑貓族的英雄

我們抵達蘿斯拉昆鎮，卻發現城鎮大門前人聲嘈雜。

不是，我也知道這麼大的城鎮多少有點嘈雜不奇怪，但看起來像是有大量人群在城鎮外頭跑來跑去。

再靠得更近一看，發現他們幾乎都是冒險者。大約有三十名冒險者急著搭乘角車。

是出了什麼事嗎？

芙蘭走上前去詢問一名冒險者：

「請問發生了什麼事？」

「啊啊？妳這小鬼幹——咦咦？」

冒險者看到芙蘭，變得瞠目結舌。大概是真的太驚訝了，本來一腳踩在貨斗上準備搭乘角車，就這麼僵住了。

「請問……？」

「啊！不、不好意思……不，真對不起。」

冒險者起初還狠狠瞪著芙蘭，現在倒客氣起來了。想必是看出芙蘭已經進化，知道她比自己厲害吧。獸人在這方面比較好溝通，輕鬆多了。

「發生什麼事了?」

「呃——是這樣的,我們準備當貴族的護衛。聽說是必須火速趕往南方城鎮。」

「請冒險者護衛貴族?士兵呢?」

要保護一位重要人士,一般來說會投入這麼多的冒險者嗎?除非是微服出巡,否則應該會讓士兵或騎士來吧?

不過,一問之下才知道似乎是出於無奈。

「騎士以及士兵都去駐防邊境,這個城鎮已經沒有多餘戰力了啦。」

「一起來到城鎮的士兵呢?」

「有是有,但說是不放心只靠那些兵力穿過平原。」

「原來如此。」

話又說回來,一次被帶走三十人,城鎮不會很困擾嗎?

「沒辦法,畢竟對方不是一般人。」

「是誰?」

「是妮米亞公主殿下啦。」

嗄?公主?這個國家的公主嗎?

「公主殿下人在這裡?」

「是啊,那位就是公主殿下。」

男人指出遠處的一輛馬車。

咦？公主殿下就在那裡？往冒險者指出的方向一看，確實有一位少女穿著不合場合的禮服站在城門口。原來如此，看起來的確很像公主殿下。

「於是公會長卯足了勁，要把這件事辦好。」

大概是想強調自家公會派出了多大的兵力，在王族面前表現一下吧。

畢竟我們受過獸王的照顧，是不是該去致個意比較好？可是有一群男性護衛嚴密監視著，感覺不能用輕鬆的心態隨便靠近。

（怎麼辦？）

『總之先走近一點看看吧。』

（嗯。）

我們姑且走到公主殿下身邊看看，但總覺得哪裡怪怪的。就是……有種刺刺的感覺。跟之前在烏魯木特被用上強制親和技能時的感覺很像。難道有人對我們使用技能？會不會是公主殿下的護衛對我們用了鑑定？可是，那種突兀感遲遲沒消失。

『芙蘭，我們離遠一點。』

（好。）

離開約二十公尺後，突兀感就消失了。我試著留在原處使用魔力感知，結果隱約察覺到突兀感的來源。看來是以公主殿下為中心，廣範圍地發動了某種技能。

我做了一下鑑定。只是對方畢竟是王族，萬一被抓到我們做了鑑定，也許會引發各種問題。像公主這樣的貴人，護衛人員也有可能擁有鑑定察知。我看還是小心為上，做個偽裝吧。要是芙蘭遭人懷疑就麻煩了。

我躲在芙蘭背後，用創造分身做出自己的複製品，然後偷偷跟自己掉包。接著用形態變形把自己變得跟乒乓球一樣小，然後傳送到公主的上空位置。

不過，沒想到變小比變大更難。這可能維持不了太長時間。我想起克伊娜用過的隱形技術，照著運用幻影魔術將天空景觀映照在自己身上消除形影。就是潛行戰衣的那種概念。

試著鑑定之下，確定是公主沒錯。但是，好像哪裡怪怪的。

名稱：妮米亞・那羅希摩　年齡：16歲
種族：獸人・赤貓族・金獅子
職業：劍士
Lv：45／99
生命：198　魔力：129　臂力：181　敏捷：202
技能：（演技7）、歌唱5、宮廷禮儀6、氣息察覺5、劍技5、劍術5、盾術4、盾技2、毒物感知4、火魔術5、舞踊5
固有技能：覺醒
稱號：公主、（皇家護衛）
裝備：神絹禮服、（鑑定偽裝指環）、替身手環這些附有（）的項目是什麼？演技、皇家護衛加上鑑定偽裝指環啊……會不會是做了偽裝的部分就會加上（）？

我不但持有天眼技能，鑑定又是最高等級。或許因為這樣，使得偽裝對我的鑑定無法完全生效。但我不確定有沒看穿所有部分，所以說不定還有其他偽裝的項目……

讓我不解的是皇家護衛這個稱號。皇家相關的護衛？還是守備力特別高的王族？如果意思是指皇室衛兵的話，又跟公主這個稱號矛盾……想看得更仔細一點，又會被鑑定偽裝擋掉，還是看不出真偽。

話又說回來，她以獸王的女兒來說並不怎麼強。不對，或許是我忍不住要跟獸王做比較，也許以十六歲來說這種能力值算很高了？

可是，又覺得等級與技能不太搭調。技能等級似乎太低了點。說不定是帶練出來的，就像促成栽培一樣。我不認為像獸王那樣的人會這麼做，但怎麼想都像是這樣。

『其他奇怪的地方就是……十六歲？記得不是說她十五歲嗎？』

不，應該只是在我們遇到她之前過了生日吧。

突兀感的來源一找之下似乎來自於鑑定偽裝指環，那應該沒什麼問題。既然是直接對公會會長提出委託，身分不會有假。鑑定過周圍的侍女，職業也都是宮廷女侍，沒有任何疑點。

我悄悄回到了芙蘭身邊。

『芙蘭，一切安全。我們去致意吧。』

（嗯，好。）

就這樣，芙蘭過去見公主。

可想而知，一個謎樣少女搖頭晃腦地走過來，不可能不被攔下。

起初護衛們神色嚴峻地過來擋路，但發現芙蘭已經進化後態度就變得恭敬有禮。畢竟是全世界唯一進化過的黑貓族嘛，而且還是個少女。

除了芙蘭之外，不可能有人符合這些條件。對於聽過黑貓族這個綽號的獸人來說，沒有比這更好的身分證了。

護衛冒險者即刻幫我們向公主轉達。

公主一聽，沒多囉嗦就走下馬車過來。這樣好嗎？好吧，那個獸王有這種女兒還挺合理的。

「哎呀，妳就是黑雷姬？」

「嗯。」

「喂，面見公主殿下怎可如此不敬！」

看到芙蘭態度如常地點個頭，那些護衛忍不住變了臉色。但公主殿下親自制止了眾人。

「不可無禮。父王不是派人來指示過，要我們殷勤接待她嗎？」

喔喔，獸王已經跟她說過了啊。謝謝獸王。

接著，公主顯得很歉疚地開口了：

「我很想好好為妳洗塵，無奈發生了緊急狀況……」

聽起來她似乎急著出發上路。

也是，冒險者們還在陸續坐上角車呢。

「嗯，沒關係。」

「非常抱歉。」

大概是真的急著趕去南部城鎮吧。

不過湊近一看，這位公主跟獸王真是長得一點也不像。能力也不怎麼強，真的是獸王的女兒嗎？

不，搞不好其實真的是替身？只是用鑑定偽裝假扮成公主？抱著這種想法端詳她，就覺得越看越像替身。皇家護衛那個稱號也是，假如意思是指皇家衛兵的話，做偽裝就有其意義在了。

還有仔細一想，固有技能也很奇怪。假如拿我至今見過的獸人當作標準，進化時應該會獲得那個種族固有的技能才對。黑天虎的話是閃華迅雷，黑虎是迅雷，金火獅則是金炎絕火。

依此類推，金獅子的話應該要有金炎或絕火之類的技能才對吧？

我還是覺得不太對勁。替身以鑑定偽裝假扮為公主的可能性越發有真實感了。

想都沒想過在公會查驗過身分的人，居然會是冒牌貨。不過既然是公會會長，也有可能知道其中祕密，而故意幫她一把。

（師父？）

『啊，抱歉。我在猜想，這位公主搞不好是替身。』

（是冒牌貨嗎？那怎麼辦？）

『還能怎麼辦……當然只能擺著不管啦。』

就算對方真是替身，揭穿真相對我們也沒有半點好處。現在拆穿她反而只會引發混亂，還會被國家盯上。

反正她也沒做什麼壞事，這時候不如就把她當成公主殿下，視若無睹才是上策。

（知道了。）

「那麼，恕我失陪了。」

「嗯。」

最後我們決定袖手旁觀，目送公主殿下（暫稱）離去。

公主殿下（暫稱）跟我們簡單告別後，坐上為她準備的角車，然後急急忙忙地動身出發了。

真的就只做了簡單的致意。不過也好，我們現在急著去王都，要是她請芙蘭擔任護衛或是一起喝個茶也很麻煩。也許這樣反而幫到我們了？

『那就去公會吧。』

「嗯。」

蘿斯拉昆雖是座大城鎮，但沒什麼值得一提之處。

不過或許就是這樣才能安定發展吧。

攤販的小吃似乎也很普通。

芙蘭與小漆一副「吃起來還可以」的表情，大口吃著串燒烤肉。

大概就是還不錯，但沒好吃到想掃貨吧。

我們就這樣走在大街上，忽然間芙蘭停下了腳步。

『芙蘭，怎麼了嗎？』

（師父，有人在。）

『什麼？』

（在大門那邊。）

我照芙蘭所說試著搜索了一下周圍的氣息，結果確實發現到一個詭異的存在。簡直就像屏息伺機對獵物下手的野生魔獸一樣，散發不懷好意的危險氛圍。

鎮上不可能出現野獸，氣息的來源必定是人。我看是個挺有兩下子的高手。

『真佩服妳能發現到耶。』

我之所以沒察覺到這道氣息，是因為此人豈止對芙蘭毫無殺機或敵意，根本就完全沒在注意她。

就只是隱藏氣息躲著而已。芙蘭能察覺到才叫厲害。

（怎麼辦？）

『嗯……放著不管心裡好像會留個疙瘩。』

顯然不是隨便一個小混混躲在暗處。

『我去看一下，芙蘭妳在這裡等我。』

「嗯。」

『我很快就回來了。』

我使用傳送，前去察探藏身者的真實身分。

『嗯哼……被我找到了吧。』

在大門旁的後巷裡，有個人影悄悄躲了起來。

似乎用技能消除了氣息。

『……原來是刺客啊。』

經過鑑定，這個男人——根羅的職業寫著刺客。而且稱號當中還看到貴族殺手幾個字。從能力值來看，恐怕本領相當了得。

如果只是個地痞流氓或黑道還好，躲在鎮上的職業殺手可就不能置之不理了。

『現在該怎麼辦呢……總之先抓起來，用點粗暴手段問出他的目的吧。』

就算對方其實只是在放假，來到這座城鎮純屬巧合，反正對方是刺客，沒什麼好抱歉的。

我決定先封殺根羅的動作再說。我用上念動與風魔術，直接讓他無法動彈。

『好，再來用土魔術……』

然後我多做一道防備，用土魔術把刺客的下半身固定得死死的，這樣就捕獲完畢了。

「怎……怎麼回事……」

『喂，你已經被我抓住了。勸你還是別做無謂掙扎吧。』

「什麼人！」

『再找也沒用的，憑你的本事不可能發現我。』

「唔……」

我騙他的。其實我就只是正常靠在這傢伙正後方的牆邊。

畢竟我就是一把劍嘛，毫無生物會有的呼吸。除非十分擅長感應魔力流動，否則別想發現到我的存在。

『講正事吧，你是刺客根羅對吧？』

「！」

『保持沉默也沒用，我都知道了。』

「你會用鑑定嗎！」

『你來這座城鎮做什麼？想對公主行刺？』

「……」

『不吭聲是吧？』

根羅顯然大受動搖。畢竟遇到的是能完全隱藏氣息不被他發現的對手，還能攻擊他人於無形，而且不但會用魔術，連鑑定都會。

他應該已經明白自己的任務完全失敗了。

即使如此，他仍然立刻壓下內心動搖保持沉默，挺厲害的，不過嘛……

『你的雇主是誰？』

「……唔！」

根羅不回答我的任何問題，忽然發出了呻吟聲。整張臉霎時發紫，瞳孔放大。

看樣子是吞下了藏在臼齒裡的毒藥。

『——解毒術。』

「怎……！」

吧。

根羅驚愕地睜大雙眼。想必是因為能於數秒內致人於死地的劇毒，瞬間就遭到解毒的關係

『這毒藥似乎藥性挺強的，但你是白費力氣。』

「……」

『勸你還是及早放棄，從實招來吧。』

「噫——什麼！」

這次換成咬舌自盡了。可惜對我不管用。

『——恢復術。咬舌頭也不是好主意，我會用治癒魔術。』

「……」

『好了，我可以打到你吐實，但你願意先開口的話可以幫我省事。』

「……」

『果然還是不吭聲嗎……』

後來，我一面拷打根羅，一面試著收集情報。根羅頑強地不願開口，但無所謂。因為光是偶爾逞強般地發出的「不知道」「不對」幾個字對我來說就夠了。

運用謊言真理做過判別，我得知這個男人是巴夏王國派來的刺客，握有妮米亞公主來到這座城鎮的消息，於是前來伺機下手。他似乎打算晚點設法追上乘馬車的公主，將其殺害。

看來這傢伙把那公主當成了正牌貨。

引開這種人的注意大概就是她的職責吧。

「……唔嗚……」

好吧，怎麼處置奄奄一息的根羅呢？如果可以，我想把他交給衛兵……

『直接叫來就行了吧。』

為了把衛兵叫來，我決定引發一場騷動。

我一邊小心注意不要對周遭造成災害，一邊往空中施放爆炸術。深紅火球在空中爆開，爆炸巨響傳遍了城鎮。

這樣不用去通報衛兵就會自己過來了。

果不其然，不到三分鐘我就看到好幾名士兵跑過來。

「喂，那邊那個人！不准動！」

「是是是，我知道。」

衛兵們舉起長槍，靠近我隨便做出來的分身。我舉起一隻手表示自己沒有歹意，同時指指根羅。

「這傢伙是巴夏王國的刺客。」

「什麼？這話什麼意思？」

「他想對公主殿下動手，所以我逮住了他。現在把人交出來，之後就拜託各位了。」

「什麼意——咦，不見了！」

「那就別嘍～」

我當著衛兵們的面前消除掉分身，讓他們吃驚地僵在當場，但似乎立刻想起還有根羅在。

附帶一提，我把根羅的傷治好後，就把他弄昏了。為了安全起見，我用絲線綁住了他的雙手雙腳，靠這幾名衛兵就能將他帶走了。

我看著衛兵們抱起根羅將他帶走。這樣嫌犯就移送法辦了。

『好，回去吧。』

我用傳送回到了芙蘭身邊。

『我回來了。』

「歡迎回來。有找到什麼人嗎？」

『邊前往公會邊說吧。』

「嗯。」

我在前往公會的路上，把根羅的事講給她聽。

芙蘭顯得有點生氣。

雖然芙蘭不是這個國家出生，但應該對獸人統治的獸人國多少抱有好感。況且治理國家的獸王又與她成為好友，聽到他的女兒妮米亞公主險些遇刺，似乎惹火了她。

『算了啦，反正已經抓到了。』

「嗯。」

邊走邊聊這些，很快就來到了冒險者公會。

「沒人？」

芙蘭說得對，公會裡門可羅雀。

想必是因為很多冒險者都被派去護衛公主了。

「歡迎！」

喔喔，好像很久沒看到美女以外的櫃檯人員了。是個頭上綁著纏頭帶的大叔。一瞬間還以為來到魚市場了咧，大叔的吆喝太有氣勢了。

「哦哦！姑娘妳該不會是黑雷姬吧？」

「嗯。拿去。」

「我就說吧！歡迎妳來！」

大叔一邊檢查芙蘭的公會卡一邊嚷嚷。好像已經不只是氣勢十足了，還滿吵的。

「那麼，今天有何貴幹？」

「我想知道怎麼去王都。」

「王都啊……要去貝斯蒂亞的話，平常我會建議妳搭角車……」

「現在不是平常？」

「因為公主殿下？」

「是這樣的，目前所有車子都派出去了。」

「沒錯！真是，都怪我們那公會長最會迎合權貴！跟他說過多少遍了，用不著動用這麼多冒險者與角車啦～」

似乎是公會長為了討好王室，打腫臉充胖子提供了太多冒險者與角車出去。

「好吧，其實我也能體會他想幫助王室的心情啦～」

「你能體會？」

「能啊。因為自從當今獸王陛下即位，國內局勢一直很安定。而且陛下是冒險者出身，所以會給冒險者公會很多方便。」

看來獸王很受到冒險者愛戴。本來以為公會長又是個趨炎附勢的類型，結果似乎跟他對王室的好感也有關係。

可是，角車與冒險者數量一口氣銳減，蘿斯拉昆不會怎樣嗎？遇到緊急狀況應付得來嗎？

「這裡的公會安全嗎？」

「哈哈哈，總有辦法的啦！」

他說冒險者會走捷徑從全國各地聚集而來，所以只要過個十天，冒險者與角車都能獲得補充。

「而且我們打算請求王都的公會派人支援。只要能派幾個有能力的來，總能撐過一時的。如果這段期間內出什麼狀況，讓公會長去解決就是了。」

「公會長很厲害嗎？」

「哎，好歹也是公會長嘛。這是他自己愛面子招致的結果，儘管讓他去做牛做馬吧。」

聽起來似乎不用太擔心戰力不足之類的問題。

「搭馬車的話，五六天就到貝斯蒂亞了。」

「路很複雜？」

「路線嗎？不會，到王都幾乎是一條路直達。馬車道也整頓得很好，不會迷路。」

「是嗎，謝謝。」

「妳打算自己去？」

「嗯。」

「這樣啊。好吧，如果關於黑雷姬的傳聞全部屬實……不，就算真假參半，自己走應該也比馬車快吧。」

雖不知道都流傳了些什麼傳聞，只要大家都知道她擁有A級冒險者水準的實力，會有這種結論是當然的。

聊著聊著，櫃檯大叔忽然略為板起了臉孔。

「怎麼了？」

「公會長說想見妳。」

「嗯？」

「公會長是風魔術師，能夠只把聲音傳遞給特定對象。」

原來如此。只要操縱空氣振動，是有可能辦得到。不過，那也要控制能力夠好才行。大概是公會長用上了這種技術，只給予了大叔一些指示吧。

「到樓上就行了？」

「嗯，不好意思啊。他如果講了些傻話，妳就扁他沒關係。」

「好。」

「不過他不是壞人，這妳可以放心。」

光聽這些話，就能大致想像到是什麼樣的人物了。走進公會長的辦公室，一如想像的輕佻男子迎接芙蘭的到來。

「嗨嗨，真高興看到妳來！我是本公會的會長，風靈狸的埃爾謬特。」

看來是狸系的進化獸人。名稱裡都有風字了，可見擅長風魔術一定是種族特性。

「我是C級冒險者芙蘭。」

「我知道啦。哎呀～居然能見到妳這樣的傳奇人物，真是太感動啦。而且看起來相當有本事，不愧是獸王陛下擔保的人物。」

雖然跟芙蘭講話的態度有夠隨便，但就跟在櫃檯聽到的一樣似乎不是壞人。

只是，可以請他不要摟芙蘭的肩膀嗎？只要芙蘭有任何一點厭惡的反應，我就會動手喔。

（嘎嚕！）

小漆也蓄勢待發。

「所以，找我什麼事？」

「很高興妳這麼快就進入狀況。是這樣的，我有事想拜託妳。」

「拜託我？」

「剛才我們逮到一名刺客，問題是那傢伙的目的。那人似乎想對公主殿下行刺。」

「妮米亞公主？」

「沒錯。」

他是說剛才我抓到的那個刺客嗎？情報接收會不會太快了點？就算在衛兵盤問之下和盤托

出，應該也沒這麼快就上報給公會長吧……

「衛兵的值勤站有通話魔道具，這些是我幾分鐘前才獲得的最新情報。妳選在這個時間點到來，真可說是上天的安排啊。」

「所以，你想拜託我什麼？」

「很簡單，我想請妳把這封信捎給王都。這是正式委託。」

埃爾謬特拿起放在辦公桌上的信件。

連拿信給人的動作都有夠輕浮。就好像牛郎給名片那樣，用手指夾著咻的一下遞過來。

「拿到王都的公會就行了？」

「憑妳的本事，應該能比馬車更快抵達王都吧？這是急件。」

好吧，畢竟是公會長親自委託，也不好拒絕。反正本來就要去王都了，還能賣他一個人情，我們決定承接這項委託。

「好，我接受委託。」

「謝謝妳，真是幫了我一個大忙！內容是建議宮廷加派人手護衛公主殿下，所以我很想盡快送到。」

「可是，公主不是已經有很多冒險者跟著？」

「也好……就告訴妳好了。畢竟此事只准成功不許失敗……只是，請妳千萬不能說出去喔。應該說委託內容也包括了守密義務，知道嗎？」

「放心，我以尾巴發誓。」

埃爾謬特用壓低聲音講悄悄話的方式，向芙蘭說明原委。

「其實來到鎮上的公主殿下是替身，真正的公主殿下另有其人。」

我就知道。可是，明明知道是替身，會派出多達三十名冒險者當保鑣，還把角車全數交出嗎？我本來還這麼懷疑，結果好像是為了讓敵人相信替身是本尊才會來這麼一招。

然而都做了這麼多了，刺客當中似乎還是有人察覺真相。我逮到的那個刺客，好像也發現不對勁。

「所以，為了保護正牌公主，這封信非寄到不可。」

「知道了。」

「不過這事就先擺一邊，出發前我們先吃個飯如何？」

「不是很緊急嗎？」

「那是兩回事，不是都說餓著肚子不能怎樣嗎？再說，跟女士餐敘比什麼都來得重要！」

芙蘭還是個孩子耶？他是女性主義？好色男？還是蘿莉控？聽不出來是說認真的還是開玩笑，總之這下可以動粗了吧？

「嗯。」

芙蘭動作自然地賞了公會長的肚子一拳。對於術師型的埃爾謬特來說，應該滿有效的。只見他身體彎成く字連連咳嗽。

「咳咳！妳幹嘛這樣……」

「櫃檯跟我說，假如公會長說傻話可以開扁沒關係。」

「那也不用這樣吧……揍肚子很痛耶～」

「快告訴我王都怎麼走。」

「好啦……」

於是我們收下信件，讓他告訴我們前往王都的詳細路線。

當初原本預定要在這座城鎮住一晚，逛街享受當地美食的……

但現在有人暗殺公主未果，就不能慢慢磨了。我們一離開公會，立刻直接前往王都。

好吧，反正鎮上好像也沒有能稱為當地特產的美食，芙蘭與小漆都不覺得遺憾。

『那就走吧。』

「小漆，加油。」

「嗷！」

雖然幾乎是一條路直達，不過聽說途中只有一處是岔路。在那裡要右轉，其他路線都沿著馬車道北上即可。

『小漆，加速衝刺！』

「嗷嗷！」

小漆拿出最快速度開始奔馳。速度遠比角車快多了。搭馬車五六天就到的路程，我們的話說不定一天就能走完。

『就是這樣，小漆！呀哈——！』

「哈——」

「嗷嗷——！」

小漆好久沒有機會全速奔馳，也顯得很開心。牠不停地加快速度。

看來可能會比原先預測的更快到達。

從蘿斯拉昆出發後過了八小時。

多虧小漆鼓足幹勁一路飛奔，像是王都貝斯蒂亞的大都市已經映入視野。

「那就是王都？」

『應該錯不了。那麼大的都市不可能有好幾座。』

「嗯，好大。」

『之前遠遠看見的那些高塔，原來真的是王都的建築物。』

現在已經入夜，但都市內有明亮燃燒的火堆與魔法燈，讓城牆與尖塔等等在夜色中如夢似幻地浮現。

仔細想想，我們還是頭一次造訪一個國家的王都。目前去過的地方最大的是巴博拉，但王都貝斯蒂亞遠比那些地點要來得宏偉多了。

高度超過二十公尺的厚實城牆圍繞廣大的城鎮。聳立於城鎮中央的王城，更是我來到這世界以來所看過最高大的建築。從很遠的距離外就能看見那些從屋頂伸出的尖塔。

『不曉得這個時間能不能進城？』

（露宿野外也可以。）

『逼不得已的話啦。』

有些城鎮入夜後會關起城門。這麼做是為了防止魔獸或盜賊入侵，不知道王都的作法是什麼？

走到城門前一看，好像還沒關門。一些商人與冒險者在排隊。

不愧是王都，都已經入夜了，似乎還是人潮洶湧。

我們排到大約二十人的隊伍後頭，準備辦理入城手續。

小漆在靠近王都時已經把自己變小。由於現在是晚上，人們對魔獸特別敏感，巨狼尺寸的小漆冷不防冒出來怕會引發群眾恐慌。

我們只想安靜排隊，但看來芙蘭還是很顯眼。

其他人都一個勁地盯著她看。

就算帶著從魔，畢竟是一個理應弱小無力的黑貓族單獨來排隊，而且還是個少女。大家似乎覺得她能獨自夜行來到這裡很奇怪，而且仔細一看，還是已進化的獸人。

「咦？怎麼會？」

「我是不是眼睛出問題了？」

「笨蛋，她就是那個——」

「她就是黑雷姬——」

「黑雷姬？誰啊——」

商人與冒險者們滿臉驚愕地竊竊私語。不過芙蘭與小漆都已經習慣了，完全不在意。

我們就這樣受到周遭旁人的注目，排了幾分鐘的隊。

「請問——妳該不會就是傳聞中的黑雷姬閣下吧？」

「嗯？」

一名赤貓族青年前來搭話。後面站著一名赤貓族的大姊，以及藍貓族的大叔。

「我們是叫做六鬍鬚的隊伍……隊員全是貓系獸人，早就希望有幸能見到黑雷姬閣下一面了！」

「真的進化了耶。」

「是啊，原來傳聞都是真的！」

我本來對那名男性藍貓族抱持戒心，但他看起來並沒有瞧不起芙蘭。反倒還投以尊敬的眼神。

不知是不是拜獸王對黑貓族的保護政策所賜，獸人國或許有比較多思維正常的藍貓族。

他們似乎沒有特別要做什麼，只是對同樣身為貓族而已經進化的芙蘭感興趣。被他們問到進化時的狀況讓我有點慌張，但芙蘭回答得算是四平八穩。

我們也把黑貓族的進化條件告訴了他們，還算有意義地殺了殺時間。

就在快要輪到我們的時候，又有個人影過來了。無庸置疑地是來找芙蘭的。這人個頭頗大，身高少說超過兩公尺。只是，態度跟剛才那些冒險者有所不同。

很明顯地可以感覺到敵意。

「喂，妳就是那個叫黑雷姬的小鬼嗎？」

「嗯？對。」

「哇哈哈哈！竟然輸給這麼個矮冬瓜，我看大伯是老了不中用啦！」

彪形大漢忽然開始大笑。態度真的很惡劣耶。從這句話聽起來，這傢伙的什麼大伯輸給芙蘭過？誰啊？

總之試著鑑定之下，發現種族是白犀族。好像還沒進化。

名字是格溫韃魯法。這下知道他說的大伯是誰了。

首先名字很像，況且我們也只見過一名白犀族。

『芙蘭，這傢伙八成是古德韃魯法的親戚。』

就是獸王的侍衛兼A級冒險者，也是在武鬥大會敗給芙蘭的犀牛獸人。

「……你跟古德韃魯法認識？」

「哈！竟然被這麼個丫頭直呼名字！遜斃了！好，我就告訴妳！我的名字是格溫韃魯法！膽小鬼古德韃魯法是我老爸的哥哥，也就是我伯父！我是不想承認啦！」

「膽小鬼？」

芙蘭臉色有點慍怒地質問。

除了看到這人忽然跑出來高高在上擺臭架子讓她不爽之外，作為戰士曾經以武交心的古德韃魯法被人辱罵，想必也讓她肝火上升。

「是啊！古德韃魯法是捨棄族長位子不坐，寧願當獸王跟班的膽小鬼！」

「他不是膽小鬼，是勇敢而強大的戰士。」

「哈哈哈哈！輸給妳這種貨色的小角色也能叫強大，別笑死我了！還是要我現在就來痛扁妳一頓，向妳證明那傢伙就只是個小角色？」

「……正合我意。」

『喂，芙蘭。想把這傢伙打爆可以，但是在這裡不方便。萬一引起騷動，搞不好會進不了王都。』

「嗯。那就換個地點。」

「什麼？怎樣，妳怕了嗎？臭丫頭廢話少說，快出招就對了。」

「我不想引起騷動。」

「廢話少說，快給我動手！聽到沒！」

格溫韃魯法一臉欠扁相激怒芙蘭。

芙蘭變得完全面無表情。看來小姐不開心了。

「……」

『芙蘭？稍微壓抑一下鬥氣可以嗎？』

（不要緊，秒殺就沒事。）

完了，她是絕對不會罷手了。

「哈哈哈！怎樣～？就說妳是個膽小鬼嘛～？」

喂！你是感覺不到芙蘭散發的鬥氣嗎！等級低到連實力差距都不會看，少來找強者挑釁啦！

要是芙蘭下手太重，反而變成我們是壞人了！

「別擔心，黑雷姬閣下！我們會作證說是這個白犀族不好！儘管打沒關係！」

啊啊，不要搧風點火啦！我連忙使用石牆術，用土牆把四周圍起來。這樣就形成死角了，隨便都能找到藉口！

「覺醒──」

芙蘭一使用覺醒的瞬間，格溫韃魯法的臉孔扭曲了。

神經再怎麼大條，似乎也無法忽視如此強大的威懾感。

「什……先等……」

已經太遲了啦，笨蛋。

「閃華迅雷──看招。」

「噁噗哦喔呼啊！」

芙蘭一拳捶進了格溫韃魯法的肚子。格溫韃魯法發出電擊爆開與鐵鎧破碎的聲響，整個人飛了出去。

『唉──枉費我特地做了石牆，根本沒意義嘛。』

格溫韃魯法被自己的龐然巨軀撞碎的石牆碎塊活埋，在地上躺成大字形。

「……滿口大話就這點程度？」

然而，芙蘭似乎還沒消氣，一邊慢慢走到他身邊，一邊低頭察看他的臉。

「結果你才是小角色嘛？」

「……」

『沒用啦，這傢伙完全昏過去了。』

「就挨那麼一拳？換成古德韃魯法，臉色都不會變一下。」

『是啦，比起那個怪物的話啦～』

話又說回來，這傢伙要怎麼辦？芙蘭好像還沒打過癮，眼神凶巴巴地低頭看著格溫韃魯法。

「喂，起來。」

「咕嗚！」

芙蘭踢了格溫韃魯法一腳想把他叫醒，但他只是呻吟，絲毫沒有要醒來的跡象。芙蘭踹了他幾腳，結果還是叫不醒，照樣昏死在芙蘭腳邊。

「好了好了，到此為止，到此為止。」

踹著踹著，衛兵從值勤站裡出來了。

「嗯。」

「我的天啊，弄得一團亂。」

慘了，這下子可能會被怪罪？是啦，我們是做得有點過火了。

我正在絞盡腦汁想藉口時，就看到衛兵把藥水灑在格溫韃魯法身上。

「啊——既然打也打過了，能不能請妳放他一馬呢？妳應該也沒氣到想殺人吧？」

奇怪，聽起來好像完全沒有要怪我們？不過，芙蘭把他揍飛應該多少出了點氣，能不被怪罪當然更好。應該說衛兵挑在這種時機出面，我看是全都看見了吧？那怎麼不出面阻止啊！

「為什麼沒來阻止他？」

「想讓這傢伙吃一次苦頭學點教訓。小妹妹這麼有實力，對付這傢伙不成問題吧？」

「嗯，當然。」

芙蘭也不要被人拍馬屁就沾沾自喜！

「這傢伙也是有很多傷心事的……」

忽然就開始講故事了……好吧，就姑且聽之。反正我也想知道他幹嘛無故來找碴。

「我以前當冒險者時認識了古德韃魯法先生……還是個菜鳥的時候受過他的照顧，對我來說是崇拜的對象。這個叫格溫的，以前也跟古德韃魯法先生很親。總是很有志氣地說總有一天，要輔佐成為族長的古德韃魯法……」

原來古德韃魯法以前那麼偉大啊。想不到還真的是下一代族長的候補人選。

「可是後來他卻把族長的位子讓給格溫的父親——也就是他弟弟，自己去當陛下的侍衛，所以格溫似乎覺得自己被背叛了……『我要超越古德韃魯法』變成了他最近的口頭禪。」

所以才會來找芙蘭挑釁？因為如果打贏曾經戰勝古德韃魯法的芙蘭，就能證明自己更厲害。

雖然想法太單純，但不是不能理解。

「不好意思，我會罵罵這傢伙的。雖然算不上是替這次賠罪，妳今後有需要的話可以找我幫忙。妳先記在心裡吧。」

衛兵最後向芙蘭鞠個躬，單手扛起了格溫韃魯法。竟然這麼輕易就把人高馬大的格溫韃魯法扛起來，看起來瘦瘦的力氣卻好大。經過鑑定才知道這人相當厲害，似乎是牛獸人，等級已經接近覺醒。

結果格溫韃魯法就這樣被衛兵扛走，宣告退場。好像是要帶去值勤站的拘留所，讓他冷靜一下。

『好吧，反正也沒造成什麼禍害，就原諒他這一次吧。』

「嗯。其實也幫我打發了時間。」

芙蘭稍微打了一場，似乎覺得很痛快。

後來沒出問題，我們順利進入王都。

本來看周圍有為數不少的冒險者，以為像格溫韃魯法這種的再多來幾個也不奇怪……結果進化獸人似乎真的是很特別的存在，沒有一個獸人冒險者來糾纏芙蘭。其他種族一些品行不良的冒險者想來糾纏，也都被同行的獸人阻止。格溫韃魯法大概算特殊案例吧。

我們在入口問過路，所以也很快就找到了公會。

本來以為王都的公會應該很大一間，結果其實還好。

設施大小跟蘿斯拉昆或阿基多拉潘的冒險者公會差不多。總覺得不符合城鎮的規模。

「晚安。」

「是，歡迎光臨。請問是有事委託——似乎不是呢。您是芙蘭大人對吧？」

「妳知道我是誰？」

「知道。我想只要是獸人國的公會職員，應該都認識您。因為阿基多拉潘的公會已經用魔道具釋出消息了。」

長途通話的魔道具嗎？記得蘿斯拉昆的公會長也是用這種道具，從衛兵值勤站接收到刺客的情報。

看來這裡當然也有相同的配備。可是，如果是這樣的話，有件事讓我不解。

『既然有這麼方便的東西，寄這封信的意義是什麼？』

蘿斯拉昆的公會長託我們捎信，但如果使用長途通話魔道具的話應該瞬間就講完了吧。為什麼要特地寫信？

收到這封信，我本來自動以為是因為長途通話有其困難性……但仔細想想，烏魯木特的公會長迪亞斯也說他用遠距通話魔道具跟其他都市的公會會長談過話。就是在武鬥大會結束後，講到要替芙蘭升級那次。

儘管位於不同大陸，既然都是冒險者公會，當然會配備同款魔道具了。

好吧，再想也想不出答案，總之先把受託的信件交出去再說。

「這是蘿斯拉昆的公會長要給你們的。」

「是信件對吧，我檢查一下……嗯，看來沒錯。請稍候片刻。」

櫃檯小姐檢查過信件的封蠟後，暫時離開座位。不久之後小姐回來，帶我們前往公會長的辦公室。

「請您親自將信件交給公會會長。」

「好。」

「公會會長，我帶芙蘭大人過來了。」

「唔嗯，辛苦了。妳可以退下了。」

「是。」

王都貝斯蒂亞的公會會長，是一位獸人老者。頭上長出了狐耳……但一個白髮佝僂老先生即使長有狐耳狐尾，也一點都萌不起來。

「老夫名叫梅洛斯，在王都擔任公會會長。」

「C級冒險者芙蘭。」

「呵呵呵，這老夫知道。不過，看妳的實力似乎比傳聞中更不得了……真是可靠。」

老人散發慈祥長者的氣質，但眼光十分銳利。

要是因為這副外表而輕視他恐怕會嘗到苦頭。

「信在這裡。」

「唔嗯，辛苦了。」

梅洛斯打開芙蘭給他的信封，讀過裡面的信件。

「原來如此……黑雷姬，謝謝妳送信過來。關於公主殿下的事，老夫這邊會盡快處理。」

看來信件內容果然跟公主殿下的護衛工作有關。但既然是這麼重要的事，用長途通話魔道具瞬間就能傳達，不是更確實嗎？

（為什麼要寫信？）

『芙蘭也在好奇嗎？』

（嗯，用魔道具比較快。）

看來芙蘭也覺得不解。

「妳幫了一個大忙。」

「嗯……」

「哦？怎麼了？看妳的表情似乎有疑問？」

等等，雖說芙蘭的確對信件有疑問，但他竟然能看穿？芙蘭的表情只有極小的變化，應該只有我才看得出來啊。

我忍不住做了鑑定，但梅洛斯沒有讀心類的技能。所以是長輩的經驗嗎？

「你怎麼知道的？」

「老夫活到這把年紀可沒白活。」

還真的只能說薑是老的辣！這老先生是妖怪嗎？

「……用魔道具講就行了，為什麼要寫信？」

「呵呵，妳果然察覺到啦。理由不只一個，妳想聽嗎？」

「嗯。」

「那好，老夫就告訴妳。」

公會長把手上的信遞給芙蘭。

「可以看嗎？」

「可以。」

一看，信上寫到巴夏王國的刺客已潛入獸人國想對公主殿下不利，並建議增加護衛人員以策安全。除此之外，還寫了一些像是暗號的數字等等。

我看看老先生，他眼神謹慎仔細地盯著芙蘭瞧。

「這些奇怪的數字是？」

「是暗號，讓老夫知道公主殿下將前往何處。這樣即使信件內容被竊取，也不會輕易洩漏機密。」

為什麼寧可做這麼多道防護也要用書信形式？

結果公會長做了解釋。意外的是，原來長途通話的魔道具是由巴夏王國的魔術師公會所開發。因此有傳聞指出巴夏王國或許有竊聽長途通話的技術。

實際上，他說過去也確實有過疑似通話遭人竊聽而發生的暗殺以及侵略行動。雖然是真是假並不確定……

但由於有這個可能性，最高機密情報似乎都是書信傳遞。

「可惜找不出竊聽的方法，否則還能想法子預防。」

「查不出來嗎？」

「是啊。所以了，有妳這樣能夠高速移動，又不容易被人搶走信件的高手會非常有幫助。總之使用書信的理由就這樣了。」

「嗯，知道了。」

巴夏王國能夠竊聽長途通話以及關於暗號的說明，都是真話。我一直在使用謊言真理，都沒有出現反應。不過，最後一句「理由就這樣了」，只有這個部分是假話。也就是說，似乎還有其他理由。

嗯——感覺很不舒服耶。不是，這麼大型的組織，我當然知道對方不會什麼都告訴我們……但不會是利用我們做壞事吧？雖然我無法具體猜到會是什麼壞事，但就是覺得越來越疑神疑鬼。

（師父？）

芙蘭納悶地問我，我跟她討論該怎麼做。

（……我不動聲色地問問看。）

『也好……如果他拒絕回答，沒辦法那就算了。總不能跟公會為敵吧。』

（嗯。）

於是芙蘭注視著公會長，開口說了：

「不可能只有這個理由。」

問得這麼直接，根本沒有什麼所謂的不動聲色或若無其事。妳不是說要不動聲色地問問看嗎？

「哦？」

「想快速寄信的話，可以用飛鳥傳書。你隱瞞了什麼？為什麼非得讓我送信不可？」

「嗯哼，我們當然也有派出飛鳥以及一般信使。一次寄出多件是常套作法。不過，這麼做還有其他理由。」

「什麼理由？」

「這關係到公會機密，不能告訴一個C級冒險者。」

唔——被他拿這話堵嘴，我們就沒轍了。

「……」

「呼……別這樣瞪老夫啦。只有一件事可以告訴妳，那就是藉由這封信，獸人國冒險者公會已經確定妳是值得信賴的冒險者了。」

「所以這是某種審查？」

「不予置評。不過，如同妳對我方有所存疑，我方也無法完全信任一個忽然出現而且在國內沒有工作經驗，但實力高強的冒險者。」

所以才會用上這封信嗎……雖不知道他們用了什麼方法來判斷芙蘭是否值得信賴，總之幸好我們認真送信，沒有偷看內容。而且他說他現在信任芙蘭不是假話，這下我們在獸人國內活動就容易多了。

經他這麼一說，我也能理解他提防芙蘭的心情。換成一般獸人，看到芙蘭已經覺醒就會信任她了，但也不是所有獸人都一定會站在獸人國這邊。

「原來如此。」

「妳能諒解嗎？」

「姑且能。」

「這次真的很感謝妳幫忙送信。我會多給點報酬的。」

「嗯，好。」

後來，我們收取了報酬，就直接前往公會附設的住宿設施。

雖然時間已稱得上是深夜，不過這個住宿設施是以工作不分晝夜的冒險者為客層，驚人的是竟然一天二十四小時都能辦理住宿。

芙蘭前往投宿的房間，然後直接撲到床上。畢竟夜已經深了，應該很睏了吧。

『芙蘭，來，至少把外套脫掉吧～』

「嗚……」

『我要用淨化嘍——』

「唔……」

『喏，棉被蓋上。』

「嗂……」

我用念動移動已經半睡著的芙蘭的身體，幫她打理好一切。

『好啦，晚安。』

「嗯……呼——」

哦哦——三秒就進入夢鄉了。跟大雄一樣好入睡。

『嗯嗯，睡覺也是小孩子的職責之一嘛。』

明天要進王城。公會長似乎會派人陪我們去。

終於可以見到黑貓族的先達，對芙蘭的進化間接做出貢獻的琪亞拉了。

不知是個什麼樣的人物……如果是能讓芙蘭撒嬌的對象就好了。

隔天早上。

芙蘭吃完住宿設施提供的早餐，來到了公會的服務櫃檯。

「芙蘭大人，早安。」

「早。」

「您要去王城嗎？」

「嗯。」

「這樣啊。那麼我叫擔任嚮導的冒險者過來，請稍候片刻。」

芙蘭坐在公會櫃檯前的椅子，等櫃檯小姐回來。

我看看其他櫃檯，每位櫃姐態度都不是特別端莊。

「今天跟我吃個晚飯吧？」

「你跟其他女生也是這麼說的吧？」

「拜託一下，也太賤價了吧！」

「傷痕這麼多，我也沒辦法啊。」

她們一邊跟冒險者閒扯淡，一邊輕鬆愉快地工作。本來還覺得櫃檯人員好有禮貌，看來是對芙蘭才那麼恭敬。

其他冒險者常常頻頻偷看芙蘭，但誰想靠近都會被櫃檯小姐們阻止。我偷聽其他人的竊竊私語，才知道公會似乎已經告知大家不可找芙蘭攀談。

問過端茶給芙蘭喝的公會職員，才知道原因。

「喔——這是公會會長下的指示。會長知道會有很多人想跟進化的黑貓族問東問西，擔心這樣會打擾到芙蘭大人。」

同時似乎也是為了避免無法理解實力差距的低階冒險者找芙蘭麻煩，搞到自己受傷。反正不管怎樣對我們都只有好處沒有壞處，得感謝公會長才行。

最棒的是沒有白痴來招惹芙蘭，輕鬆多了。不過芙蘭少了這個消遣，也許會不太滿意吧。

芙蘭悠閒喝茶等了半晌後，櫃檯小姐回來了。

我想後面跟著的應該是嚮導，不過……

「格溫韃魯法？」

即使是不擅長記住別人名字的芙蘭，似乎也不至於一天就忘掉。

「昨天的事我聽說了。您如果拒絕由他帶路，這邊可以為您準備其他嚮導，您意下如何？」

這要我們怎麼回答？既然知道昨天的狀況，怎麼還會把這傢伙找來？

正覺得不解時，格溫韃魯法忽然跟芙蘭下跪磕頭了。

像他這樣的彪形大漢，即使維持著以額擦地的姿勢還是比芙蘭高大。

「昨天真對不起！惹黑雷姬閣下不高興了。」

格溫韃魯法開口謝罪。

態度非常客氣，好像昨天那些都是假的一樣。

「我知道這麼做不足以賠罪，但妳待在王都的期間，能否讓我幫上妳的忙？」

怎麼變這麼多？不會是藉故接近芙蘭想報復吧？

（裝的？）

芙蘭似乎也懷疑其中有詐。可是，他抬頭看著芙蘭的那雙眼睛當中，完全感覺不到怨恨或敵意。讓我覺得他是誠心想為芙蘭盡一份力。

「你吃錯藥了？」

「先是被妳揍飛，接著又被布拉斯大哥訓斥，我才明白自己有多沒用。」

「布拉斯？」

「他就像我的大哥，在城門當衛兵。」

「那個牛族的？」

「就是他。今後我打算洗心革面重新做人。不過，是黑雷姬閣下打醒了我，我希望能幫上妳的忙。」

變這麼多真把我嚇到了。嗯——該怎麼辦呢？

『芙蘭妳覺得呢？會不會不能接受？』

（嗯？不會啊。）

看來經過一晚，昨天的火氣全消失了。聽起來對格溫韃魯法已經沒有負面觀感。

大概是以為芙蘭在猶豫吧，櫃檯小姐偷偷告訴她：

「白犀族是武人種族。對他們來說，尊敬打敗自己的強者是理所當然。而且芙蘭大人已經進化，我覺得他會有這種態度很正常喔。」

也就是說他們腦袋單純，天性誰厲害就服從誰嗎？而且又被當成大哥的布拉斯訓斥，大概是總算清醒了吧。

「況且他又是白犀族族長的兒子，人脈很廣。我想沒有比他更好的嚮導人選了。」

結果，我們決定請格溫韃魯法擔任嚮導。反正他似乎是真的洗心革面了，況且另外找嚮導好像也很費時。

「請多指教。」

「這是我要說的，請多多指教。」

格溫韃魯法欣喜地低頭致謝。

雖然還沒完全得到芙蘭原諒，大概是得到機會就夠高興了吧。

「嗯。」

「妳說妳要去王城，不用先在王都觀光沒關係嗎？我是在貝斯蒂亞長大的，大多數地點都能帶路喔。」

「不用，我想早點見到一個人。」

「那人在王城裡？」

他應該已經知道，芙蘭是第一次來到獸人國。

格溫韃魯法歪著腦袋，猜不到她要見誰。

「嗯，黑貓族的琪亞拉。」

「琪亞拉師傅啊。原來如此，我知道了。」

「你認識她？」

「認識啊，小時候曾受過她的指導。」

之前聽說他小時候很黏古德韃魯法，即使一起接受過琪亞拉的指導或許也不奇怪。

畢竟聽說琪亞拉是獸王與古德韃魯法等人的師傅嘛。

「知道了，我帶妳去見琪亞拉師傅吧。」

「麻煩你了。」

「包在我身上！」

格溫韃魯法用力拍拍自己的胸脯，充滿自信地點頭。好吧，既然他都這麼有自信了，或許可以交給他吧？

讓格溫韃魯法當嚮導，從冒險者公會出發後過了二十分鐘。

一路上沒出狀況，我們來到了王城前面。

『好大啊～不愧是一個國家的王城。』

從公會來到這裡的路上就看到了，但從大門前抬頭一看，還是被它的雄偉外觀所震懾。

常常聽別人把一座城堡形容為純白之城，不過這座城堡則是一片純黑。看來整座城堡全是由黑色石材打造而成。

光是這樣就威儡感十足了，巨大而厚重的構造，更是替它增添了一種威嚴。

真要說的話，光是城牆就非比一般了。王都貝斯蒂亞的圍牆是很高沒錯，但王城的圍牆之堅實牢固也絕不輸它。光是這堵城牆，說不定就能發揮要塞功能。

根據格溫韃魯法的說明，國家有難時似乎可以將這整座王城當成要塞固守其中。

環繞牆壁周圍的護城河，不知是不是考量到戰時功能，也挖得十分寬闊。而且看起來相當地深。

「我們從那裡進去。」

「嗯。」

沿著城牆走，很快就看到城門了。城門也是同樣巨大，打造得堅不可摧。

架設於城門前的橋梁應該是釣橋。我看到了大型絞盤。

格溫韃魯法把一個東西，交給釣橋旁邊的守門衛兵。

看樣子好像是身分證。結果不只是格溫韃魯法，芙蘭也直接獲准通行。

「可以嗎？」

「黑雷姬閣下的身分有公會保證，不成問題。身分證也是當天就能謁見國王的高級證件。」

本來想說只是寄封信竟然就這麼受到信賴，不過冒險者公會大概也想趁機拉攏芙蘭吧。

芙蘭似乎還有點狀況外，但她在獸人國內受人矚目的程度非同小可。畢竟她身為一般認為無法進化的黑貓族卻成功進化，正可謂傳奇人物。

在獸人國旅行了幾天，我深刻體會到了這件事的影響力。

只要能獲得芙蘭這種人物的信賴，今後很有可能從中得到某種好處。

獸王之所以幫忙發行身分證，也是出於同一個念頭。不，也許獸王根本沒有耍那麼多心機？

不過，我認為兼任侍衛與參謀的羅伊斯或別人絕對有這個打算。

我們雖然無意助長這種心思，但還是決定出示獸王給的身分證。

因為我覺得要進入王城這種陌生場所，得到地位更高者的許可會更安全。誰也說不準在王城內不會發生什麼意外狀況。

「這個。」

「這、這是……！請稍等！」

看來王城入口也有能夠辨識身分證真偽的道具。我看到士兵接過身分證，拿去對著一個水晶般的物體。

然後，士兵態度恭敬地把身分證還回來。

原本就已經以禮相待了，現在更是恭敬有禮。

「這、這個還您。」

「裡面請！」

格溫韃魯法也用驚愕的眼神注視著身分證。

「沒想到妳竟然持有加蓋獸王印信的許可證……根本不需要我陪同嘛。」

「沒那回事。」

「聽妳這麼說我是很高興……」

格溫韃魯法似乎以為自己沒派上什麼用場，但芙蘭說得對，沒有那回事。

如果只有我們的話，絕對已經引起疑心了。可能還會把我們扣留得更久，仔細檢查許可證是真是假。光是能迴避這個麻煩，就已經夠感謝了。

而且他態度也一百八十度大轉變。大概白犀族真的是徹底的實力主義吧。古德韃魯法雖沒格溫韃魯法這麼誇張，但在輸給芙蘭之後也特別照顧過她。

於是我們在門衛的目送下走進城門，然後又看到一扇大門。

「又是大門與牆壁。」

「走進那扇門就是城堡了。」

「什麼意思？那這裡呢？」

「這裡是內城外圍的城牆。屬於王城之內，但不屬於城堡範圍。主要設置的都是士兵或佣人的休息站或住處，再來就是准許進出的商人使用的交易所等等。」

原來如此，就是王公貴族以外在王城服務的人員聚集之處吧。

「越過這堵牆，才能說是真正進入了王城。」

「要怎麼進去？」

「走這邊。」

看來並不是走眼前這扇巨大的門。我們往旁邊繼續沿著城牆走。

「那扇門呢？」

「那是用來迎接外國王族或貴賓的大門，平常是不開放的。」

畢竟每次有人進出都得打開那麼巨大的門太勞師動眾了，換個說法就是典禮用途吧。

在佣人或商人等人群往來的外郭走了一小段路，就看到一扇雖然不比正門，但也算得上氣派的大門。

然而格溫韃魯法並未走向那扇門，而是走進它旁邊的一棟房舍。

看來應該是進入王城時辦理手續的服務處。這裡跟入口一樣有多名士兵常駐，想進入王城似乎必須先在這裡進行申請。

「我想見琪亞拉師傅，請幫我通報一聲。只要說格溫韃魯法與黑雷姬來了，師傅應該就知道了。」

「好的，請稍候。」

我們在士兵的帶路下，來到還算豪華的單間客房。

服務處之所以設計成整棟房屋，似乎就是因為準備了不只一間客房。

畢竟視申請會面的對象而定，也有可能得等上很長一段時間。有的訪客也許身分地位不低，總不能叫人家站著等吧。

僕人端了茶水與小點過來招待我們，但一瞬間就被芙蘭他們掃個精光。格溫韃魯法大個頭不是長假的，也一樣很能吃。

芙蘭坐在鬆軟的沙發上等候片刻。這時，格溫韃魯法語氣欽佩地小聲說了句：

「黑雷姬閣下果然名震天下。」

「什麼意思？」

「這個房間是貴族專用，而且只限高級貴族。方才的茶水點心，應該也都是相當名貴的種類。」

哦，是這樣喔？房間也就算了，格溫韃魯法竟然連茶點的好壞都能判斷，真讓我意外。

芙蘭似乎也有同感，目不轉睛地盯著格溫韃魯法瞧。

「拜託別這樣一臉不可思議的。別看我這樣，我好歹也是族長門第的長子，年輕時也是當過大少爺的。只是長大沒多久就離家去當冒險者了。」

看來他兒時還經歷過一段貴族生活，真讓我意外。哇——從他現在這副模樣真是無法想像。之所以會成為冒險者，想必是追隨古德韃魯法的腳步吧。

得知格溫韃魯法意外的一面之後，這次來的不是僕人，而是貌似侍女的女性來請兩人過去。

「讓兩位久等了。這邊請。」

「嗯。」

本來以為要離開宅邸，但侍女們繼續往屋子裡頭走。

「走這邊對嗎？」

「是的。」

看來沒出錯。

最後，我們走進位於房屋最深處的一扇小門。畢竟是這棟房舍的一部分，用的似乎是高級材料，但門扉本身平凡無奇。

但是走進門內，就是一個真正特別的空間了。

房間裡鋪著深紅色地毯，掛著黃金製的枝形吊燈。只能說光看內部裝潢，就知道來到了王城。

「這裡是城堡裡面？」

「對，沒錯。」

格溫韃魯法點頭回答芙蘭的詢問。無庸置疑，這裡就是王城。

誰也不會想到那扇門居然通往王城。大概就是故意設計成那樣，作為障眼法吧。

「基本上，只有貴族會走屋子旁邊的那扇門。」

如果訪客身分地位不低但不至於要用到外頭的正門，似乎就會將對方請進那扇門。

「原來如此。」

「琪亞拉大人在這邊的房間等候兩位。」

由侍女們走在前面，我們在王城裡前進。

走起來滿遠的。途中還經過了幾扇大門，這個房間在王宮當中似乎位於相當後面的位置？

「以前只要去郊外的演習場，就能輕鬆見到師傅。但自從師傅身體欠安以來，就變得大多時候都在位於王城深處、供她使用的寢室休息。」

「身體不舒服？她還好嗎？」

芙蘭擔心地詢問，不過從格溫韃魯法的表情看來，似乎不是什麼重病。

「畢竟師傅有歲數了所以是會令人擔心，但既然都能見我們了，可見病情一定不嚴重。」

如果之前聽說得沒錯的話，琪亞拉已經年近七十，身體不好或許是無可奈何。

我們就這樣讓侍女們領著，沿著王宮的紅地毯走了幾分鐘。

最後，我們來到了一個房間的門口。

「兩位請進。」

「就是這裡？」

「對，這裡就是琪亞拉師傅的寢室。」

「失禮了。格溫韃魯法大人以及黑雷姬大人來了。」

『終於要見到面了呢。』

「嗯。」

跟在侍女與格溫韃魯法後面，芙蘭也走進房門。

房間布置得相當豪華。

家具用品高貴脫俗而不會過於奢華。窗簾與地毯等等繡滿了精緻花紋。就連天花板上的隨便一盞魔力燈，燈罩用的都是手工雕刻的玻璃工藝。

我像婆婆對付媳婦那樣檢查了一下灰塵，發現每個角落都打掃得一塵不染。

光看室內狀況就知道房間的主人備受禮遇。

房間裡擺了一張雙人特大床，那位黑貓族老婦就在床上。

她撐起上半身坐在床上，但從那直挺挺的背脊，看得出來她老當益壯。

記得之前說她六十八歲？的確頭髮都白了，體格也很細瘦，但眼光銳利，整個氣質完全不能說垂垂老矣。身高也很高，站起來的話應該會超過一百七十公分。

從那肩膀披著中衣般羽織外套的模樣，感覺得到莫名的氣場與攻擊性。如果我還是人類的話，光被她瞪一眼可能就會畏縮不前了。

她的氣場就是如此強大。

但是芙蘭即使遇到這樣的人，也向來不會有所顧忌。

「妳就是琪亞拉婆婆？」

她不拘禮節到了可以說毫不客氣的地步，向老婦攀談。

「哦？是誰這樣叫我的？」

「獸王。」

「哼哼，謝謝妳告訴我。下次得給他點教訓才行。」

講話口氣簡直像個男人，但這位老婦很適合這種說話方式。一點也不顯得突兀。

「沒錯，我就是琪亞拉。那妳又是誰？那邊那個鼻涕蟲小鬼我倒是認識。」

「什麼鼻涕蟲小鬼……我都二十二了耶？」

「不到四十歲的全都是鼻涕蟲。」

照她這種標準的話獸王也是鼻涕蟲了。不過，獸王說過她是他的武術師傅，被這樣看待或許不奇怪？

「剛才聽說鼻涕蟲跟什麼黑雷姫的要過來，所以妳就是黑雷姫了？」

「琪亞拉師傅，您不知道黑雷姫嗎？」

格溫韃魯法顯得由衷吃驚，忍不住反問老婦。

我也跟他一樣吃驚。萬萬沒想到同樣身為黑貓族的琪亞拉居然會不知道。

「琪亞拉大人昨天才剛恢復意識。」

根據在一旁候命的侍從所說，琪亞拉近日健康欠佳，竟然有將近二十天徘徊於生死邊緣。

雖然乍看之下完全不像，但經這麼一說手臂確實枯瘦乾癟，臉頰也有些凹陷。也許原先真的一直陷入昏睡狀態。

似乎是因為這樣，才會對芙蘭的事一無所知。

「這位是——」

「噢，先等等。」

女侍正要介紹芙蘭的來歷時，琪亞拉揮揮手制止她。

然後，她對芙蘭輕輕招了招手。

「妳過來。」

「嗯。」

「先告訴我妳的名字好嗎？」

「我是芙蘭，黑貓族的芙蘭。」

「是嗎……」

聽到芙蘭報上名號，琪亞拉閉目沉思片刻。

然後，她慢慢抱住了芙蘭。

一開始動作很輕，然後漸漸加重力道。

「是嗎，是嗎！」

幾秒後，琪亞拉已經環抱芙蘭，把她整個人緊緊擁入了懷裡。

「……芙蘭啊……謝謝妳。」

最後一句，像是從胸口深處擠出來的深沉呢喃。

但是，我想在場所有人應該都聽見了。

這句話就是含藏了如此沉重的力道。

「我一生追求的事物，並不是一場空……妳的出現，向我證明了這一點……！」

「……嗯。」

芙蘭也明白琪亞拉感動的理由。畢竟自己在烏魯木特的地下城遇見露米娜時，也是同樣的反應。

過了一會兒之後大概是冷靜下來了，琪亞拉輕輕放開芙蘭。

不過，手還是搭在芙蘭的肩膀上。就好像她以為只要鬆手，芙蘭就會化為幻影消失似的。

琪亞拉神情嚴肅到嚇人的地步，注視著芙蘭。

「那麼，妳是以什麼樣的途徑達到進化的？能夠告訴我嗎？」

「當然。」

「那太好了！」

「可是，我聽說妳已經知道如何進化了。」

「是誰這麼說的？」

「迪亞斯。」

「什麼？那傢伙……竟然還記得我嗎……」

「嗯。」

迪亞斯是地下城都市烏魯木特的公會會長。那個難以捉摸的老人說過，琪亞拉是因為得知了黑貓族進化的重大事實，才會被前任獸王擄走。

我們原本也對此深信不疑……

但看來似乎跟事實有所出入。

話又說回來，琪亞拉竟然還記得迪亞斯啊。連迪亞斯自己都說那是幾十年前的事了，琪亞拉應該已經把他給忘了耶。

「迪亞斯現在過得怎麼樣？」

「在烏魯木特當公會長。」

芙蘭把在烏魯木特認識的迪亞斯、奧勒爾與地下城主露米娜的近況說給她聽。

琪亞拉用驚喜參半的表情聽她說。

看來琪亞拉也一樣，以為迪亞斯與奧勒爾早就把她給忘了。

然後，她表情複雜地搖了搖頭。

以為早就忘了自己的老相識還記得自己當然令人喜出望外，但得知他們到現在仍然被過去所束縛，似乎也讓她感到傷悲。

「然後，迪亞斯說琪亞拉是因為得知了進化的方法，壞蛋才會想要妳的命。」

「原來是這樣……我得到的情報內容有點偏頗，不夠確實。」

琪亞拉把她在烏魯木特的遭遇說給芙蘭聽。

當時琪亞拉正在四處旅行尋找進化的途徑，後來抵達烏魯木特，遇見露米娜。

露米娜對琪亞拉照顧有加，最後甚至還說願意幫助琪亞拉進化。

然而後來露米娜打算使用的方法，卻是讓自己邪人化。

真要說起來，其實昔日獲得邪神加護的黑貓族，就已經是半個邪人了。露米娜雖然並非自願如此，但仍然受到那段過去的影響，具有邪人的力量。

於是露米娜用上地下城主的權能，試圖讓自己完全變成邪人。琪亞拉說她因為擁有邪氣感知技能，所以才能敏感察覺露米娜的變化。

為什麼露米娜非得變成邪人，才能讓琪亞拉進化？這讓琪亞拉想起了一份羊皮紙資料。那是她為了尋找黑貓族無法進化的原因，從各地搜購而來的種種文獻當中的一份老舊羊皮紙資料。

羊皮紙已有一半以上破損失落，但殘卷部分寫到了黑貓族觸怒天神的理由，以及只要打倒邪神或力量同等強大的邪人即可解咒。

話雖如此，世界各地多得是這種故事。

有的是黑貓族懷抱夢想創作的內容，有的則是騙子寫來欺騙黑貓族的假貨，內容不實的文獻比比皆是。

最後，琪亞拉表明不願為了進化而犧牲露米娜，要求她停止邪人化。

因此，琪亞拉只是有著某種程度的確信，但似乎很難說她確實知道進化的條件。

「只要討伐邪氣高達某種程度的邪人，或許就有希望……我知道的也就這樣了。」

「原來如此。」

所以琪亞拉對進化的條件掌握得並不完整。只能推測出一個大概但沒有確切證據，而且唯一知道的還是難以實行的種族全體解咒方法。

大概也是因為這樣，前任獸王才會放著琪亞拉不管，而沒有要她的命吧。因為照常理來想，誰也不可能打倒邪神級的怪物。

就算琪亞拉知道的解咒法廣為人知，也沒人能達成。說不定反而還能讓黑貓族陷入更深的絕望。

琪亞拉大概也明白這個道理，所以才沒把自己的推測告訴任何人吧。免得因為無法確認真偽的情報，而奪去黑貓族的希望。

「我的推測是對的嗎？」

「嗯。不過，不只這個。」

後來，芙蘭盡可能詳盡地將進化條件細述給琪亞拉聽。

「把邪人───」

「原來如此───」

「或者是───」

「嗯哼───」

難得看到平時沉默寡言的芙蘭這麼健談。

大概是真的很想把解咒法告訴琪亞拉吧。

「這就是全部了。」

「這樣啊……是這樣啊！」

琪亞拉全部聽完後，低下頭去渾身顫抖。

我本來以為她在哭，結果好像不是。

「哼哼哼……哈哈哈哈哈！」

只見她霍地抬起頭來，臉上浮現懾人的笑意，還放聲大笑。一雙眼睛炯炯發光，像是高興得不得了。

「米婭！把劍拿來！」

她對著女侍如此吆喝。

「咦？琪亞拉師傅？」

聽到這句話，守在一旁的格溫韃魯法差點沒翻白眼。

實在不像是病人該說的話。

「米婭，妳還在磨蹭什麼？我的劍呢？」

「琪亞拉師傅！請先等等！您這是做什麼？」

「聽了這些我哪裡還靜得下來！去砍殺幾隻哥布林罷了！放心吧！」

「不不不，您不是直到昨天都還在鬼門關前徘徊嗎？不能這樣亂來啦！」

「就算我快死了，也不會輸給區區幾隻哥布林！」

格溫韃魯法想上前阻止，但琪亞拉已經下了床，恐怕不會回心轉意。

琪亞拉如今得知條件是打倒一千隻邪人，或是一隻威脅度A以上的邪人，似乎讓她變得按捺不住衝動。

「剛好在我醒來的這天，芙蘭就來找我了。我看這是命中註定吧。」

「可是，琪亞拉師傅不是已經失去寵愛了嗎！」

「就算是這樣，也不構成我放棄的理由！還不快給我讓開，你這鼻涕蟲！」

「您這根本是胡鬧嘛！就算寵愛還在，都很難達成啊。」

格溫韃魯法一再重複的「寵愛」是什麼？

「寵愛？」

「也是，芙蘭妳不知道吧。我曾經擁有鬥神寵愛這項技能多年。」

鬥神寵愛？還是有聽沒懂。但不懂的似乎就我一個。

「好厲害！」

「好吧，其實已經轉移到他人手中了，但也是有它才讓我鍛鍊出了一點本事。」

芙蘭兩眼發亮。這樣說或許不太好，但芙蘭對世事確實有點無知。既然連芙蘭都聽過，可見一定是廣為世人所知的技能。

『欸，什麼是鬥神寵愛啊？』

（一種超有名的技能。）

她說鬥神寵愛，是無數故事傳說都會提到的世界級知名特別技能。

持有者會變得非常容易提升基礎等級與技能等級，而且升級時能力值的上升率也會翻倍。不只如此，還具有提升能力值的效果。

光聽這樣的話也就只是個作弊技能罷了，但這項技能之所以出名，是因為另一項特色。

那就是持有者會隨時變動。

令人吃驚的是，技能主人每個月必須經歷一次生死交關的極限戰鬥。

我不太清楚生死交關指的是多大的危險，但至少只打倒幾隻小怪恐怕沒意義。

如果不能滿足這項條件，技能就會消失。然後，消失的技能又會顯現在世界某處的新一名持有者身上。

的確是一項容易成為創作題材的技能。

「我是在七歲時得到這項技能的。為了不失去寵愛，我不斷地戰鬥。多虧於此，我把自己鍛鍊得還算強悍。直到十年前我都還擁有這項技能，無奈……」

「怎麼會丟了？」

「當時我健康出了點狀況，過了大約半年的療養生活。」

在那段期間當然不可能去戰鬥，就這麼失去了鬥神寵愛。

我很好奇她在王宮的水肥處理設施被奴役時是怎麼解決這個問題的，結果她說當時的國王每個月會准她去王都附近的魔境一次。

不過，想想也很合理。

持有特別技能的奴隸可是相當寶貴的存在。前任獸王再怎麼傻，也應該知道失去這項技能並不明智。

「但是這些都不重要！哼哼哼，渾身血液都沸騰起來啦！」

琪亞拉修行長達幾十年，從未捨棄進化的希望。如今方法有了，我不認為她會止步。

而且還不是一時衝動，她已經針對今後的行動開始安排計畫了。

「先前往施瓦茨卡茲吧。得把這事告訴其他黑貓族才行。」

「師傅臥床的期間，消息應該已經傳過去了吧？」

「那就好。這樣只要尋找志同道合之人，一同狩獵邪人就行啦。」

「施瓦茨卡茲？」

看到芙蘭偏著頭，格溫韃魯法向她做說明：

「就是當今國王專為黑貓族建造的村莊。脫離奴隸身分的黑貓族，都在那裡平靜度日。」

原來如此，真想去看看。

那琪亞拉呢？如果她真的要動身，我是覺得可以一起上路……

然而，有人一把抓住了只差沒立刻衝出房間的琪亞拉。

「目前還不能讓您這樣亂來。」

「唔，米婭！」

是那名年輕女侍。

「您至少得再靜養一個星期。」

琪亞拉雖然未經進化，但實力相當高強。想必是因為自幼擁有鬥神寵愛的關係吧。維持現狀都有可能比一般獸人的進化狀態更強。

然而像琪亞拉這樣的人物，卻擺脫不掉米婭。

「放手！」

「不放。」

喂喂，這個叫米婭的女侍，會不會太強了一點？

「不、不愧是王宮女侍……」

「很有名嗎？」

「是啊。據說侍奉王族或貴賓的佣人，都是自幼受到鍛鍊的超一流高手。我聽說他們不只是工作能力優秀，戰鬥力也一樣厲害。」

看來米婭也是那些高手之一。已經進化不用說，戰鬥技能似乎也都學得很紮實。

「至少憑我是贏不了她的。」

「哦哦。」

這麼厲害啊？

「芙蘭，妳似乎是外國人，今後有什麼打算？會在王都待一陣子嗎？」

琪亞拉忽然跟芙蘭問起這些事。嗚哇——好不會轉移話題喔。大概是想設法引開米婭的注意力吧。

「我來到這個國家，除了琪亞拉，還想見另一個人。」

不知道關於神級鍛造師能跟她說多少。這事似乎是只有國家高層才知道的最高機密，能跟琪亞拉提起嗎……

芙蘭也心有疑慮，所以沒把話說清楚。

琪亞拉似乎也看出來了。

「看來妳另有隱情。」

「獸王叫我問國內的大人物。」

「這樣啊。看來我是幫不上忙了。我雖然在這種地方得到一個房間，但畢竟也不是什麼了不起的身分。」

聽到琪亞拉講得跟真的一樣，米婭語氣傻眼地回嘴：

「您怎麼這麼說……現在國內還有多少人敢當面忤逆琪亞拉大人？」

「妳還有臉講這種話？我現在不就被妳強留住了嗎？」

「哎，這跟那是兩回事嘛。」

真是個我行我素的女侍。

「不過，國王陛下與陛下的孩子們、親衛隊與各位將軍，還有我等王宮侍從，很多都是琪亞拉大人的徒弟。」

「我真不該把你們鍛鍊得這麼強，應該稍微偷點懶才對。害得我現在在這裡被妳擋路。」

「別太難過，您下次再改進就是了。」

「嘖！唔，咳咳！」

「看，您的身體還沒康復。只是現在心情亢奮，忘了身體的不適罷了。」

「唔……」

被米婭好言相勸，琪亞拉心有不滿地閉口不言。她應該也明白對方說得有理吧。

「再說，沒有身分地位也是因為琪亞拉大人堅持不受，只要您有那個意願，隨便想當個榮譽大將軍都行。」

也就是說，身分照樣是奴隸出身的平民，但影響力足以改變國家決策？那豈不是更厲害嗎？

「算了，我幫妳叫個上頭的傢伙過來吧。米婭。」

「是，遵命。」

米婭在羊皮紙上寫了些字，交給在房門口待命的女侍。大概是要她去叫人過來吧。

「雖然這點小事不足以表達我的感謝之情就是了。有什麼我能做的儘管開口，大多數的事情我都能為妳做。」

雖然只限國內，但感覺她幾乎是無所不能，怪可怕的。然而芙蘭微微搖了搖頭。

「不用。我不是希望妳感謝我。」

「呼哈哈哈！很好！我欣賞妳！那就別說什麼感謝，我單純只是喜歡妳。想替自己喜歡的人做點什麼，不是什麼奇怪的事吧？怎麼樣，要不要我去幫妳取下哪個討厭鬼的腦袋？」

「也不用，我可以自己來。」

「是嗎？說得也是，這樣比較好玩。」

「嗯。」

看來芙蘭與琪亞拉莫名地一拍即合。況且迪亞斯他們也說過，年輕時的琪亞拉跟芙蘭很像。兩人都是黑貓族，又是好戰分子，當然氣味相投了。

芙蘭與琪亞拉正在聊些凶狠到有點難說是一團和氣的戰鬥話題時，有人來到了房間。

「失禮了。琪亞拉閣下，您找我嗎？」

一名髮色銀灰的半老男性走進房間。來者穿著一身法衣般長袍，一看就覺得地位崇高。琪亞拉語氣輕鬆地對這個老人說：

「嗯，我正在等你呢。有個孩子想介紹給你認識。」

「哦，就是那位——是黑雷姬閣下吧？」

「怎麼，你知道她是誰？」

「這是當然。可能只有之前臥病在床的您不知道吧。」

男子轉向芙蘭，優雅地行過一禮。

「陛下已經有了通知，要我幫您打理好一切。另外，要給那位大人的介紹信也已經備妥，請放心。」

「嗯。所以，你是誰？」

「噢，恕我失禮。我的名字是雷蒙德，在我國擔任宰相。」

宰相？來了個有頭有臉的大官！但態度還真謙卑耶。

「雷蒙德是從下級文官做起的，是個能幹的傢伙。」

「雖然在先王時期不受重用就是了。」

也就是一個出身卑微的能吏，得到當今國王的重用？或許這就是態度謙卑的原因了。

至少看起來不像那些仗勢欺人的蠢貴族。

「我是C級冒險者芙蘭。有時也被稱為黑雷姬。」

「我知道。那麼，除了介紹信之外，您還需要些什麼嗎？」

（師父？還需要什麼嗎？）

『沒有，我沒少什麼……芙蘭妳呢？』

（有一件事。）

『哦？什麼事？』

（我想去黑貓族的村莊看看。）

『嗯，不錯啊。問他地點吧。』

（嗯！）

想達到向全體黑貓族宣導進化條件的目的，沒有比那裡更適合的地點了。

「我想去施瓦茨卡茲看看。」

「噢，您已經聽說了啊。就算您不提，我們也會拜託您前往的。我們這邊會為您準備地圖等所需物品。」

「麻煩你了。」

「好的。」

雷蒙德優雅地行過一禮退下後，琪亞拉要芙蘭拉把椅子坐下。

看來她總算打消了即刻動身狩獵邪人的念頭。

芙蘭與琪亞拉也沒講什麼重要的事，只是天南地北地聊天。

但兩人看起來，都是真心感到快樂。琪亞拉似乎也很喜歡小漆，要求牠巨大化讓她搓揉個過癮。一頭巨狼出現在眼前卻第一件事就是過去搓揉尾巴，真是服了她的膽量。

不過，快樂的時間總是過得特別快。

兩人有說有笑地過了大約半小時……

米婭在這時提出了醫生指示。不，應該稱為女僕指示嗎？

總之，一旦人家說再聊下去會對大病初癒的琪亞拉身體造成負擔，我們也不能賴著不走。

雖然琪亞拉堅稱她還很有精神就是了。

最後答應讓她送芙蘭到大門口，事情才終於圓滿結束。

「格溫，下次見。」

「好，上次真的很抱歉。」

「嗯，事情已經過去了。」

「抱歉。」

看到格溫韃魯法態度恭敬地低頭賠罪，似乎引起了琪亞拉的好奇心。她開口問道：

「你們之間出過什麼問題嗎？」

「呃，也沒有——」

「格溫找我麻煩。」

「哦？」

不理會焦急的格溫韃魯法，芙蘭把他們倆的相遇講給琪亞拉聽。琪亞拉長嘆了一口氣。

「真是，怎麼到現在還是離不開伯父？」

「我哪有依賴伯父！像那種叛徒我才——」

「我就是在說你這種個性幼稚。都二十好幾了竟然還在搞叛逆，真是丟臉。真要說的話，白犀族當中根本就你一個把古德講成叛徒吧。我怎麼聽說其他人都為了這件事高興，說能夠侍奉獸王是一大榮譽？」

「這……」

「講了半天，還不就是你最喜歡的古德伯父沒問你一聲就讓出白犀族族長的位子，讓你鬧彆扭了？」

「唔！」

「哼。算了，誰管你這個鼻涕蟲啊。還是芙蘭的事要緊！」

琪亞拉講到格溫韃魯法啞口無言，然後再次一把抱住芙蘭。

「芙蘭，要再來喔。一言為定。」

「嗯。琪亞拉也是，不要硬撐。」

「哈哈哈哈，現在不硬撐更待何時！我還得達成進化目標咧！」

「嗯，說得也是。那就可以硬撐，但不要害死自己。」

我是覺得琪亞拉也不是非得進化不可啦。但對她來說，進化的優先度勝過一切似乎是理所當然。我說真的，希望她別硬撐啊。琪亞拉死了的話，芙蘭可是會很傷心的。

「真沒想到老了還能產生這麼充實的心情。謝謝妳。」

「嗯。」

「啊～真想早點去瘋狂狩獵那些邪人！既然這樣——」

「琪亞拉大人，請別讓情緒太亢奮，會影響身體的。」

「哎喲！米婭妳放開我！妳來做什麼！不是說了有格溫在不用妳陪嗎！」

「因為我擔心再這樣下去，您還是會吵著說要跟去。」

「唔……！」

啊，她還真的想跟來啊。但似乎騙不過王宮侍從的眼睛。

後來，琪亞拉一再挽留芙蘭，但芙蘭平靜地拒絕了她的邀約。待在這裡可以跟著琪亞拉練武，況且考慮到芙蘭的幸福，我是覺得就留下來也不錯……

但芙蘭說要遵守與矮人鍛造師格爾斯的約定，說不動她。

先去見神級鍛造師，然後返回克蘭澤爾王國跟格爾斯見面。這對芙蘭來說似乎已經是固定行程了。

離開城堡之前還從宰相那邊拿到了給神級鍛造師的介紹信，也問到了施瓦茨卡茲怎麼走。

「那我走了。」

「改日再會！」

「我不會忘記這份恩情的！芙蘭，妳要再來啊！小漆也是！」

將琪亞拉等人送行的聲音拋在背後，我們離開王城。

『芙蘭，真是太好了啊。』

「嗯。」

『改天再來吧。』

「嗯！」

就這樣，在王都的事情辦好了。我是覺得可以先觀光再走，但芙蘭似乎急著去看黑貓族的村莊。

結果我們決定一離開王宮，就出發前往王都貝斯蒂亞。

關於今後的行動，我們預定先去北方的施瓦茨卡茲，再前往更北方的神級鍛造師的草庵。

『往黑貓村的地圖是拿到了，但路線還挺複雜的耶。』

好吧，反正聽說就在北方國境那座大山脈的山腳下，真的找不到路就往北直線前進，最起碼可以走到村莊附近吧。

雖然看起來距離相當遠，不過我想憑小漆的腳程一兩天就到了。

『先前往古林格特城這個中途停留站吧。』

據說那裡是大小城市交通匯聚之處，是獸人國屈指可數的商業都市之一。

「好期待。」

『就是啊。』

「小漆，衝啊。」

「嗷嗷！」

第三章　黑貓的居處

從王都出發後的當天晚上。

「那麼，請、請進城！黑雷姬閣下！」

「嗯。」

我們平安抵達了古林格特。

也沒在城門前引起騷動，順暢無礙地進了城鎮。

在冒險者公會賣掉路上獵到的弱小魔獸素材，然後從公會打聽了旅店過去入住，都沒有出任何問題。

竟然能夠這麼平安，實在不是常有的事。在一般所謂的大城市好像還是頭一次這麼順利，反而害我心裡很不踏實。

不不，稍安勿躁。說不定這其實是暴風雨前的寧靜。我看之後一定會發生撼動古林格特的重大事件——並沒有。

枉費我還心裡七上八下地看著芙蘭的睡臉，等著因應一切緊急狀況咧。

『天亮了啊……』

我可沒有覺得遺憾喔。和平是好事。

我只是還有點難以置信。即使過了一夜，還是無法接受現實。

「師父，怎麼了？」

『沒有，沒什麼。』

「是喔？」

我深信一定會出事，神經兮兮地等著事情發生，結果似乎被芙蘭感覺出來了。

芙蘭前往城門準備出城的路上，還口氣不解地這樣問我。

結果直到我們離開古林格特，竟然還真的一路平安。不對，應該說謝天謝地沒出事才對。

『哎——真是個好城鎮啊！』

「是嗎？」

『是啊！要是每次都是那種城鎮就好啦！』

然而我們前腳才離開城鎮，狀況就來了。

「有人在。」

『是冒險者嗎？』

人影就在距離古林格特的城門外約二十公尺的地點。

道路兩旁有兩名穿著像是冒險者的男子，閒閒無事地站在那裡。看來似乎是在監視道路。

我之所以判斷他們是冒險者而不是盜賊，是因為這裡再怎麼說也太靠近城鎮了。就算是吃了熊心豹子膽的盜賊，也不至於在這種地方行搶吧。

由於對方盯著我們看，我們放慢速度提高戒備，但後來並沒有怎麼樣。

如果是受到獸人關注的話很合理……但這兩個冒險者是人族。不，也許只是芙蘭與小漆比較顯眼，吸引了他們的目光？但又覺得以好奇心來說，眼神有點凶惡。

『剛才那是怎樣？』

（一直看我們。）

『眼神完全是在上下打量我們對吧？』

我們一邊覺得有點莫名其妙一邊繼續往前走，結果又出現了幾名男子。

這次就實在不能視若無睹了，因為他們擋住了路，好像不准我們過似的。不知為何，他們面露又急又怒的表情。

本來以為是盜賊，但樣子不太對勁。

一般來說盜賊看到獵物，不是都會露出更下流的笑臉，或是充滿嗜虐心的嘴臉嗎？最起碼我不懂他們為何還沒怎樣就氣沖沖的。

「總算堵人成功了。」

「那頭狼是什麼東西啊！」

「跑太快了吧！」

這幾名騎馬的冒險者，一邊不知道在罵什麼一邊靠近芙蘭與小漆。

「喂，妳就是黑雷姫芙蘭吧？」

「嗯。」

看來不是隨機強盜，原本的目標就是芙蘭。

這樣的話，剛才那些監視者也是共犯了？從古林格特有許多道路通往各地。大概是不知道芙蘭會走哪條路，所以監視的不只一條道路吧。

然後，接到同夥聯絡說芙蘭經過了這條路，似乎才急急忙忙趕過來。小漆的速度超乎預料地快似乎讓他們相當焦急。

「廢話就不多說了，妳受死吧。」

「要恨就恨自己不該生為禽獸！」

怎麼說來就來？雖然是預料中事，但也未免太急躁了。

而且，態度還強硬得很。

我做過鑑定，但他們每個傢伙都只是小角色，實在沒強到能殺得了芙蘭。

由於也有可能用鑑定偽裝等方法作掩飾，我不會疏於預備傳送與念動，但就那種身手來看鑑定的結果應該沒錯。

他們大概功夫也沒深到能感覺出對手的強弱，我能理解他們為何看輕芙蘭。但是，芙蘭現在可是騎著小漆耶？看到這麼一頭巨狼為何還能維持強硬的態度，都沒在怕的？憑這些傢伙的本事，我看連對付哥布林都會陷入苦戰。

結果那種強硬態度，似乎來自於他們從懷裡掏出的球狀物體。他們舉起那顆球，不懷好意地賊笑。

『芙蘭、小漆。那是能夠產生輕微毒霧的魔道具。雖然感覺不到多大魔力，但為了安全起見，我還是會把芙蘭傳送離開。小漆你留下看似隊長的那個，其他人隨便打一打。』

（嗷！）

接著，男子們一拋出魔道具的瞬間，芙蘭的身影突然消失了。

傳送地點是上空。本來是想找找看這幫人有沒有其他同夥，不過看來就只有堵住芙蘭去路的五人，以及剛才監視道路的兩人而已。

往下俯瞰，只見擁有毒素無效的小漆不把毒霧當一回事，一瞬間就驅散了冒險者們。

還真的就是些小角色。

我們回到小漆身邊，牠搖著尾巴跑過來。

「好乖好乖，好乖好乖。」

「嗷嗚！」

「嗯。」

趁著芙蘭像彈塗魚先生一樣狂讚小漆，我檢查了一下男子們的狀態。五人當中有三人已經斷氣。

小漆應該有手下留情才對，看來是對手太弱了。其餘二人也已經奄奄一息。放著不管的話，大概幾分鐘後就會死亡。

我對這些男性襲擊者使用恢復術，進行延命治療。

這麼做並不是要救他們，目的是要問出情報。

「喂，你們的目的是什麼？」

「咿……！」

「這、這跟聽到的不一樣！」

芙蘭施加威懾的同時給這幾個男的一點苦頭吃，他們馬上就一五一十地都招了。只是，他們並沒有什麼像樣的情報。

聽起來這幾人只是原本就對獸人很有心結的小混混，不過是被一個來路不明的男人付錢僱用罷了。那時拿給他們的魔道具，似乎也騙說是能夠產生魔毒、專殺敵人的超強效道具。

結果道具完全沒發揮作用，把這幾個男的嚇得不知所措。

被這麼徹底地當成棄子，我都不知道該說什麼了。也不懂對方為何要派這種小角色來襲擊芙蘭。也許並不是真要芙蘭的命，只是想騷擾她而已。只要對芙蘭稍有了解，應該很清楚不可能靠這幾個小嘍囉殺掉芙蘭。不如說對方從一開始就是以失敗為前提，我還比較能夠接受。

總之活著的這兩人就由我們帶回鎮上，交給衛兵吧。

『話又說回來……』

「師傅，怎麼了？」

『沒、沒有，沒什麼。』

芙蘭有可能已經被某人盯上，我卻因為終於有人來鬧事而感到有點放心，這件事還是藏在我的心裡就好。

「離城鎮比較近的那幾個呢？」

『如果還在就抓起來吧。』

「好。」

於是，我們回到了才剛離開的古林格特。

「咦，妳不是剛剛才離開的那個……？」

畢竟從出發到現在還不到半小時，守門衛兵們似乎還記得芙蘭。

「回來辦點事。」

一名士兵探頭看看小漆的背後。

「您要辦的事，難道是跟那幾個被繩索綑綁，讓狼拖著走而弄得不成人形的男人有關？」

「嗯。我在路上被他們襲擊。」

「有、有沒有受傷？」

「沒事。」

「你笨啊，黑雷姬閣下哪有可能栽在區區盜賊手裡啊！」

「這麼說也對喔。」

「不過，這附近居然會出現盜賊……還以為去年已經被獸王陛下掃蕩得一個不剩了。」

聽到士兵們這麼說，芙蘭搖了搖頭。

「不是盜賊，是某人僱用的殺手。那人叫他們來殺我。」

「所、所以是刺客？」

「嗯。」

芙蘭一邊拿出毒氣球的殘骸，一邊簡短說明事情經過。

「請、請您稍等！我們的長官立刻就過來！喂，去叫人來幫忙！」

「好！」

獸人國士兵們行動迅速。不，也許是因為跟芙蘭有關？

幾名士兵從值勤站出來幫忙，手腳俐落地抱起刺客們，不知把他們帶去了哪裡。聽說是會先關進牢裡。

後來沒過幾分鐘，大家口中的士兵長驚慌失措地趕來了。

才在覺得怎麼長得跟某妖怪漫畫的鼠男很像，結果真的是鼠族。

不過，態度倒是顯得很誠懇。

「黑雷姬閣下！您有沒有受傷！」

「嗯，沒事。」

他聽到芙蘭這麼說先是表情鬆一口氣，然後開始向部下確認狀況。

「那就好。喂，賊人們現在怎麼樣了？」

「是！都關進牢裡了！」

「好，一定要問出幕後主使！」

「是！」

「那麼黑雷姬閣下，這邊請。」

士兵長態度恭敬地把芙蘭請到值勤站一處像是會客室的房間。看來是把她視為進化過的大人物來接待了。

「給黑雷姬閣下上最好的茶。」

「遵命。」

把芙蘭當成貴賓了。人員依照士兵長的指示，端出了看起來很高級的茶。這倒還好。但是，端到芙蘭面前的這厚厚一塊肉排是幹嘛的？當下我以為他在等吐槽，但表情看起來很認真。

無論是坐在芙蘭面前的士兵長、端肉排過來的僕役，或是立刻開始大啖肉排的芙蘭，全都是一臉認真。

看來不是在搞笑。不如說，這麼做似乎很正常。

讓我趁機見識到獸人族深不可測的飲食生活了。竟然拿特厚牛排當茶點。

芙蘭就這樣邊吃肉排，邊向士兵長詳細說明碰上那些刺客時的狀況等等，這時我感覺到有人奔上值勤站的樓梯。

那人似乎有火急的事，可以聽見粗魯的咚咚腳步聲。

但那人似乎還知道不能直接衝進房間，在會客室門口停步敲了敲門。只不過敲得十分激烈粗暴，門板砰砰砰地直響。

「請進。」

「打擾了！喔喔，您是黑雷姬閣下嗎？」

「嗯。」

「在下是古林格特的領主！名字是翠山羊族的瑪爾馬儂！請多指教！」

嗓門真大。他說自己是山羊，但渾身大塊肌肉怎麼看都像是肉食動物。

強健體魄加上腰際樸實無華的佩劍，看來是一位武人。

「士兵長，現在情況如何？」

「是！目前正在盤問那些賊人。」

「這絕對是巴夏的陰謀！」

「我也這麼認為。證據也擺在眼前！」

證據？有那種東西嗎？

士兵長所言讓我與芙蘭大惑不解。

我們繼續聽下去，才知道那幾個男人使用的毒氣魔道具，據研判應該是巴夏王國的產物。從形狀等處似乎看得出特徵。

「絕對要讓他們開口！不准讓犯人逃了！畢竟這可是衝著我們獸人的英雄黑雷姬閣下而來的暗殺未遂事件！簡直天理難容！」

怎麼不知不覺間芙蘭就成了英雄了？然而士兵長卻重重點頭，同意瑪爾馬儂所言。

「遵命！還有黑雷姬閣下碰到賊人的地點，我也已經派士兵前往了。」

「唔嗯，很正確的判斷。鎮上的搜索工作呢？」

「關於這件事，我們也正在整編士兵，準備重點式取締地痞流氓的聚集場所。只是，由於半數士兵已被派往與巴夏王國的國境，目前人數不夠。」

「嘖，又是巴夏王國！好，我從騎士團調些人手過來。」

「這樣好嗎？那城堡的守備……」

「無所謂！這是巴夏王國在跟我們引戰！一定要教他們後悔莫及！」

可是啊，在鎮上搜查能找到線索嗎？假如那些刺客只是派來騷擾用的，那些傢伙輸了被抓對幕後黑手來說應該也是計畫的一部分吧。

如果是這樣，我覺得他們不太可能潛伏於鎮上。換作是我會早早開溜。

話雖如此，也不是沒有可能找到線索，而且說不定還有巴夏王國的其他關係人。我看還是別亂出主意，就讓他們去搜查吧。

領主希望芙蘭在搜查結束前能留在鎮上，說願意招待她住進官邸，但我讓芙蘭以急著趕路為由婉拒。

因為一看就知道領主想趁機跟傳聞中的黑雷姬建立交情。

好吧，雖然這裡的領主似乎不是想謀求權力或權勢名聲，純粹只是對進化者的敬意形成了近乎崇拜的心意就是了。好像是想邊用餐邊聽芙蘭講她的英勇事蹟。

只是，我們的確正在趕路，所以這次就說聲對不起了。

「請一定要再來啊！」

跟特地來到城門送行的領主道別，我們再次奔行於道路上。

『芙蘭，雖然很想就這樣一直線前往北方，但還是稍微繞個路吧。』

「為什麼？」

『既然已經知道被人盯上，沒必要老實地讓對方知道我們的目的地。』

「我明白了。」

『小漆，前面的岔路不要往北走，轉向東方。』

「嗷！」

然後，在往東的道路上走了一段距離後，我們轉進森林之中。接著再邊走邊多次使用傳送與隱密等技巧，回到北方道路。

似乎沒人跟蹤過來。

「擺脫掉了嗎？」

『應該吧。』

沒幾個人能不被現在的我們察覺行蹤，而且還跟得上小漆的速度。應該說如果這麼有本事的話，照正常方式襲擊我們應該更容易行刺成功。

「那就是鎮上的人說的河流？」

『我想應該是吧。』

「嗷嗷！」

多虧小漆的努力，路程好像消耗得比想像中快。牠似乎覺得能夠在沒有其他行人的路上全速奔馳很過癮。

我們準備前往的中繼點已經進入視野。那條河必定就是在鎮上問路時聽到的河川。只要越過那條河，應該就離施瓦茨卡茲不遠了。

「師父，有岔路。」

『根據在古林格特打聽到的，記得人家是說渡河後就往右走。』

「嗷！」

小漆完全沒放慢速度，簡直像玩甩尾技巧般銳角過彎。

『然後呢，只要繼續沿路前進就——』

「師父！那個！」

『看到了！』

我們踏上通往施瓦茨卡茲的窄路，看到前方有幾名獸人揹著背架往前走。即使有段距離也看得出來。

柔軟的黑色尾巴，以及頭頂上的黑色貓耳。

『怎麼看都是黑貓族！』

「嗯！」

發現第一批村民了！

也許是來砍柴的，所有人都揹著捆好的枯枝。

我們立刻就想跟他們打招呼，但——

「噫咿！」

「怪物狼！」

「快、快逃啊！」

我們是想說突然接近會把他們嚇到，所以故意沒有隱藏氣息，結果似乎適得其反。

一看到小漆靠近過來的瞬間，他們立刻轉身就跑。眼睛好像就只看到小漆而已。

不愧是公認的弱小種族，似乎想都沒想到要挺身一戰。他們把揹著的枯枝撒了滿地，二話不說就跑進森林裡。

真是失策，最起碼應該先讓小漆縮小才對。不過，就這樣放著他們不管也太可憐了。那樣他們會以為有一頭巨狼魔獸在四處徘徊，繼續心驚膽跳下去。

『沒辦法了，追過去解開誤會吧。』

「好。」

『小漆先躲進影子裡。』

「嗷……」

總之我們先把背架與枯枝收納起來，去追逃走的黑貓族。他們似乎很習慣逃跑，分頭逃向了三個不同方向。

『總之先去找距離最近的那一個吧。』

「嗯。」

對方不是什麼戰士，就只是一般民眾。

芙蘭認真起來的話，一瞬間就追上了。

只見那人蹲在樹下，渾身發抖。

「請問一下。」

「噫！」

芙蘭出聲呼喚躲起來的黑貓族男性，對方嚇得渾身一抖跳了起來。

臉色都發青了。接著男性戰戰兢兢地轉過頭來，發現眼前是比自己年幼的同族少女而面露安心的表情——隨即嚇到直不起腰癱坐在地。

「進、進進進……」

「嗯？」

「進進進進進——」

「還好嗎？」

「進化了！」

「嗯。」

畢竟是同族，進化帶來的衝擊想必比其他獸人更大。雖然其他獸人也把芙蘭當成英雄……但男性抬頭看著芙蘭的眼中，有著更強烈的驚愕與畏懼之色。

身體發抖的程度，好像比被小漆嚇到的時候更劇烈？

「是黑、黑黑黑黑……」

「嗯？」

「黑黑黑黑黑——」

「怪笑？」

「是黑雷姬大人嗎！」

連這種鄉下地方都聽說了啊？而且彼此都是黑貓族，應該看得出芙蘭是層級更高一等的黑天虎。

男子當場嚎啕大哭起來。

「嗚喔喔喔喔！」

「你沒事吧？」

「老是被說成倒楣種族的我們終於！終於！嗚喔喔喔喔！」

（等他一下。）

『也好。』

芙蘭的眼神很溫柔。

芙蘭對同族向來具有特殊情感。在烏魯木特遇見依妮娜的時候也是，看來她在遇到同族時會變得特別溫柔。

我們靜靜等候對方鎮定下來，不久男子恢復了理智，開始道歉。

「竟然勞煩到黑雷姬大人，小的萬分抱歉！」

「不要緊。」

「謝、謝謝大人！」

後來我們去接另外兩人，結果幾乎都是同一種反應。先是對芙蘭進化為黑天虎大為驚愕，然後才終於理解芙蘭是什麼人，陷入狂熱的歡喜狀態。

他們後來對芙蘭的崇拜程度也很驚人。這樣形容不太好聽，但就像是跟隨貓老大的小貓咪一樣，兩眼晶亮地注視著芙蘭。把他們弄掉的背架與枯枝還給他們，他們就感激涕零地說芙蘭好和善，又對於芙蘭會用罕見的時空魔術投以尊敬的眼神。

這樣說不太好聽，但還真好哄。才一碰面，就被當成明星一樣崇拜。

我們抓準機會請他們帶我們去施瓦茨卡茲，他們立刻爽快答應。

「那我先回村通知大家！」

其中一人說完就往前跑去。真貼心，這樣進村子時就不會引起戒心了。

「對了，我有夥伴。」

「咦，您還有夥伴？」

「嗯，我可以叫牠出來嗎？」

「當然可以！」

「小漆。」

「嗷嗷——！」

「哇啊！有狼！」

小漆一從影子裡現身，兩名男子當場嚇到差點沒腿軟。

「噫咿咿咿！」

奇怪，小漆都已經縮小了耶，反應卻還是跟剛才一樣。

看到這種反應，就有點能理解他們為何會被稱為最弱種族。

芙蘭極力安撫他們，前往村莊。

路上芙蘭問他們怎麼會這麼怕小漆，才知道對他們來說，就連不是魔獸的一頭狼都已經是一大威脅了。而小漆一看就知道是魔獸，對他們來說似乎相當可怕。

「我先去講一聲，以免大家嚇到。」

「拜託你了。」

看來還是請人家跑一趟比較好，不然讓黑貓村陷入一片恐慌就麻煩了。就這樣，又有一名男性往村莊跑去。

芙蘭與剩下一名青年一邊閒聊，一邊慢慢走向村莊。他說村莊人口約莫三百人，黑貓族占了九成以上。

剩下一成的其他種族，也都是士兵、冒險者或他們的家人，一般居民好像幾乎都是黑貓族。

我們一邊聽他講村莊的狀況，一邊走了十分鐘的路。

「啊，就在眼前了！」

「那裡就是施瓦茨卡茲？」

「是的！」

在道路的前方，漸漸可以看到高大的木頭牆壁。

雖然是個鄉間小村，但外牆蓋得倒挺壯觀的。

據青年所說，這牆似乎是獸王特別找人蓋的。看來獸王是真的很重視黑貓族，或者該說尊重琪亞拉。

大門前站著三名黑貓族人。其中兩人是剛才與我們同行的男性，中間站著一名佝僂老人。

不需要替小漆做解釋，他的眼睛似乎只看得到芙蘭。

「喔喔……！喔喔喔……！竟、竟然真的進化了！」

他睜大著含淚的眼睛，凝視芙蘭的臉。

「所以不是跟村長您說了嗎！」

「可是，要老夫如何相信我們黑貓族居然出了個進化者！」

「那可是獸王陛下的使者閣下來通知耶？」

「老夫聽了還是不信！難道你們就真的信了？發自內心？百分之百？」

「這個嘛……」

「也是啦～」

獸王似乎早已把芙蘭的消息告訴他們了，但他們原本還半信半疑。大概就跟別人一樣，他們也把黑貓族不能進化當成常識吧。

結果這時芙蘭出現了。

她就是這世上最明確的證據，證實了黑貓族可以進化。村長等人的情緒已經興奮到最高點了。

竟然把芙蘭撇在一邊，開始交換意見。

「那、那麼當時提到的進化條件也是？」

「對、對啊！就是打倒一千隻邪人那件事！所以那是真的了？」

「哇，我那時還覺得鬼才會信咧！」

看來還需要一點時間，他們才會平靜下來。

『好吧，總之他們高興就好嘍。』

「嗯。」

「嗷。」

幾分鐘後。

村長等人總算平靜下來，帶著我們進入施瓦茨卡茲。

他們道歉道到差點沒下跪，但芙蘭並未放在心上。反而還很高興自己帶來的消息讓大家這麼喜出望外。

村子裡的獸人們聚集在一起等著我們到來。入口形成了一圈人牆，應該有兩百人以上。

而且，他們幾乎都是黑貓族。

一看到芙蘭現身的瞬間，眾人一陣交頭接耳。本來以為場面會一片混亂，沒想到大家這麼安靜。

仔細一瞧，幾乎所有黑貓族人都驚愕地睜大眼睛。看來是震驚到當場僵住，連歡呼聲都發不出來。

「啊啊……神啊。」

「原來……是真的。」

「嗚嗚……」

也有很多人感動到哭出來。

我們先等大家心情平靜下來，結果不用任何人開口，黑貓族人們自動當場下跪，開始膜拜芙蘭。

他們雙膝跪地，雙手在胸前祈禱般合握，用熱情洋溢的眼眸注視著芙蘭。就某種意味來說，搞不好比下跪磕頭更謙卑？完全當成崇敬的對象了吧？

這種異常氣氛正把芙蘭與我搞得很困惑時，村長對眾人說了：

「好了好了，你們這樣害得黑雷姬大人很為難。大家先冷靜下來。」

這些話似乎讓眾人稍微收起了興奮的情緒，黑貓族人們停止膜拜芙蘭。但還是照樣圍著芙蘭，對她投以熱情的視線。

「真是萬分抱歉，黑雷姬大人。」

「嗯，沒關係。」

芙蘭一這麼說的瞬間，人牆開始吵吵嚷嚷。

「喔喔，她說話了！」

「聲音真可愛！」

每次反應都好激動啊。黑貓族人們熱烈地討論不休，喊著「好可愛」「超可愛」「女神降臨啦」之類的話。與其說是英雄，說成偶像或許更貼切？

「那麼，這邊請。」

「嗯。」

我們跟著村長讓他帶路，其他黑貓族人也成群結隊地隨後跟來。其中也有一些跟芙蘭年紀相仿的孩子，但似乎無意向她攀談。雖然從他們眼睛的光彩來看，應該不是害怕不敢接近才對。

跟著走到最後，來到的地點似乎是村長的家。進去之後，村長親手為芙蘭準備茶水。

黑貓族人們似乎圍著村長的家。可以感覺到他們就在外面，也能看到有人從窗戶偷看。

「非常抱歉，只能以這種粗茶招待您。」

「嘶嘶。很好喝。」

「喔喔！這樣啊！哎呀，真是太好了。」

芙蘭這麼說讓村長如釋重負地鬆了一口氣。由於牆壁很薄，屋外的黑貓族人似乎也都聽見了，傳來「喔喔——！」的歡呼聲。

如果芙蘭說不好喝的話會怎樣？村長會派人端別種茶來嗎？搞不好真的會。豈止如此，說不定還會派人去附近城鎮買高級茶葉來款待芙蘭。總之芙蘭的一舉手一投足似乎都受到眾人矚目。

「這是村子裡採的茶葉。聽到您喜歡，大家都會很高興的。」

什麼，原來是村子裡採收的茶啊。如果是這樣，大家聽到芙蘭說好喝，會那麼高興也不難理解。畢竟是大家熱烈支持的巨星讚美了村莊的特產嘛。

「那麼，您來到我們村子是否有什麼貴事？」

「沒有。只是聽說有黑貓族的村莊，想來看看。」

「喔喔，原來是這樣啊！」

芙蘭對他們的村莊產生興趣似乎讓村長很高興。他面帶笑容不住點頭。

「逗留本村時就在寒舍住下吧。畢竟就是個小村，也沒有旅店。」

「我只待幾天，搭帳篷也行。」

「不不不！怎麼能讓黑雷姬大人露宿路邊呢！請務必在寒舍住下！」

一聽到芙蘭說出要搭帳篷，村長立刻死命哀求她在自己的家裡過夜。還用額頭去撞桌面，簡直是拚了老命。

「那好吧，謝謝。」

「需要什麼東西儘管吩咐。」

話又說回來，村長招呼芙蘭的方式簡直像遇到貴族一樣。

雖然有經過進化，但芙蘭只是個平民耶。論身分的話，應該是村長比較了不起吧？可是，也不知道村長有沒有想過這點，態度還是一樣畢恭畢敬。

「雖然村子裡什麼都沒有，但大夥兒會盡量為您準備的。」

他雖然這麼說，但我們什麼都不需要耶。芙蘭來此的目的反而正好相反。不，其實也說不上有什麼確切目的，總之她只是想來看看這個村莊有沒有遇到什麼困難。

「不需要。不用擔心我，反而是你們有什麼困難的話可以告訴我，我什麼忙都願意幫。」

「喔喔，真是不勝惶恐。」

「有沒有被魔獸騷擾？」

「還好。這附近魔獸算少，即使是我們黑貓族也能安心度日。雖然土地不算肥沃，但危險也比較少。」

據他的說法是這個地區氣候也略偏寒涼，不怎麼受到獸人的喜愛。

大概是就算魔獸稍微多一點，肥沃而溫暖的地區對於生性好戰的獸人來說還是比較舒適吧。

似乎正是因為如此，所以即使獸王將這片土地賜給黑貓族，其他種族也沒有怨言。

「既然您這麼說，老夫只有一事相求。」

「什麼事？」

「能否讓年輕小夥子見識一下黑雷姫大人的力量？」

「你是說戰鬥能力？」

「是的。對於老夫或其他風燭殘年的老人來說，想去獵殺一千隻邪人獲得進化已是不可能的事。但如果是年輕人，或許還有機會達成進化。老夫希望能讓那些年輕人看見明確的目標，而不僅僅只是一份憧憬。」

的確，黑貓族現在得知了進化的方法，正陷入某種歡天喜地的狀態。

但是，當這股熱潮退去時，又有多少人真的會為了進化而下定決心與邪人廝殺？

想起在村莊外頭遇見的幾名男性的膽小反應，就覺得不會多到哪去。

「原來如此……我答應。」

「喔喔！真的嗎！」

「嗯。」

芙蘭與村長正在討論今後的計畫時，外頭的黑貓族忽然變得更吵鬧了。

發生什麼事了嗎？

接著，有人粗魯地猛捶村長的家門。同時不知道是誰大聲叫道：

「村長！村長在嗎！」

發生緊急狀況了嗎？說話的人似乎十分焦急。

「怎麼這樣大呼小叫！發生什麼事了！」

「啊啊，村長……！哥、哥布林！哥布林出現了！」

「不是有士兵們在嗎？怎麼急成這樣？」

「來、來的是二十隻以上的大集團！」

「你、你說什麼？」

「現在似乎正在休息，但想必很快就會開始移動了。說不定會來到我們的村子。」

聽到數量有二十隻，村長明顯地驚慌起來。

我覺得二十隻沒什麼了不起，但對小村子來說也許是大災難。

「二、二十隻哥布林？」

「我們完了！」

黑貓族的反應像是世界末日到來一樣。這時，芙蘭站了起來，對村長說道：

「這樣正好，我會展現我的實力。」

聽到這句話，村長神色頓時轉憂為喜，跟著站起來。

「喔、喔喔！黑雷姬大人！可、可以勞煩您嗎？」

「嗯。選幾個人跟我來。」

「好、好的！老夫這就去選人！」

村長點頭答應芙蘭所言，隨即匆匆奔出家門。

我們從黑貓族的村莊施瓦茨卡茲出發，走了十五分鐘。

芙蘭身後，跟著約莫三十名手持武器的黑貓族人。

所有人都帶著緊張的表情。

畢竟黑貓族平常一遇到魔獸就只會逃跑。雖然這次只須旁觀芙蘭打鬥，但是親赴戰場對他們來說應該是想都不敢想像的事。

可是，獸人國不是時常與鄰國巴夏王國小打小鬧嗎？就真的都沒有人上過戰場？

芙蘭一問之下，得知黑貓族似乎不會被叫去打仗。這樣其他種族不會有怨言嗎？

「沒辦法啊～黑貓族在戰場上派不上用場嘛。」

「反正去也只會礙手礙腳。」

「我們就算去了，也只會被當成麻煩精啦。」

「雖然以前好像也有被當成肉盾過……」

「但自從當今獸王即位後，那種不人道的作戰方式就被禁止了。」

「這麼一來，我們就真的毫無用處了。」

竟然能自卑到這種地步。不過，經年累月地被人說成廢物、小角色或沒用的東西，或許是會養成這種性情沒錯。

本來以為到了獸人國或許能找到以進化為目標的戰士型黑貓族……這下看來，像是芙蘭的雙親或琪亞拉等獸人國之外的黑貓族可能還積極進取多了。

我想可能是在獸人國出生長大的話，自幼就會被灌輸自己無法進化的觀念，而使得他們死心認定自己絕無進化的希望吧。

只是，看來並不是所有人都覺得自己與同胞可以繼續弱小下去。這次跟著芙蘭一起來的黑貓族當中，唯一的一名少女滿臉不服氣地聽男人們說話。看樣子她對自卑的同族們相當不能苟同。

「讓我打個岔，我們其他獸人族即使黑貓族不來打仗，也不會有怨言的。」

帶我們前往哥布林所在地點的赤犬族士兵，也苦笑著這麼說。

「是這樣嗎？」

「聽說先王時期黑貓族曾經被貶為奴隸，拿來當成誘餌等等。但是，自從當今國王即位，那種事情便不再發生了，其他獸人族的意識也產生了巨大變革。」

「原來如此。」

「現在大家都覺得沒辦法，誰教他們是黑貓族呢～」

從他的語氣聽起來，完全沒有看輕黑貓族的意思。不過對他來說，黑貓族很弱似乎也是理所當然的常識。

黑貓族＝弱角＝與其跑來礙手礙腳，他們不上戰場也沒差。似乎就是這種想法。

「總有一天，我要改變別人的這種觀感！」

只有那個從剛才到現在對同伴的懦弱態度都很不以為然的少女，憤慨激昂地這麼說。

「哦哦，真了不起。妳是——」

「回黑雷姬大人！我叫莎琉夏！」

「嗯，莎琉夏加油。」

「是！」

然而，犬獸人士兵聽了這段對話，卻不以為然地笑笑。

「我想那可能需要加倍努力喔。雖然看到黑雷姬閣下後，我們也稍微改變了想法……」

說歸說，畢竟芙蘭比較像是特殊案例嘛。我想不至於能夠一口氣改變全體獸人的意識。他們會覺得芙蘭或琪亞拉是例外，對黑貓族的觀感還是不變。

「這樣啊……」

芙蘭遺憾地低喃。

哎，我想這種刻板觀念也只能一步步慢慢去改變了。

我們就這樣一邊戒備周遭動靜一邊前進，不久就在前方的岩場感覺到哥布林的氣息。

村莊周圍的地形是廣闊荒野與零星分布的小森林。本來以為森林周圍的土地會比較肥沃，結果這些森林似乎會吸走周邊土地的營養，造成土地依然貧瘠。

村民似乎很想伐木進行開墾，無奈人手不足，目前只能小規模砍伐森林拓展田地範圍。

而村莊北邊的土地更是特別貧瘠，幾乎沒有高大的樹木生長。

只長出些許灌木或野草，可說是標準的荒野。

其實如果越過這片荒野，北方遠處似乎有一塊肥沃的土地。但是據說那裡有著多數魔獸棲息，而且冬季嚴寒，開拓的困難性極高。

「就在那邊！」

「嗯哼。」

哥布林們目前所在的岩場，位於村莊正北方約二十分鐘腳程的地點。只見荒野上怪石嶙峋相連綿延，要是在地球的話也許會變成知名景點。

我們躲在這些奇岩怪石的暗處，觀察哥布林。

的確，男性帶路人指出的前方位置，有二十隻哥布林在怪石之間走動。看來休息時間已經結束。

牠們的腳步朝向南方，再這樣下去必然會逼近村莊。

不過，看起來不太對勁。牠們的裝備似乎太好了。我們以往對付過的哥布林，幾乎都是纏腰布加木棍。最多就是從冒險者身上搶來的皮甲。

然而眼前這些哥布林，卻幾乎都裝備了鐵製武器防具。比照過去看過的哥布林，裝備比較接近在哥布林地下城對付過的巨型哥布林。

我可沒聽說過這附近有地下城。

不過，男性帶路人的一句話破除了疑問。

「八成是從某個傭兵團或誰身上搶來的裝備吧。」

「哥布林有這種本事？」

「也許哥布林的總數不只這些，而且也有可能是某個傭兵團因為某些原因而全軍覆沒，裝備就被牠們摸走了。」

「有道理。」

經他這麼一說，裝備確實整齊劃一，像是從傭兵團或士兵隊等集團整套搶來。

『哎，裝備再完善也就是一群普通哥布林，周遭也沒有其他哥布林的氣息。那點戰力的話不會有問題啦。』

「嗯。那我過去，大家先在旁邊看。」

芙蘭如此告訴同行的其他人之後，大家都一臉憂心地看著芙蘭。似乎不是擔心芙蘭會輸還是怎樣，而是在戰場上被拋下覺得害怕。

「別怕，有小漆在。」

「嗷！」

小漆雖是魔獸，但多虧牠一路上討喜地示好，黑貓族都已經習慣跟牠相處。

他們這才想起小漆的存在，無不顯得鬆了口氣。

黑貓族再怎麼弱，似乎也感覺得出來小漆是比哥布林更強的魔獸。

「我很快就回來。」

「好、好的。」

「請小心。」

「我、我們會認真看的！」

將黑貓族的聲援拋在背後，芙蘭從岩石暗處跑了出去。

她直接消除氣息，慢慢接近哥布林。好吧，我是說以芙蘭來說。看在黑貓族眼裡大概快到眼睛都追不上吧。

芙蘭認真起來的話不用五秒就能殲滅牠們，但這次的目的是展現進化黑貓族的力量。太快就適得其反了。

「覺醒——閃華迅雷！」

『連這都用上？』

「因為這樣比較帥。」

『啊——帥不帥確實很重要。』

「嗯。」

如果夠酷炫，也許會有更多黑貓族心生憧憬。這麼一來，或許就會有人立志進化。

「師父，我先用劍砍。」

『好。』

雷光的華麗升空，已經讓哥布林們注意到芙蘭的出現。

牠們瞪著我們，嘎啊嘎啊地鬼叫個不停。

但是，芙蘭沒停下腳步，乘著奔行氣勢一躍而起。

「喝啊！」

芙蘭在空中將我拔出，第一步先慢慢斬向離自己較近的哥布林。用太快速度瞬殺敵人會讓觀眾愣住，所以只能用他們也能勉強看見的速度。芙蘭就這樣維持氣勢斬殺了三隻。

這一步讓哥布林們將芙蘭視為強敵，全體一齊來襲。以哥布林來說，判斷力算是精準。

然而，芙蘭或躲或架開了所有攻擊。

看在黑貓族眼裡，大概會覺得像是芙蘭以黑雷為伴翩翩起舞吧。

芙蘭回手斬殺了三隻時，已經讓哥布林們開始陷入混亂。看來似乎是在不經意之間打倒了隊長。

『接著是魔術嗎？』

「嗯，要用大招。」

『好！』

哥布林們還在猶豫是該逃命還是搏命時，火魔術已經當頭灑下。芙蘭著重於華麗特效，試著擊出了會爆炸燃燒的三角爆炸。火焰伴隨著駭人的大爆炸向上噴發，被直接擊中的哥布林當場半個身體被炸飛，其餘部分也燒得焦黑。

場面這麼浩大，對黑貓族一定起了很大的展示效果。

哥布林們似乎徹底明白到牠們毫無勝算，餘黨轉身想逃命。然而，一則是需要捍衛施瓦茨卡茲的和平，一則是為了顯示芙蘭的強悍，不能讓牠們逃走。

「氣絕電壓、氣絕電壓、氣絕電壓。」

「嘎啊喔喔喔！」

「啾啊啊喔！」

芙蘭連續施展了雷鳴魔術。迸發的電擊沒奪走哥布林們的小命，只是讓牠們身體麻痺失去行動自由。

『不殺牠們嗎？』

「嗯。我要叫大家來，給牠們最後一擊。」

『原來如此。』

想讓那些膽小的黑貓族人建立自信，這或許是個好辦法。

『那就去叫人吧。』

「嗯。」

問題是那些好像不知道把野性忘在哪裡的軟腳蝦黑貓族人，敢不敢殺哥布林還很難說……

總之讓他們試試就知道了。

芙蘭回去叫那些遠遠旁觀的黑貓族。

「喔喔！黑雷姬大人！怎、怎麼樣了？」

「搞定。大家過來。」

「好、好的。」

「來了。」

黑貓族人們乖乖聽話，跟在芙蘭後面。

然後神色興奮地觀察哥布林的屍體。

「好、好厲害！」

「不愧是黑雷姬大人！」

「進化超強的！」

先不論有沒有決心自己也以進化為目標，他們親眼目睹芙蘭的力量，肯定加強了對進化的憧憬。

「哇——真不愧是黑雷姬。」

帶路的赤犬族男性畢竟是士兵，看到哥布林的屍體仍然冷靜。只是尾巴一個勁地猛搖，看到芙蘭這麼強悍似乎還是很興奮。看著芙蘭的眼瞳也跟黑貓族一樣含藏憧憬。

然而，黑貓族的興奮也只到這裡為止了。

「噫噫噫！這隻哥布林還活著！」

「咦咦？嗚哇，是真的！」

「哇啊啊！」

其中一人發現倒地的哥布林胸膛還在起伏，發出大聲慘叫。其他黑貓族人一聽，也發現還有部分哥布林一息尚存，臉色頓時發青。

但芙蘭不予理會，要求大家殺了哥布林。

「用你們手上的武器，給這些傢伙最後一擊。」

「咦？」

「由你們殺掉這些傢伙。」

「咦咦？」

「為什麼？」

「何、何必要這樣？」

也是啦，當然會驚慌失措了。

「藉由殺死哥布林來習慣獵殺邪人。殺死一隻，就會有自信了。」
聽到她這樣解釋，只有莎琉夏一個人付諸行動。她獨自走上前來，瞪著哥布林舉起武器。
可是，其他人都毫無反應。也是啦，他們至今恐怕連武器都沒好好握過，應該也沒行使過非狩獵或防衛目的的殺戮暴力吧。我懂他們猶豫的心情。
但是，芙蘭不給通融。
「再不快點下手，麻痺就要解除了喔。」
「噫咿！」
「那麼，最右邊的三個人出來。」
「不，可是……」
「也、也不是一定非今天不可吧～」
「就、就是說啊。」
被點名的三個青年似乎無法下定決心，找盡藉口不肯走出來。
身為邪神手下、叫「邪什麼」的怪物似乎總稱為邪人，一般人也同樣將牠們視為世界公敵。殺死這些傢伙應該不會造成心理障礙才對啊……
大概與其說是不敢殺哥布林，他們根本就沒習慣用武器吧。
可是，芙蘭採用的是斯巴達教育。
或者應該說，芙蘭生來就是流浪冒險者的孩子，後來又變成非法奴隸度過難熬的孩提時期，可能無法理解別人不敢奪取敵人性命的心情吧。因為芙蘭的感覺向來就是敵人能殺則殺，甚至只要有可能成為敵人就乾脆殺掉？就是這樣。

「不行，現在就動手。」

「可是——」

「呣，哥布林的麻痺要解除了。」

「噫咿咿！」

「快點。」

「是！」

莎琉夏雖然有點害怕，但仍然高舉武器。即使有幹勁，恐懼感也不會消失。面對哥布林，可能多少引發了她一點恐懼心理。但還是比繼續藉故推託的男人們要勇敢多了。

「喝啊啊啊！」

莎琉夏的劍高舉劈下，微微割傷了哥布林的肚子。以女性初次揮劍的成果來說，算是不錯了吧？最起碼沒有嚇得不敢動手。

「莎琉夏這樣就行了。另外三個人也要做。」

「啊啊，怎麼會變成這樣！」

「只、只能做了！」

「可惡啊！」

大概是看出芙蘭毫無轉圜餘地了吧。

三人紛紛舉起武器，戰戰兢兢地劈向哥布林。攻擊沒有武器技能外加愛做不做，完全不成氣候。還發出聽了都沒勁的「啪」一聲。

這樣就算對付的是哥布林，也不可能殺得死。被砍這一下引發了哥布林的防衛機制，身體痙攣跳動了一下。

三人見狀，發出窩囊的尖叫往後跳開。

逃離危險時動作倒是特別快啊。

「再認真一點。」

「可、可是～」

「再一遍。像這樣，然後這樣。」

芙蘭向他們示範揮劍動作。

「好、好的……」

「嗚嗚……」

「我受夠啦——！」

三人在芙蘭的逼迫下索性豁出去了，用更大的力氣猛砍哥布林。這次有認真瞄準頭部或腹部，而且是連續劈砍而不是一次就罷手。

「哈啊哈啊……」

「怎麼樣？」

「成功……了嗎？」

哥布林的屍體變得有點慘不忍睹，但可能是腎上腺素爆發的關係，三人看到似乎也不覺得噁心。反而是在一旁觀摩的黑貓族，有幾個人摀住嘴巴蹲了下去。

「做得好，你們殺死哥布林了。」

「「「喔喔喔！」」」

聽到芙蘭這麼說，三人面頰泛紅地發出了吶喊。大概是親手殺了邪人讓他們情緒亢奮吧。

不過，為了不讓他們得意忘形，也不忘叮囑一句：

「殺死一隻無力抵抗的哥布林，三個人加起來足足攻擊了十次。必須練到能一擊殺死嘍囉哥布林的水準才行。」

「嗚，這樣啊……」

「說得也是。」

「不曉得我們在興奮什麼。」

「不過，以第一次來說算不錯了。只要經過訓練獲得技能，就不會輸給區區哥布林。」

「「「是！」」」

真會恩威並用。同時受到讚美與批評，三人對芙蘭是徹底的信服。雖說原本就很崇拜芙蘭了，這下可能有點達到洗腦等級？

只不過，也似乎成功在黑貓族青年們的心中建立起了自信與目標。雖然會不會真的努力達成進化就不知道了。

「莎琉夏只要習慣揮劍，一定能成為優秀的戰士。」

「真的嗎？」

「嗯。」

「謝謝黑雷姬大人！」

「那麼，再換三個人過來。」

「好、好的！」

之後，芙蘭讓每個黑貓族小夥子都學到殺死哥布林的經驗。本來以為大家會繼續找藉口推託，沒想到芙蘭一叫就都上前了。畢竟芙蘭視線的壓迫感非同小可嘛。再說，看到同伴都動手了，應該也有助於大家拿出一點決心。

還有人因此升級，小夥子們籠罩在平靜的興奮中。

也有人聊到一回村莊就要立刻開始鍛鍊，看樣子芙蘭的目的是達到了。

不過其中也有人就是不習慣戰鬥，自始至終都畏縮不前，所以也不是所有人都受教。但也算是成果豐碩了。

「嗯。這附近已經沒有魔獸了，回村莊吧。」

「好的。這些屍體怎麼處理呢？」

「總之先收起來。」

芙蘭把所有哥布林收進次元收納空間，然後帶著大家踏上歸途。

回村莊的路上，黑貓族人們依然興奮地聊個不停。

他們似乎在認真討論要去哪裡才能獵殺邪人。說是這附近幾乎沒有邪人的蹤跡，必須遠赴王都附近才行，還討論到是否該乾脆渡海前往吉耳巴多大陸。

有幹勁是好事，但總覺得有點擔心。他們不會為了獵殺邪人而逞強，結果丟掉小命吧？會不會對他們有點煽動過度了？

『芙蘭，是不是該在村莊待一陣子，稍微鍛鍊他們一下比較好？』

（那樣會趕不上王都的拍賣會。）

對於我的建議，芙蘭搖了搖頭。

『是沒錯，但這邊也讓人擔心耶。』

（不行，要守約定。）

『說是約定，但也只是格爾斯老先生寫信單方面指定的吧？沒到約定的程度吧？』

（還是不行。）

『好吧，妳說了算。』

她在這方面是真的很頑固，決定的事情就絕不會改變。雖然這也是芙蘭的魅力之一啦。

回到黑貓族的村莊，去撲滅哥布林的黑貓族人們，開始語帶興奮地把事情經過講給留在村裡的同胞們聽。

他們相當自豪地描述芙蘭有多厲害，以及他們殺死哥布林的事情。

村長看到這些年輕人的模樣，深深低頭致謝。

「黑雷姬大人，謝謝您。」

「我沒特別做什麼。」

「對我們來說，卻是偉大的行為。有您這樣的同胞真是我們的驕傲……謝謝您。」

芙蘭點頭回應村長，接著拿出收納起來的哥布林的武器防具。意外得到這一批乾淨完整的鐵製武具，我們完全用不到，但對新手冒險者來說已是夠好的裝備了。

「這些，需要嗎？」

「您問需不需要，是什麼意思？」

「我不需要。」

「您、您願意送給我們嗎？這些應該能賣不少錢啊。」

「只是小錢。我其實收入還不錯。」

「喔喔，謝謝您！這些就給村裡的年輕人使用吧。」

「嗯。那麼，這些也給你們。」

「這、這是……！」

芙蘭拿出了擺在次元收納空間裡用不到的大量武器防具。就是我們在各地從哥布林、盜賊或海盜身上搶來的各類物品。不像魔物素材，這種的必須特地拿去武具店才能脫售，而且每一件都很廉價，所以才會一直堆在次元收納空間裡沒賣掉。

它們幾乎都壞了，不能直接拿來使用。不過，其中應該有幾件稍事修理就能使用了。修不好的武器可以再熔鍊，皮革也可以拿狀態好的切割修補。

「我用不到，也懶得處理，你們願意收下的話等於是幫我的忙。」

「喔、喔喔！請務必讓我們收下！」

「謝謝。」

「不會不會。」

村長似乎把芙蘭的直話直說解讀成贈送武具的心意，淚眼婆娑地如此回答。其實我們是真的用不到啦。

「各位鄉親！黑雷姬大人不但保護了我們村子，還送給我們這麼多的武器防具！」

「哦哦～！」

「不愧是黑雷姬大人！」

「太棒啦！」

「今晚設宴歡迎大人蒞臨本村！」

「「「唔喔喔喔喔喔！」」」

聽到村長宣布設宴，村民們一齊跑開。

大家生活過得也不富裕，我是覺得不用這麼鋪張……

『看來是盛情難卻了。』

（好期待。）

（嗷！）

但我覺得應該不會端出你們倆期待的那種大餐喔。

然後到了晚上。

芙蘭的歡迎會正式開始。

「來來，請黑雷姬大人帶頭喊乾杯。」

「？」

『總之說乾杯就對了。』

「嗯，乾杯。」

「「「乾杯～！」」」

所有人把酒杯高舉朝天，然後豪邁地乾了第一杯。

大概是這個地區的習俗吧。

芙蘭也一口氣喝乾果汁。

坐在上座的芙蘭，面前擺滿了料理。

起初村長想為了芙蘭大開村莊糧倉，但我們才剛聽說這裡土地貧瘠不宜耕作，就婉拒了這份好意。

我們還反過來從次元收納空間拿出肉類與蔬菜，提供給村莊。我們這裡各種肉類一應俱全，也從各地買齊了多種蔬菜準備哪天用來烹飪。還有魚片、鳥蛋與米糧麵粉等穀類。

起初村長說不好意思讓芙蘭做這麼多，不肯接受；但我們說就當作是幫忙清理次元收納空間，硬是把東西塞給他。

聽到芙蘭說她一個人吃不完正在傷腦筋，村長又開始飲泣了。總覺得原本就已經大漲的芙蘭股，這下更是上升到漲停板的地步。

我們還請各位太太教我們如何製作黑貓族的傳統燉煮料理。味道本身沒什麼特別之處，只是似乎要用黑貓族歷史悠久、形狀特殊的爐灶來做。

爐灶是一種有著厚牆、大小如平衡球的球形烤窯。說是內部進行烹調的同時，也能發揮室內暖氣的功效。而且似乎能在短時間內將料理煮軟。我猜大概是具有遠紅外線或類似的效果吧。

用這種特殊的爐灶，將肉類與幾種根菜加上鹽與發酵調味料調味後燉煮到入口即化，黑貓燉菜就完成了。

聽說發酵調味料嘗起來似乎就像醬油，所以吃起來很像地球的和風燉菜。日後我可以找時間改良食譜，讓芙蘭吃到好菜。我們則教她們如何用骨頭與蔬菜熬高湯。

美味餐點大量端上桌，宴會氣氛熱鬧滾滾。

宴會一開始先是以崇敬芙蘭的形式表演重要節日時獻給神明的歌舞，氣氛還很莊嚴；但隨著酒過三巡，氣氛也開始變得熱鬧歡快。

才過了一小時，就徹底變成狂歡祭典了。

有人舉杯對飲，有人唱歌走音，有人跳起與神祕舞蹈八竿子打不著邊的舞步，各有各的樂子。

但似乎仍然沒忘記對芙蘭的感謝。芙蘭的周圍總是簇擁著人群。

大家好像都想跟芙蘭說聲謝謝。

他們一個個過來簡短地道謝，然後離開。但是，人潮始終不見減少。反而還有一些人排隊排到等不及了仗著酒意想硬闖，使得她身邊的人越來越多。

『芙蘭，妳還好嗎？』

（嗯，沒事。）

不如說看起來還很高興。說得也是，對芙蘭來說，這種景象應該就像作夢一樣。

眾多黑貓族人在宴會上一同歡笑，自己則是他們的中心人物。

芙蘭雖然表情沒太大變化，但看起來是真的很開心。

我還是覺得芙蘭留在這座村莊對她來說比較好……可是，芙蘭恐怕不會改變她的想法。待個幾天應該就會表示要踏上旅程了。

既然如此，在這座村莊逗留的期間，但願她能跟同胞們一同歡笑，度過快樂的時光。

宴會翌日。

芙蘭起床得稍微晚了點，吃過豐盛的早餐後在村莊裡到處逛逛。

大家看到芙蘭都大動作低頭致意，不然就是合掌膜拜。特別是老人家還跪下來拜，看來她真的變成敬拜對象了。

『好悠閒的村莊啊。』

「嗯，都是田地。」

這裡似乎就是所謂的農村，很多黑貓族人在耕田。他們幾乎不打獵，只向行商購買少許肉類。草食系貓獸人是嗎……

特別是年輕族群，懦弱到讓人擔心他們能不能在這個嚴酷的環境求生存。

某個年齡層以上的黑貓族人經歷過先王時期，被拖去戰場當誘餌或肉盾時為了盡力求活，似乎也有不少人會鍛鍊體魄。

然而現在的年輕族群不用上戰場，又被灌輸自己這個族群就是弱小的觀念，從一開始就放棄了變強的念頭。

也就是說，他們已經過慣了悠閒的農耕生活。如果是昨天經歷過哥布林殺戮行程的人還另當別論，但我不覺得其他黑貓族人會以進化為目標。

真要說的話，並不是只要打倒一千隻邪人就能進化。那樣只是解除進化限制罷了。之後還得把等級提升到45級才行。

我不覺得黑貓族人有那種長期戰鬥的氣概。

不過，芙蘭似乎沒在擔心。應該說，她好像沒我這麼心急。畢竟芙蘭也是黑貓族，大概明白他們不會說變就變吧。

她好像甚至認為，從現在開始努力的話要再過幾年或幾十年，才會開始出現進化者。

「不過，有件事我想先做。」

『什麼事？』

「想教大家魔術的修行法。」

『原來如此。』

如果只想進化的話，獵殺一千隻邪人，再將等級練到封頂就好。但是，假如想達到黑天虎的境界，魔力與敏捷要夠高，而且必須會用雷鳴魔術。

魔力與敏捷可以靠個人鍛鍊設法達成。可是，雷鳴魔術就難了。必須要具備高等級的火魔術與風魔術能力，再加上雷鳴魔術的天分才能有所成就。

即使如此，只要從小開始修行，總有幾個人學得會吧。既然如此，向黑貓族傳授魔術的修行法也不是件壞事。

『我覺得這想法不錯。』

關於魔術的修行，阿曼達已跟我們做過完整的說明。應該可以藉由穿插實際演練的方式教會大家。

芙蘭走遍村莊找村長。最後看到村長與幾名年輕人神色嚴肅，正在討論某些事情。

「村長，早安。」

「喔喔，黑雷姬大人早安。」

「怎麼了？」

「沒什麼，只是這幾人表示想鍛鍊自己。老夫跟他們正在討論該怎麼做。」

我對這幾個年輕人有印象。他們昨天應該有跟著芙蘭一起去撲滅哥布林。

「我、我們想變強！」

「雖然不知道能不能進化，但我不想再一味逃命了。」

「我們都想練到最起碼能夠保護自己……」

這樣啊這樣啊。看來芙蘭的努力沒白費。

聽到幾個年輕人充滿衝勁，芙蘭不住地點頭。大概是大家拿出了幹勁，讓她很高興吧。

於是，她說：

「好。那麼，我正好有個主意。」

「難道說您願意鍛鍊我們？」

「差不多？我會教你們如何進行魔術修行。」

「喔喔！您說真的嗎！」

如果是古早年代的話還很難說，但現在魔術修行法似乎已經完全失傳了。而且他們好像作夢也沒想到自己或許能學會魔術。

所有人都露出半是高興、半是懷疑的表情。

「您、您是說老夫跟大家都可以學會魔術？」

「我想有些人應該有天分。」

「喔喔，原來是這樣。」

「嗯。特別是火與風屬性的天分會比較突出。」

我想也是，作為種族的特性，雷鳴屬性的天分想必也很突出。這樣想來，應該會有不少人具備高度的火風天分。

「村子裡沒有人會用魔術？」

「很遺憾……」

如果能直接把修行法告訴會用魔術的人就簡單了……可惜得到的回答是這種鄉間小村不可能

有魔術師。

畢竟如果會用魔術，就會變成搶手的人才嘛。

「那麼，請你叫大家集合。」

「好、好的！老夫這就去把大家找來！」

「啊——」

我們本來想告訴村長可以先把莊稼活做完，但他已經跑走了。

十分鐘後。

到場集合的將近兩百名黑貓族全都抱膝坐下，用滿懷期待的眼神注視著芙蘭。除了實在不便放下手邊工作的人以外，其他人似乎都到場了。莎琉夏也坐在最前排。

芙蘭站在他們面前，環顧每個人的臉。

『大家都充滿了幹勁呢。照這樣看來，應該可以期待。』

「嗯！那麼，我教大家修行的方法。」

「「「是！」」」

「首先從火魔術的修行方法開始。」

就這樣，芙蘭開始講解魔術的修行方法。其實也就是照以前阿曼達說的講一遍罷了。

每天用火，接近火，看火，抱著不怕燒傷的決心碰火。就這樣將對火的印象深植於內心，只要練到作夢都會夢見火，就能學會火魔術。

聽了這些說明，黑貓族人們整個愣住了。八成是聽到修行內容艱苦成這樣，說不出話來了吧。

看來幹勁是有，只是沒想到會這麼艱難。

在一片死寂的廣場上，村長終於鼓起勇氣問了：

「只、只要照這種方式修行，就一定能學會火魔術對吧？」

「嗯，有天分的話。」

芙蘭一點頭，村長也即刻點頭回應。

「知道了。老夫立刻讓人準備修行場地。」

村民們聽到村長這麼說，似乎也全都拿出了決心。他們的神情變得更加嚴肅。

哇，真厲害。本來以為必須解釋得更多才能讓大家信服，沒想到他們一聽芙蘭這麼說就信了。

他們唯一擔心的是自己能不能撐過修行，完全沒在懷疑修行是否真的有效。我重新見識到他們對芙蘭的堅定信心了。

「那麼，接著講解風魔術的修行。」

芙蘭的魔術講座語氣平淡，但過程中聽眾始終散發著異樣的熱情。

口頭講解結束，接著輪到實際演練。

到場集合的黑貓族人們，使用火把或團扇，努力感受火與風的存在。

「燙燙燙燙！」

「莎琉夏，妳太超過了啦。」

「就應該這樣！不硬拚到這種地步，是不可能學會魔術的！」

莎琉夏的手太靠近火源，弄得輕微燒傷。但她說得對，為了學會火魔術恐怕真的得硬拚到這種地步。我們決定選擇旁觀，不阻止她。

關於水與土屬性芙蘭也有授課，不久黑貓族應該就會有人學會魔術了。但是，我想起了另一件重要的事。

『對了，是不是也該讓他們學習魔力操作？』

阿曼達說過只要學會魔力操作，接著就有可能獲得魔術能力。

可是，這些從沒感受過魔力的黑貓族人，有那個能耐操縱魔力嗎？我不認為光靠感受火焰或風中含有的些微自然魔力，就能輕鬆掌握魔力操作技能。

『可能得想想辦法讓他們學會魔力操作。』

『這個嘛——』

（該怎麼做？）

我們討論有哪些辦法可行。

『——大概就這樣吧？』

「嗯……村長。」

「是，有何吩咐？」

「嗯，你站在那邊一下。」

「好的。」

村長被芙蘭叫來，依照指示站到芙蘭面前。芙蘭用掌心對著村長，略為集中精神。

「哦，哦哦？有種奇妙的感覺……」

「嗯，我用我的魔力，移動了村長體內的魔力。」

芙蘭使用魔力操作技能，試著干涉村長的體內魔力，看樣子是成功了。

看來只是稍稍攪動魔力的話還辦得到。

「感覺得出來嗎？」

村長語帶興奮地叫道：

「只是隱約有點感覺……但可以清楚知道產生了變化！」

「嗯，這就是魔力。」

「原來如此！」

看來這個方法還不賴。

「那麼，讓其他人也過來排隊。」

「好的！各位鄉親！到這邊來！」

黑貓族依照村長的指示，在芙蘭面前排成了兩排。隊伍排得整齊劃一。

然後，我與芙蘭操縱他們每個人的體內魔力，讓他們感受魔力的存在。不過看起來像是芙蘭獨自包辦就是了。

雖然花了點時間才對所有人做完魔力操作，反正也沒其他事要忙，況且這是在幫助黑貓族。雖不知道能帶來多大幫助，最起碼比完全沒感受過魔力來得好吧。

「黑雷姬大人，謝謝您。」

「我沒做什麼特別的事。」

「您客氣了！您不只是分享進化方式，還傳授大家魔術知識，再多的感謝都不夠！」

魔術的學習方式，一般來說是屬於獨門絕活或不傳之祕的知識。而芙蘭卻毫不吝惜地向大家展現，大概又再次提升了她的股價吧。

聽到村長開口道謝，周圍的黑貓族跟著一齊點頭。

大家立刻回去修行魔術，其中也有人來問如何用劍，讓芙蘭甚至舉辦了臨時劍術講座。芙蘭教他們如何握劍或揮劍，以及鍛鍊的方法。渡海來到這個大陸時，指導新人的經驗似乎派上用場了。教人的方式比那時更有模有樣。

先是魔術，然後又教了用劍技巧，使得芙蘭股已經高到漲停板的地步。

她現在如果說想當村長，搞不好人家馬上就會讓她當。就連村長本人說不定都會舉雙手贊成。

「如果可以，不知您願不願意成為本村村長領導大家……」

「我幾天後就要離開。」

「這樣啊……」

不是搞不好能當，人家還真的希望她來當咧！

被芙蘭回絕，村長跟大家全都一臉遺憾。

「我在這裡的期間，有什麼事儘管說。」

「喔喔，真是不勝惶恐。」

又被膜拜了。芙蘭面對這種狀況還能平靜自如，讓我再次感到佩服。她一開始還有點吃驚，但現在大概已經習慣了。

後來，就在芙蘭再次帶大家進行魔術修行時……

「村、村長！」

「呣，怎麼了？」

赤犬族士兵衝進了廣場裡來。

只見他氣喘吁吁，一眼就能看出有突發狀況。

「哥布林又出現了！」

「什麼？又來了？數量呢？」

「這次是十隻。但是，很不對勁。」

「是啊，哥布林竟然會這樣接連出現……」

不就是哥布林嘛，哪個地方沒有？牠們本來繁殖力就強，幹嘛這麼大驚小怪？

芙蘭一問之下，才知道這附近地區的邪人數量並不多。

在這座村莊出生長大的年輕族群，甚至有很多人說昨天是他們第一次看到邪人。可是，現在卻連續兩天有哥布林出沒。狀況確實不尋常。

「也許是來自他鄉的流浪群體。」

「唔嗯，若是哥布林王也在其中就棘手了。」

「是啊，得找出巢穴才行……」

昨天光來個二十隻就已經一片萬念俱灰的氣氛了，要是哥布林的數量可能還要更多的話，真的有可能會被滅村。

不過現在有芙蘭在，不用擔心。

我們選在這個時機來到村莊，真的很幸運。

「村長，我在附近找找看。」

「可、可以麻煩您嗎？」

「嗯。不過，這次不能帶大家一起去。」

「老夫明白。去了只會礙手礙腳嘛。」

村長似乎以為要芙蘭邊戰鬥邊保護黑貓族太吃力了。但我們無法帶他們同行其實另有原因。

憑我們現在的實力，殲滅個一百隻哥布林十分鐘都不用。就算一邊還得照顧黑貓族也沒問題。

只是，尋找哥布林的巢穴時動作不夠快會浪費時間，況且我們也想使用空間跳躍等技巧。如果同行者動作慢吞吞會礙事。

所以我們判斷這次就我們幾個去比較好。

那些哥布林的繁殖速度快得跟蟑螂一樣，必須及早搗毀牠們的巢穴才行。

「新來的一群哥布林在哪裡？」

「就、就是上次那個地點。」

「好。大家不要離開村莊，還在村莊外的人也立刻叫回來。」

「好的！我們明白了！」

真感謝他們這種時候乖乖聽話。這樣就能安心出發去撲滅哥布林了。

「那麼，我去去就回。」

「祝您武運昌隆！」

「嗯。」

講件無聊的事，我每次都會把武運聽成哥布運。不過這次是要去找哥布林的巢穴，說是哥布運也沒錯。

『好，希望哥布林的巢穴很好找。』

「嗯。」

我們立刻從村莊出發。

一路消除氣息，奔向目擊地點。

（師父，巢穴要怎麼找？）

『搜尋氣息，或是跟蹤哥布林吧。』

（原來如此。）

『總之小漆跟我們分頭行動，找找看附近有沒有巢穴。』

（嗷！）

靠小漆的鼻子，也許能循著氣味找到巢穴。

『至於我們，則是去打擊哥布林。』
(嗯。)
『然後故意讓幾隻逃走，帶我們到巢穴。』
(好。)
我們很快就抵達了哥布林群聚的地點。
一如收到的消息，就在我們之前打倒哥布林們的岩場。
(牠們在做什麼？)
『唔嗯……』
(休息？)
『可能不是，看起來怪怪的。』
哥布林似乎正忙著察看岩場。那是在做什麼？
還有一件事也很奇怪。這些哥布林也跟上次打倒的那群一樣全副武裝。
不，與其說一樣全副武裝，不如說裝備完全一樣。
應該可以確定跟上次那幾隻是同一個群體。可是經過鑑定，這批卻比上次那些哥布林弱。數量也比較少，似乎是小嘍囉。
可是，有可能連群體底層的嘍囉，都這樣一身乾淨完整的裝備嗎？
我們試著湊近觀察。
我沒看錯，哥布林們似乎正在察看岩場。牠們翻開岩石，或是調查血跡。而且總覺得行動莫名地有紀律。

牠們必定是基於某種目的在調查岩場。普通哥布林不可能會自動自發地跑來這麼做。

『我還是覺得牠們有人帶頭。』

（嗯。）

這下說什麼都得查出巢穴位置了。我們決定先打倒隊長，藉此讓牠們變成一盤散沙，逃回巢穴。

『包括隊長在內，先打倒七隻，讓三隻逃走。』

（收到。）

『好，我們上！』

「嗯！」

事先套好招之後，我發動了傳送。

芙蘭出現在群體背後砍死隊長，又順手秒殺左右兩邊的哥布林們。

同伴的屍體應聲倒地，當然讓牠們注意到芙蘭了。哥布林們這才終於開始亂成一團。

「嘎喔喔？」

「嘎嘎！」

「太慢了。」

芙蘭衝進急著想舉起武器的哥布林們之間，連著幹掉了兩隻。我用火焰魔術再燒死兩隻。

其餘哥布林先是看到同伴噴血倒地，然後看看燒成灰的同伴。

重複這種動作幾次之後，似乎才終於發現牠們孤立了。

「嘎噫咿咿！」

「啾耶嘿──！」

「嚇呵噫咿咿！」

我是不太會聽，不過似乎是在慘叫。牠們轉身就跑。雖然破綻百出，但我們沒有要攻擊。

我們徹底消除氣息，開始追趕牠們。

哥布林們頭也不回，一個勁地全速狂奔。大概是真的嚇壞了，邊跑還邊尿褲子。

（好髒。）

竟敢讓芙蘭看到這麼骯髒的畫面！晚點你們這些髒東西絕對被我消毒！

只是，牠們跑了一段路後就放慢速度，從跑步變成了快步。

大概是認為芙蘭沒追上來吧。這些傢伙無法感覺到我們的氣息。

但同伴被殺或許仍然讓牠們心有餘悸，始終沒有停下腳步。

牠們一邊盡量戒備周遭動靜，一邊拚命往前走。有時候同伴之間還會分享水袋，動作莫名地與人類相近。

我還是覺得不太對勁。在認識芙蘭之前，我曾經在魔狼平原追趕過一群哥布林，但那些哥布林比這幾隻更白痴。牠們沒跑多遠就開始玩遊戲，或是倒頭睡起午覺，行動方式毫無邏輯可言。

最起碼智商應該沒這幾隻來得高。

（師父，那邊。）

『那個就是本隊嗎？原來如此，還有高階種族也在。』

我們一路追蹤哥布林，最後發現了一百來隻的哥布林集團。

其中還能看到哥布林·鬥士與哥布林·盜賊之類的身影。

正在觀察那個集團時，芙蘭伸手指出了一處。

（那個。）

『是哥布林王！果然出現了。』

平時應該都躲在巢穴裡的哥布林王，也出現在那裡。

看來是離巢出動了。正合我們的意。

『話又說回來，那些傢伙還真的全是同一套裝備耶。』

說那是襲擊傭兵團搶來的，我覺得說不通耶。可是，又不知道真正的原因為何。

（全部殲滅就沒差。）

『好吧，或許沒錯？』

她說的倒也有道理。雖然還留下謎團，但只要做掉哥布林王，剩下的終究只是普通哥布林。

我們故意放生的三隻，正嘎嘎叫著向大王報告。我聽不懂哥布林語，但反正就是在報告同伴

被芙蘭殺掉的事吧。

『哦，剛剛好擠在一塊。』

哥布林王聽完報告，把周圍其他哥布林叫到了自己的面前。大概是打算率隊前往現場吧。

『先做個牢籠把牠們圍起來，讓牠們跑不掉吧。』

（嗯，好。）

『雷霆之牆！雷霆之牆！雷霆之牆！』

「雷霆之牆！雷霆之牆！」

我們施展了2級雷鳴魔術「雷霆之牆」。正如其名，就是變出雷電壁壘的法術。碰到壁壘的人會被電擊，造成身體麻痺。這種壁壘魔術雖然威力不算高，但可以用來圍困敵人。

而且我們還灌注了更多魔力，發動時加寬了壁壘的寬度。產生的五面電擊壁壘形成了五角形牢籠，把整群哥布林統統圍在裡面。

「戈戈嘎喔喔喔？」

「啊嘎呀！」

哦哦，大王還真冷靜，立刻就命令部下攻擊壁壘。然而掄起斧頭劈向壁壘的哥布林士兵當場觸電倒下。雖然沒死，但可能暫時無法動彈。

再來只要從空中用雷鳴魔術轟炸牢籠裡的哥布林們，就清潔溜溜了。雷霆之牆解除後，只見現場滿地都是哥布林的屍體。

『搞定啦。總之先就地把魔石吸收掉吧。』

「嗯。」

『武器防具被雷鳴魔術打壞得差不多了，但應該還有一些堪用。』

「那我收納起來。」

『帶回村莊吧。』

即使是哥布林，包括大王在內殺掉一百隻，似乎也能獲得不少的經驗值。芙蘭升級了。

『46級嘍，恭喜。』

「嗯。」

雖然早就知道進化後等級上限會解除，不過像這樣得到實際確認還是會覺得感慨萬千。真希望能夠就這樣不斷提升她的等級。然後總有一天，讓她變強到連獸王層級的人都不是對手。

*

『陛下，屬下有事稟報。』

「是將軍啊……在這種深夜時分特地用遠距通話魔道具向朕報告，究竟是出了什麼事？」

『回陛下……目前我等征獸軍已經與那些禽獸開戰，正按照計畫進行交戰。』

「唔嗯，此事朕已經聽說了。莫非是戰場出了什麼意外狀況？」

『……那些禽獸動作比預料中更快，已經集結了數千軍力，且頑強抵抗……』

「是嗎……無論如何都撐不住嗎？」

『目前還是我軍占優勢。』

「目前，是吧？」

『恕屬下直言，等到對方備戰完成，戰況恐怕會相當艱困。雖說我軍兵力在敵軍之上，但鍛鍊程度與士氣差距實在難以彌補……畢竟那些野蠻的禽獸與我們人類相比，體魄的強健度確實有差……』

「事前不是預估視情況而定，可以潛入獸人國內部進行擾亂嗎？」

『以目前狀況來說是不可能的。那些禽獸的數量與日俱增，光是維持戰線都得費盡心思……毋寧說如果繼續這樣下去，我軍蒙受的損害將會不斷擴大。』

「但是，現在也不能退兵了。因為我們已經函告周邊國家了。這你懂吧？」

『當然，屬下明白。因此，請陛下准許屬下在緊要關頭將那些傢伙引誘至國內。比起勉強維持戰線，這樣更能夠爭取時間。』

「可以，朕准。此次是千載難逢的機會。獸王人在國外，昔日打倒了暴君劍齒虎的怪物也退離了第一線。朕的在位期間，不可能會有更好的機會來臨。不管發生什麼事，作戰都要照常進行。為了達成目的，任何犧牲朕一律批准。」

『遵命！』

「有沒有跡象指出，那些禽獸已經覺察到我方的真正目的？」

『這事不用擔心。根據密探報告，公主似乎正造訪戰線附近地區進行慰問。這證明敵軍錯將南部戰線當成了主戰場。』

「是嗎……聽好了，絕對不可讓敵軍察覺北部的動靜。你們必須盡量吸引那些禽獸把注意力放在南部，讓北部兵力薄弱。」

『說到這個，請問陛下……北部那邊……』

「不用擔心，朕接獲報告說人員已經動身，想必再過幾日就會燃起烽火。你就期待那一刻的到來吧。」

『是！』

「讓我們巴夏王國贏得勝利……為了這個目的，朕連靈魂都賣給了那些傢伙……」

『陛下……』

「哼，比起那些禽獸，朕還寧可與邪神為伍……」

第四章　來自北方的威脅

殲滅了一批哥布林之後，我們決定在這附近巡邏一下。

因為除了本隊之外，也許還會有斥候部隊四處出沒。

然而，我們跟小漆會合後在村莊周遭查看了大約一小時，哥布林卻連個影子都沒有。甚至找不到牠們藏身的巢窟。

行動那麼有紀律的哥布林集團，照理來講就算挖掘了巨大巢穴也不奇怪。就連我在魔狼平原殲滅的弱智哥布林，都挖掘了那麼大的巢穴。應該說要挖出個廣大的巢穴才合理。

『難道牠們只是從其他地方飄流過來的？那麼巨大的集團有可能嗎？』

結果我們沒什麼新發現，只得返回村莊。

半路上發現了外型很像鹿的魔獸弱雞鹿，就順便獵捕起來了。

這種魔獸似乎天性膽小，一感覺到我們的氣息立刻拔腿就跑，但想也知道逃不出小漆的手掌心，立刻就被追上捕殺了。

這個會是不錯的伴手禮。

芙蘭回到村莊，黑貓族立刻歡呼著上前迎接。

看來我們大肆施展雷鳴魔術時，從村莊也看見了那些電光。

一得知那是芙蘭引發的現象，所有人都驚叫出聲。無論我們做什麼都得到驚訝與善意的反應，感覺真好。

「竟、竟然能夠引發那種天崩地裂的現象！」

「不愧是黑雷姬大人！」

「帥呆了！」

再看到芙蘭拿出的弱雞鹿，眾人更是興奮。

「太強了！竟然能打倒那頭怪物鹿！」

「好崇拜！」

「娶我！」

「這是伴手禮，大家吃吧。」

「真、真的可以嗎？」

「可以。」

「謝、謝謝大人！」

村長表情感激萬分地低頭，其他村民也一齊跟著低頭。雖然只是威脅度F的小怪，但在這附近似乎算是強悍魔獸了。大家對芙蘭的敬意比打倒哥布林時還要更強烈。

而且他們說這種魔獸溜得很快因此很難捕殺，犄角等部位具有高出威脅度的價值。又說偶爾從死於壽終正寢等原因的個體取得的犄角，是村莊的寶貴收入來源。

「還有這些。」

「這些也要送給我們？而、而且還這麼多！」

「嗯。」

就是我們從哥布林們身上扒下來的裝備。不過其中也有幾件被雷鳴魔術燒熔到糊成一團，希望他們可以回收再利用。

「只有這件比較強一點。」

「哦哦，確實跟其他裝備有所不同。」

芙蘭特地把哥布林王穿過的裝備另外拿出來。這套裝備以鋼鐵製成，品質多少比較好一點。雖然目前黑貓族人還無法善加運用，但可以等以後有人修行變強了再給他用。

聽到芙蘭這麼說，村長過分感動地淚流滿面。

「好、好的！老夫一定會讓適合的人來使用！」

當晚又是一場宴會。

這次不像昨晚那麼喧鬧，宴席上大家聊起劍術或魔術的修行，氣氛和諧地分享心得。

主菜是芙蘭獵到的弱雞鹿，整隻烤來吃。這是頭將近四公尺長的巨鹿，只要每個人分一點，所有人都吃得到。

「來來，黑雷姬大人，請用。」

「嗯。」

「也請吃點這個。」

「嚼嚼。」

「請用茶。」

「嘶嘶——」

芙蘭坐在那裡跟神像似的，村裡的女人們無微不至地伺候她。各色料理端到面前，又為了不能喝酒的芙蘭上茶。而且就像用供品祭神一樣，是必恭必敬地獻給她。

「來來，公主大人。」

「也請嘗嘗這個，公主大人。」

「公主大人……」

也不知是什麼時候開始的，大家現在不叫她黑雷姬大人，改口叫公主大人了。芙蘭只要稱呼方式不帶有輕蔑意味就都無所謂，所以任由他們高興怎麼叫。

好吧，反正也沒什麼壞處，就隨他們去吧。況且芙蘭這麼可愛，被叫成公主是應該的！我看比起這個國家的公主，芙蘭還比較可愛吧？雖然沒見過本人就是！

「公主大人，感謝您今天又送給我們那麼多的武器防具。」

「我只是把不要的東西塞給你們。」

「不不不，那些對我們村子來說可是整堆的寶物啊。目前村子裡沒有鍛造師，因此我們會把這些寶物帶去其他村莊，修補好了再發給村民使用。」

「這裡沒有鍛造師？」

「沒有。」

據村長所說，村裡的鍛造師似乎在幾年前急病過世了。徒弟目前功夫還不夠，也去其他村莊磨練了。所以目前村子裡沒有鍛造師。

這樣的話，我們提供給村莊的武器防具，豈不是要很久以後才能使用？

（師父。）

『怎麼了？』

（我們來設法解決。）

『嗯哼……』

這或許也是個辦法。苦練的鍛造技能可以派上用場了。

這項技能至今都只有用來保養我，可以趁這次學點經驗。

『說得也是，或許是個好點子。』

宴會結束後，我們請村長帶我們到鍛造場。

「這裡就是鍛造場。」

「嗯。」

村長帶我們來到以前鍛造師位於村莊外圍的住處。

「真的不需要幫手嗎？」

「不用。這是祕傳技術。」

「喔喔！抱歉，老夫太囉嗦了。」

一看，屋裡確實加蓋了鍛造場。

這樣的話我應該也用得來。

「只有房間老夫讓人打掃過了，請自由使用。」

「謝謝。」

「豈敢！您做這些不都是為了我們嗎！我們才應該向您道謝！」

過於懂得感恩的村長離開後，我們馬上著手進行鍛造作業。

多虧有技能，處理起來很順暢。

『先從鑄塊做起吧。』

第一步先把修都沒辦法修的破銅爛鐵變回鑄塊。其實在來到這裡的路上，我先做過了一番挑選。

稍微修理一下就能用的已經交給黑貓族。他們目前正在一起動手修理，我想很快就能使用了。

其餘武具我挑出修補後就能使用的，其他是破銅爛鐵。等會兒就把它們熔燬，當成補修的材料。

『那就來幹活吧。芙蘭，妳去睡覺沒關係。』

「我不睏。」

『是嗎？那我們一起弄開頭的部分好了。』

「嗯。」

就這樣，芙蘭跟我一起進行鍛造作業，直到她不敵睏意開始點頭如搗蒜為止。

隔天早上。

咚登鏗！咚登鏗！

叩叩。

咚登鏗！咚登鏗！

叩叩。

屋子裡原本只有我用念動揮動的鐵鎚聲，這時開始有其他聲音混進來。

叩叩叩。

啊，好像有人來了。有人敲門。

『芙蘭。』

「嗯。」

幸好芙蘭已經醒了。因為芙蘭早上精神都不太好，如果用睡迷糊的狀態去應門，會變成明明一直有聽到鐵鎚聲，芙蘭卻在睡覺的狀況。那樣就會被解釋成她邊睡邊打鐵了。

「是誰？」

「公主大人，早安！」

原來是村長，他在門口深深彎腰鞠躬，手上提著裝了麵包等等的籃子。竟然還特地來送餐。

「這是您的早餐。」

「謝謝。」

「您客氣了，聽起來您似乎整晚都在打鐵，會不會很累？」

糟糕，是不是聲音太大了？

「很吵嗎？對不起。」

「怎麼會！您為了我們工作整晚，全體村民感激都來不及了！」

村長似乎以為芙蘭為了他們徹夜打鐵，顯得既感激又惶恐。也許應該用魔術做個隔音才對。

下次還有機會的話就注意一下吧。

後來，芙蘭跟村長稍微談談今後的預定計畫。

我們繼續打鐵，村民們則進行魔術訓練與劍術修行。一部分老人家表示會幫忙清潔裝備。

「魔術與劍術都不用強迫大家練習。」

「是，老夫已經說過參不參加是個人自由。不過，大家都很有參加的意願。」

看來人人都有機會運用魔術這種特殊力量，似乎真的大大提升了所有人的動力。

說不定比我想像得更早，黑貓族當中就會出現魔術師了。

「那麼，有任何事情儘管吩咐。」

「嗯。」

村長留下早餐離開後，我們開始進行正式的鍛造工作。

今天終於要動手修補武具了。

我用熬夜做好的鑄塊打造刀劍，芙蘭則負責修補鎧甲或盾牌。

『只要有技能就能同時獲得相關知識，這真是在這世界最大的好處了。』

在地球時我既沒看過也沒摸過鍛造工具，現在卻知道怎麼使用。豈止如此，就連不存在於地球、這世界獨有的鍛造工具也沒問題。

不只是懂得知識，技能也會對實際操作進行輔助。即使我毫無鍛造的實際經驗，也知道一把劍要如何打造。

只是，這世界的武器主要製法是鑄造。就是將金屬注入鑄模，需要的話才在最後用鐵鎚敲打修整形狀。

我記得不是很清楚，好像聽說所謂的日本刀以打刀為主，西洋劍則是鑄造為主其實是錯誤觀念。正確來說是出於製造工時與原料的不同，日本刀會需要用到更多的打刀製法。好啦，其實我都是從書本或電視上看來的。

只是，這個世界還有魔道具與魔法金屬。結合這些資源，確實很容易就能鑄造出與日本刀同等堅韌的刀劍。金屬本身的魔力使得它具有一定的堅韌度，再加上用鎚子敲打或是以魔力火焰加熱時，還能夠再灌注魔力提升其強度，因此似乎不需要特地反覆捶打。

當然，如果是獨一無二的高級武器的話會從頭到尾以鍛工製造，但至少量產品還是以鑄造為主流。

『總之先用鑄造的方式湊齊數量吧。』

我並列思考與念動並用，同時進行鑄造、捶打與拋光，大量生產一般品質的劍。不過，即使完全採用流水作業，鍛造技能仍然讓產品維持不錯的品質。

哎，不過跟我還是沒得比啦！

『好，剛好作出五十把了，大概就這樣了吧。』

加上完好無損的戰利品，我想總共有個八十把。讓黑貓族的那些新手來使用，這種程度的武器應該比較好上手。

『接著嘛，來試作一下好了。』

我留了幾條鑄塊用來做實驗。我想試著用鍛工製作武器看看。

當然如果做出很強的武器，就贈送給黑貓族使用嘍。

『先來做做看百分之百鍛工製造的劍吧。』

多虧鍛造技能，我也具備了充分的鍛工知識。我按照這份知識，用鐵鎚敲打燒紅的鑄塊讓它逐漸成形。我將它摺疊起來再捶打，如此反覆數次，打造出一把劍來。

不可思議的是，我感覺得出來它完成了。也知道要是再繼續打，反而會讓品質下降。生產系技能真是太萬能了。

完成的劍品質不差，但也沒厲害到哪去。做出的就是這種水準。

真要說的話，使用的金屬其實也沒多好，或許是無可奈何；但相對於剛才的鑄造品名稱是鐵劍，這把則是低品質鋼鐵劍。

以目前使用的素材與技能，品質可能頂多就這樣了。

只是，下一把我想再多下點工夫。

首先，我在捶打的過程中灌注大量魔力。雖然這種素材無法含有大量魔力，但只要灌注到極限的話或許多少能改善品質。

我還嘗試把留下來當高湯材料的魔獸骨頭燒成灰，混入金屬裡看看。雖然只是小怪，但好歹是魔獸素材。這種骨頭本身就含有微量魔力，應該可望提升魔力含量。

好吧，其實我也是忽然想到的，會不會成功不知道。

『哦？感覺好像還不錯？』

雖然比剛才那把花了更多時間，但總算是把劍打出來了。不知道素材產生了什麼變化，鎚子竟然都敲壞了，嚇了我一跳。

完成的武器，名稱是低品質魔鋼劍。

雖然低品質三個字還在，但成功生產出魔鋼了。可以感覺到微量魔力，魔力傳導率也從F上升到F+。這樣攻擊對幽體系的敵人也能稍微生效。

名稱：鐵劍
攻擊力：88　保有魔力：0　耐久值：300
魔力傳導率：F−
技能：無

名稱：低品質鋼鐵劍
攻擊力：114　保有魔力：1　耐久值：380
魔力傳導率：F

技能：無

名稱：低品質魔鋼劍
攻擊力：124　保有魔力：10　耐久值：390
魔力傳導率：F+
技能：無

大致上就是這樣。總之剩下的鑄塊就都做成魔鋼劍吧。啊，順便提一下，格爾斯老先生打造的劍是像這樣：

名稱：上等鋼鐵長劍
攻擊力：398　保有魔力：5　耐久值：600
魔力傳導率：F
技能：無

我重新體會到格爾斯老先生的厲害了。正在思考這些事情時，芙蘭踏著小碎步走了過來。

「師父。」

『芙蘭，怎麼了？』

她一臉難受地按著肚子。難道是肚子痛？

「我餓了。」

「嗷……」

『哎呀，已經這麼晚了啊。』

時間過得比我想像中更快。已經超過平常的午餐時間很久了。

『抱歉抱歉，我馬上弄飯。』

「不好意思。」

黑貓族人雖然會準備早餐與晚餐，無微不至地伺候芙蘭，但從來沒準備過午餐。他們村莊基本上就只吃兩餐。

不像王都等地區，都是一天三餐。

就從這點，也能看出這個村莊的窮困。

等格爾斯老先生的事情辦完，再來這個村莊一趟吧。到時候可以多帶一點種子或種苗過來。

『好啦，我弄咖哩給妳吃當作道歉。』

「真的？」

「嗷？」

『今天你們愛吃多少就吃多少。』

「哦哦，來到天堂了。」

『太誇張了吧？』

「樂園啊，你的名字是咖哩天堂。」

芙蘭竟然高興到吟起詩來了！好吧，只要能讓她心情變好，這不過是小事一樁罷了。只是，咖哩已經所剩不多了。因為芙蘭動不動就大盤大盤地吃不停。

一旦咖哩見底，不知道芙蘭的心情會如何受影響。最好能再做一些擺著。

「好吃好吃。」

「嗷呼！」

再說，我也不忍心讓芙蘭吃不到喜歡的東西。所幸這裡不用怕被人看見，又有廚房可以用。剩下的時間就全部拿來煮咖哩吧。

夜晚。今天就沒有宴會了，改成芙蘭的演講會。

一開始是終於習慣跟芙蘭親近的孩子們，央求她講些冒險故事。後來大人們也說想聽，到了傍晚不知不覺間眾人都圍著芙蘭。

起初她把冒險故事說給大家聽。

芙蘭不是能把事情講得生動有趣的類型，但她淡淡描述與巫妖的戰鬥，或是在武鬥大會上演的激鬥，聽起來似乎反而很有真實感。所有人都屏氣凝神，傾聽芙蘭說話。

「後來，是利維坦救了我們。」

「喔喔——！」

「超強——！」

芙蘭故事講完後，所有人都呼出一口氣，擦掉額頭上的汗。大概是真的聽得太專心了。甚至還有人活像是自己去冒險了一趟似的，顯得疲憊不堪。又一次占據了最前排座位的莎琉夏，還搞到肩膀上下起伏氣喘吁吁。大家聽得這麼投入，講故事的人也值得了。

「接下來是什麼故事？」

「我還想聽！」

「唔。」

芙蘭顯得有點為難。想必是因為能講的英勇事蹟差不多都講完了吧。

於是，接著她開始講起神話故事。

雖然聽了不會讓人興奮雀躍，但她覺得關於族人的祖先做過什麼事，以及為什麼失去進化能力，有所了解不會吃虧。

「很久以前，黑貓族曾經有過崇高的地位。雖然現在很難想像——」

大概是聽出接下來的話題跟剛才的英勇事蹟有所差別了吧，黑貓族人們興味盎然地聽她說。

然而，芙蘭講到越後面，他們的神色也隨之認真起來。

沒有人在聊天，大家都保持安靜，不願錯過一字一句，默默傾聽芙蘭敘述的內容。

她說到黑貓族領袖過去曾經是獸王，後來王室大膽妄為，企圖吸收邪神的力量奪得世間霸權，結果觸怒了眾神，遭到天譴。黑貓族從此進化受到限制，獵殺邪人是為了償還這份罪過。

在鴉雀無聲的寂靜廣場上，芙蘭為敘述作結。

「——就這樣了。」

聽完芙蘭所言，村民們神情肅穆地一言不發。大概是聽到影響力超乎想像地深遠的故事，一時之間無法消化吧。

這時，村長走出眾人之間，向芙蘭低頭致謝。

「感謝您向大家分享如此寶貴的故事。」

「嗯。」

「大家都獲益良多。」

接著村長轉向村民，高聲說道：

「各位鄉親！公主大人說的你們都聽見了！聽到了我們祖先犯下的罪過！令人髮指的滔天大罪！」

聽到村長這麼說，很多黑貓族人低下頭去。

對這世界的人們而言，邪神是令人作嘔的恐怖存在。而他們的祖先居然想利用邪神的力量而因此遭受天罰，恐怕讓他們大受打擊吧。

「但是，莫要悲嘆！寬大為懷的眾神，為我們指出了贖罪之路！」

低垂著頭的黑貓族人們，抬起頭來了。村長的發言具有這份力量。

「不只如此，只要步上這條道路，甚至還有可能達成進化！不是像以往那樣，如同被丟在黑暗中的柔弱小貓般迷失方向，一路害怕孤獨與暴力的寂寞路程！而是有望取回力量、名譽與尊嚴的試煉之路！老夫已經決定了！我們將集結全村之力，步上贖罪之路！老夫不會強迫任何人！但是──希望能夠有更多的人與大家一同前進。」

村長真不是白當的，害我不小心聽得出神。黑貓族人們似乎也跟我一樣，廣場變得安靜無聲。

但是下個瞬間，如雷掌聲便破除了這片寂靜。全體黑貓族都站起來鼓掌。而且還不只如此。

「我絕對會達成進化目標！」

「老夫年紀太大，想進化已經不可能了，但是會盡量幫忙！」

「我要把公主大人的金言刻成石碑！」

所有人無不贊同村長所言。不只是以進化為目標，同時也要償還罪過。看來眾人已經如此下定決心。

我很驚訝大家居然對芙蘭所言深信不疑，但更驚訝的是竟然沒人對神感到憤怒。

大概是這世界對神的崇敬已經根深柢固，超乎我這個地球人的想像了吧。會遭到神明斷罪，要怪他們自己不好。大家似乎都理所當然地這麼想。

好吧，在一個神明實際存在的世界，或許是會這樣。

後來不知為何又舉辦了盛宴。

說是黑貓族的歷史就從今天開始改變，眾人歡欣鼓舞的程度更勝日前。

由於全村開始飲酒作樂，於是芙蘭跟其他小孩一起提前離席。

『幸好大家都相信妳說的。』

「嗯。」

『村民都是好人。』

我本來想接著說「妳或許還是留在這村莊比較好」——

「明天就離開村莊。」

『這麼快？』

「嗯，該告訴大家的都說了。」

『怎麼這麼趕？再待一段時間也不會怎樣吧。』

「不行，明天就走。這裡會讓人捨不得離開。」

『那妳何不——』

「明天就走。」

嗯——芙蘭似乎心意已決，那就沒辦法了。她決定怎麼做，我都跟隨。

話又說回來，會捨不得離開啊……

『再找機會回來看看吧？』

「嗯！」

反正這也不是今生永別。

芙蘭回到了房間，撲到床上。

大概是一輩子沒講過這麼多話，累壞了吧。

不過，芙蘭似乎也很興奮。

雙眼炯炯有光，遲遲無法入睡。

她告訴我在村子裡發生過什麼事，以及跟大家有過什麼對話。

沒錯，我一直都待在芙蘭身邊。芙蘭做過什麼事，我全都知道。

但芙蘭還是特地重述一遍，想必是因為不想忘記對村莊的回憶。

她似乎是用闡述的方式來整理記憶，加深自己心中的印象。

最後，芙蘭累得睡著，開始發出可愛的細微鼾聲後過了不久，不知不覺間屋子周圍也籠罩在寂靜之中。

大概是黑貓族的宴會結束了吧。

我看看時鐘，已經稱得上是深夜時分。

當然，芙蘭與小漆都睡得很熟。

可愛的呼呼鼻息，與粗厚的咕咕鼾聲交互傳來。

然而，就在我確認過兩人都睡得很甜，沉浸在溫暖的心情時……

「……唔……」

「……嗷呼。」

兩人同時驀地挺起了上半身。

本來以為是敵人來襲，但我什麼也沒感覺到。芙蘭他們也沒做出發生緊急狀況時特有的敏銳動作。

『怎麼了？』

「嗯——？」

「噭？」

芙蘭他們似乎也搞不清楚自己是對什麼起了反應。一人一隻睡眼惺忪，東張西望。當然，什麼氣息也沒有，弄得芙蘭與小漆偏頭不解。

『怎麼樣？』

「搞不清楚。」

「噭。」

怎麼回事？會不會是發生地震了？這個世界似乎完全沒有地震現象，所以我這個日本人會無意識地忽略的微震，或許也會讓芙蘭他們出現過剩反應。

「地震……？」

「噭呼？」

看來兩個當事人也一頭霧水。

不然還是巡邏一下村莊好了。說不定也有可能是具有隱密系技能的魔獸入侵。

但我們偷偷巡視村莊後，並沒有發現任何異狀。

除了酒醉倒在路上呼呼大睡的幾隻酩酊黑貓之外，什麼也沒找到。我們不知道他們住哪裡，所以只能把他們抬到草地上。

什麼都沒發現。是湊巧嗎？

不，我不這麼認為。

芙蘭與小漆都同時產生反應了。

『再到處看看好了。』

「嗯。」

可是，後來還是沒能發現任何異狀。

即使如此，芙蘭與小漆似乎還是靜不下心來。我也一樣。

芙蘭他們的野生直覺比我更敏銳，他們感覺到的突兀感不容忽視。

『那就稍微飛高一點，到處看看好了。』

「嗯。」

「嗷呼。」

小漆讓芙蘭騎在背上，騰空衝上天際。

我們就這樣從小漆背上俯瞰周遭狀況。但今天厚厚雲層遮蓋了天空，星月暗沉，視野不佳。

『嗯——怎麼樣？』

「看不出來。」

『小漆呢？』

「咕嗚……」

似乎有什麼事情讓小漆掛念不已，心煩地抽動著鼻子。但牠自己也不知道自己是對什麼起了反應，頻頻注意每個風吹草動。

就在這時，狀況來了。

『剛才……』

我感覺——好像看到了什麼。

「師父？怎麼了？」

『剛才一瞬間那邊的雲層露出縫隙，讓月光射下來……不覺得好像有什麼東西動了一下嗎？』

「那邊？」

『對啊，在北方的遠處。』

就在數公里以外的荒野一角。那裡沒有遮蔽物，如果是白天的話一定能眺望到遠方。可是現在是陰天，又是晚上。

芙蘭瞇起眼睛瞪著黑暗空間，偏頭不解。

看來就連具備夜眼能力的芙蘭，也實在看不見。

『小漆，再靠近一點。』

「嗷！」

小漆往北方前進。牠就這樣在空中跑了幾分鐘後……

就在僅僅幾秒鐘的空檔，月亮從雲層縫隙露臉。

「……師父。」

『……嗯。』

芙蘭啞著嗓子低喃。

我跟她是同樣的心情。

「……看見了嗎？」

『看見了。』

「咕嚕嚕……」

除非我們看錯，否則就是無數的魔獸正在大地上蠢動。

不是成群哥布林或野狼那種小角色。

環顧四方，可以看到數量龐大到淹沒荒野的魔獸正在邁步前進。

『再靠近一點，把情況弄清楚！』

「嗷！」

「那是在做什麼？」

『不知道！但這事非同小可！』

三分鐘後。

全速奔馳的小漆抵達了那群魔獸的上空。距離靠得這麼近，即使沒有光源也看得見。能夠感覺到無數的氣息。規模已經大到不只是一個群體了。這是大軍。數以萬計的魔獸大軍，步履齊整地向前推進。

顯然是受到某人的統率。我不知道那人的支配有多大能耐，但最起碼影響力大到能讓數量這麼大的魔獸閉嘴不發出一點叫聲，行伍整齊地行軍。

更可怕的是，牠們的前進方向是南方。也就是說，牠們正在往施瓦茨卡茲前進。

「怎麼辦？」

『光靠我們要阻止這群魔獸太難了。』

「可是，讓村子裡的大家戰鬥也沒用。」

『我知道。這已經達到調動軍隊的等級了。』

就算讓黑貓族拿起武器，也絕不可能對抗得了。

「嗯。」

『所以，第一步是回村莊警告大家。必須讓黑貓族去避難才行！』

「好。那麼，現在怎麼做？先攻擊幾下再說？」

『……不，還是算了。牠們數量太多，幾乎無法查探單一個體的力量。搞不好有連我們也打不贏的凶惡魔獸混雜在裡面。』

萬一那種魔獸過來圍毆我們，到時只能逃跑。

要是牠們一路追到村莊來，就一發不可收拾了。

在黑貓族避難結束之前，還是別隨便刺激牠們比較好。

「知道了。」

『小漆，以最快速度跑回村莊！』

（嗷。）

「動作快！」

（嗷嗷！）

就這樣回到村莊後，芙蘭直接趕往村長的家。

小漆只管一個勁地狂吠。

「嗷嗷嗷嗷嗷——！」

這麼做是為了叫醒村民，同時告知目前正發生某種異常狀況。

咚咚咚咚咚！

「村長！快起來！」

「是、是公主大人嗎？出、出了什麼事了？」

村長似乎已先被小漆的咆哮吵醒，立刻就揉著惺忪的眼睛走到家門外。

「事情緊急。」

「是、是的，請問究竟是……」

「成群魔物正在往村莊過來。」

「什麼？數、數量多到即使是公主大人也擋不住嗎？」

「嗯，多到淹沒了北方荒野。需要出動軍隊。」

「您、您說什麼！竟然有這種事……老、老夫這就去叫醒各位士兵！」

「還要立刻進行避難準備。」

「好的！」

黑貓族完全不會懷疑芙蘭說的話，真是樂得輕鬆。這要是換成其他城鎮，想必不會這麼容易就相信我們。

被小漆吵醒的黑貓族人們，也三三兩兩地聚集到村長的家門前。

「各位鄉親！公主大人發現了成群魔獸。她說數量多到淹沒了北方平原！」

「什麼？」

「怎、怎麼會這樣……」

慘叫聲此起彼落，但村長喝斥道：

「冷靜下來！魔獸不會說來就來！大夥兒先分頭叫醒所有村民！然後準備進行避難！」

「好、好的！」

「這就去做！」

「老夫跟大人去找各位士兵！」

黑貓族做起事情來頗有效率。

聽到消息的人去把事情告訴親朋好友，一起幫忙為避難做準備。

在前往士兵值勤站的路上村長告訴我們，黑貓族對於逃跑這件事是駕輕就熟。

因為他們在這座村莊安頓下來之前長年流浪四方，有時還得躲著魔獸或盜賊。即使後來建立了村莊，據說每年還是會固定舉辦一次避難訓練。

先不論戰鬥能力，單論逃跑的話他們在獸人族當中是數一數二。

「可是，這次就說不準了……」

雖說要避難，但也不能逃到附近的村莊。附近村莊的圍牆規模跟這個村莊大同小異，想也知道擋不住破萬的魔獸大軍。

「至少必須逃到古林格特才行。」

拿逃跑的村民與魔獸們相比，顯然是魔獸的速度比較快。就算盡早出發爭取時間，也不知道能逃得了多久。

「也罷，總之得先通知各地。可能也得派出快馬前往附近各村莊，以及有軍隊駐守的古林格特。」

「嗯。」

接下來就是和時間賽跑了。

「噢，那裡就是士兵的值勤站。」

『人都已經出來了耶。』

看來是察覺到村莊發生騷動，正準備出動人員。

可以看到一些士兵已經從值勤站出來了。

「喂——！你們幾位！大事不好啦！」

「啊啊，村長！究竟是怎麼了？」

「唔嗯！是這樣的——」

村長把芙蘭告訴他的事實轉述給士兵們聽。

「這、這是真的嗎？」

「你說魔獸大軍？」

他們不是黑貓族，似乎無法像村長他們一樣相信芙蘭。好吧，可想而知。

士兵們面帶懷疑，看著村長與芙蘭的表情。

但村長逼近士兵們，口氣強硬地規勸：

「公主大人說她是親眼所見！不會有假！」

「不是，可是……」

「別問了，快派快馬到各村與古林格特！」

「可是，那也得先看見你說的大軍才能……」

情況不妙，不能在這種地方浪費時間。不得已了，稍微插個嘴吧。

「這是真的。你們信不過我？」

「也不是信不過……」

「責任我來擔。別問了快行動，如果你們再繼續東拉西扯……」

芙蘭說著就發動了威懾。我們可不是要威脅人家喔，只是要讓他們搞清楚上下關係而已。

因為獸人族群中都是強者受到尊敬。

意思就是——閉嘴照我說的做！

大概是感受到芙蘭的煩躁了，士兵們當場立正站好，點了點頭。

「明、明白了！」

「我們立刻派出快馬！」

「古林格特那邊我去。」

「可、可以勞煩您嗎？」

「嗯，這樣比較快。附近村莊的避難交給你們。」

「是！老夫會處理妥當！」

村長代替士兵充滿自信地回答。好吧，交給他們應該放心。

「那我走了。小漆。」

「嗷！」

怎麼走已經知道了。小漆卯足全力，十萬火急地飛衝出去。

「咕嚕……」

小漆痛苦地呻吟，但從不曾放慢速度。

大概牠也明白現在狀況分秒必爭吧。

「嘎……呼……」

我看見牠的嘴角濺出白色物體。

看來是胃裡的東西。

儘管超出肉體極限引發嘔吐，小漆仍然不曾停步。

「加油。」

『小漆，拜託你再撐一下！』

「……咕唔唔嘎啊啊啊啊！」

我們只能用言語為牠加油打氣。

於是，小漆就這樣從未放慢速度，一路從施瓦茨卡茲直奔古林格特。

去程花了四個多小時，這次卻大約一小時就跑完了。

我們沒時間像平常那樣在接近城門時先降落讓小漆縮小。士兵看到一頭巨狼自暗夜現身嚇到幾乎腿軟，但情況緊急只能說請多包涵。

「謝謝你，小漆。」

「嗷……」

『你休息吧。回程還要拜託你再撐一次。』

「嗷。」

小漆知道還有回程要跑，沒擺任何臭臉就回影子裡去了。一定是為了我們，要盡量恢復體力吧。

『接下來就是我們的任務了。』

「嗯！」

其實我很想立刻殺向領主宅邸，但要是日後有爭議就麻煩了。要是被錯當成敵人，反而更浪費時間。

芙蘭按捺著急躁的心情，向士兵攀談：

「我是黑雷姬，有急事找領主。快讓我過去。」

「這、這樣啊。好、好的！」

士兵心裡一定很驚慌吧。先是看到巨狼出現以為面臨死亡危機，接著巨狼背上又出現一名美少女，而且還是傳聞中的黑雷姬，不但散發出某種嚇人的威懾感，還說有急事要找身分地位相差懸殊的領主。

士兵驚駭過度，看樣子連提出疑問的多餘精神都沒了。

他點頭如搗蒜，然後火速幫我們開門。

「謝謝。」

畢竟今天情況緊急。管他是名聲還是威脅，能用的都盡量用。

芙蘭踏進古林格特，用空中跳躍翻越家家戶戶的屋頂，一直線趕往領主宅邸。

不到五分鐘，就來到了聳立於城鎮中心的領主宅邸。

「嗚、嗚哇！來了個女生？」

「咦？她是從哪裡……妳這是做什麼！」

看到芙蘭冷不防從黑暗夜空降落而來，士兵們無不吃驚。

士兵們拿長槍擋人想問話，但芙蘭沒那多餘精神理會。

「這裡是領主宅邸沒錯吧？」

「咦？啊，您是黑雷姬閣下？」

「嗯。所以，這裡是領主宅邸嗎？」

「是、是的！這裡就是！」

「我有急事找領主，讓我見他。」

「我、我們這就去通報，請稍候片刻！」

「我很急。超過十分鐘，我就自己去見他。」

「咦？」

「快去。」

「好、好的——！」

大概是聽出芙蘭沒在說笑，士兵鐵青著臉去找同伴了。留下的士兵僵著臉孔，向芙蘭問道：

「請、請問，您有何急事？」

「我直接跟領主講。」

「這、這樣啊……」

『對了，跟他問一下這座城鎮的戰力。』

「我問你，這座城鎮有騎士團嗎？」

「有的，是領主大人直屬的騎士團。」

哦，真是個好消息。如果是獸人國的騎士，實力想必不會太差。

我們正在問士兵那個騎士團有多少人馬時，剛才那個士兵跑回來了。

還真快。才過了大約五分鐘耶。

「領、領主大人表示願意見您！這邊請！」

「嗯。」

士兵帶我們去的不是謁見廳，是一處鄰近宅邸入口的小房間。不過小歸小，屋內陳設卻非常豪華，連我都看得出來是砸錢布置過的。似乎是用來接待貴賓的房間。

穿著睡衣的領主就在房間裡。

肌肉虬結的瑪爾馬儂，穿起貴族睡裙一整個不搭到活像要演搞笑短劇。要不是現在事態緊急沒那心情，我肯定已經笑死了。

「喔喔，黑雷姬閣下。四天沒見了！」

「嗯。謝謝你願意見我。」

「哪裡，只要是黑雷姬閣下來訪，這點小事不足掛齒。本來是想盛裝打扮再來見您，但聽說您有急事，就請您包涵我這身邋遢穿著吧。」

似乎是看在芙蘭的面子上，才特別急著出來應對。

這種重視對方的需求勝過個人體面，當機立斷的貴族讓我很有好感。

「不要緊，很適合你。」

「謝謝閣下。那麼，您似乎說您有急事？莫非是獲得了那些刺客的相關情報或線索？」

「不是。」

「那麼，您說的急事是？」

「魔獸大軍正從北方來襲。」

「您說什麼？北方？」

消息來得意外，瑪爾馬儂聽了相當不解。

「嗯。從施瓦茨卡茲北方的荒野，往南方而來。」

「數量多少？」

「嗯……很多？魔獸把荒野淹沒了。」

「這、這真是……您不是在說笑吧？」

「我如果說謊，腦袋可以給你。」

『芙蘭，妳怎麼……！』

怎麼說出這種話啊！

（我說的是真話所以沒關係。）

『是沒錯……但我不是這個意思！以後不准再隨便說要拿腦袋來賠！』

（？知道了。）

我警告芙蘭時，瑪爾馬儂在一旁喃喃自語。

他緩慢地捋著白鬍子，似乎正在理出頭緒。

「發生亂竄災難了嗎？可是，那附近並沒有地下城……」

我能理解瑪爾馬儂的疑問。如果附近有個歷史悠久的地下城，古林格特的領主不可能不知道。假如是最近才形成的地下城，又不可能生產出數量破萬的魔獸。

「北方有什麼嗎？」

「只能說什麼也沒有……雖然東北方與埃雷迪亞王國相鄰，西北方則面朝巴夏王國，但國境線上有人稱境界山脈、無人踏足的大山脈分割兩地。」

他說那裡是綿延不斷的斷崖絕壁，只有適應山岳地形的特殊魔獸才能生存。想翻越那座山脈行軍恐怕是不可能的。又說以前獸人國的特種部隊曾經計劃翻山越嶺，後來還是宣告失敗。

這也就是說，就算體力多少強健一點，以一支有著哥布林等小怪混雜其中的魔獸大軍，想翻越山嶺入侵國境是不可能的。

正因為如此，北方幾乎沒有兵力駐防。

『如果是這樣，那些魔獸是從哪裡來的？』

真是越來越莫名其妙。不對，這不重要，現在先處理那支大軍要緊。

「請你出動軍隊。」

「……」

「怎麼了？」

瑪爾馬儂聽到芙蘭的請求，表情陰沉地低下頭去。然後，用苦澀無奈的語氣，說出了令人無法置信的一句話：

「現在無法立刻調動軍隊……」

「為什麼？」

瑪爾馬儂歉疚地扭曲著臉孔，如此告訴芙蘭。

「就在三天前，我國於西南國境與巴夏王國開啟了戰端。」

真的假的啊？這還是第一次聽到。但是，這下我就明白瑪爾馬儂的意思了。

「我們古林格特，也派出了半數以上的兵員前往。」

意思大概就是沒有多餘兵力了吧。

「並不是完全沒有人？」

「以目前留在古林格特的士兵人數，實在沒有能力與破萬魔獸進行野戰……」

瑪爾馬儂猛地低頭賠罪。

「非常抱歉！可是，這附近的村莊或城鎮居民，想必都會來到古林格特避難。只有我們鎮上有足夠抵禦魔獸軍勢的護牆。到時候絕不能發生沒有士兵進行防衛的狀況！」

既然士兵人數不夠打野戰，除了固守城池別無他法。而就算要守城，也得有一定數量的士兵才守得住。

「你們城裡沒有人會用土魔術嗎？如果能用土魔術做出大牆，就能爭取時間。」

「我國只有一位大地魔術師有能耐阻擋軍隊。可是，那位先生是我國與巴夏王國開戰時的中心人物，恐怕不可能請來這裡。」

「是嗎……」

「我立刻請其他領地等等派遣援軍，也會向集結於南方的軍隊求援！」

「大概多久會到？」

「……再快恐怕也要幾天……在那之前我們不能轉守為攻。目前我們實在不能消耗兵力。」

既然兵員人數這麼吃緊，我能理解他不想白白消耗兵力的說法。心情上能不能接受另當別論。

說穿了就是寧可犧牲北部各村莊，也要拯救民眾的性命。身為領主，這樣判斷合情合理。我無法責怪他。

芙蘭似乎也懂得這個道理，當場站了起來。

「知道了。」

「這、這樣啊……啊，您要去哪裡？」

「這裡的事已經辦完了。我去冒險者公會。」

「您、您不能留下來嗎？」

站在瑪爾馬儂的立場，當然會希望芙蘭留在城裡了。有個相當於A級的高手在城裡能安撫民心，也能提升士兵的士氣。實際上想必也能在防衛方面大有貢獻。

純以數字而論的話，捨棄北部各村莊的少許人口，拯救固守這座城市的數萬人方能減少人員傷亡。

但是，芙蘭當然不可能答應。

她轉向瑪爾馬儂，淡然地告訴他：

「辦不到。我絕對不會對同胞見死不救。」

講這話並不是在拐彎抹角譴責領主。純粹只是表明她不願對同為黑貓族的那群人見死不救。

然而，聽在瑪爾馬儂耳裡似乎就不同了。

他懊惱地歪扭著臉孔，站在原處一動也不動。

我還以為冒犯到他了，結果好像沒有。看來以他本身的信念來說，他也很想立刻衝出去拯救民眾。無奈他身為一位優秀的領主，無法做這種選擇。

「真的……非常抱歉！北、北部的各個村莊有勞您保護了……！」

瑪爾馬儂縮起他的龐大身軀，對芙蘭深深低頭致歉。

「知道了。」

瑪爾馬儂渾身顫抖，芙蘭拍了一下他的肩膀。

「拜託了……！」

「嗯。」

芙蘭在瑪爾馬儂的目送下離開宅第，接著馬不停蹄地趕往古林格特的冒險者公會。

不愧是這附近的中心都市，公會規模頗大。

「叨擾了——」

「這不是黑雷姬閣下嗎？有什麼事吩咐？」

「我有急事要見公會會長，立刻讓我見他。」

「……好的。」

黑雷姬的名號在這裡又派上用場了。櫃檯小姐什麼也沒問，立刻幫忙處理。然後不到三分鐘就回來，帶著芙蘭去找公會長。

古林格特的公會長，是一位蓄著雪白鬍鬚的老年魔術師。而且經過進化，實力相當不凡。

上次芙蘭只做個簡單致意就出發了，這次卻這麼晚了跑來，似乎讓公會長吃了一驚。感謝他看出事情不尋常，即刻接見芙蘭。

「黑雷姬閣下，怎麼了嗎？」

「魔獸大軍正從北方進逼。」

「嗄？怎麼回事？」

芙蘭把整件事情解釋給驚訝的公會會長聽。公會會長一開始還很吃驚，但似乎很快就恢復了鎮定。

「您說數量破萬的魔獸大軍？」

「想請冒險者們提供幫助。」

「這是當然，我立刻就去招集冒險者。只是……」

公會會長兀自沉吟，煩惱於如何因應此事。

「有什麼問題嗎？」

「很多人都去南方國境了，目前只有半數冒險者留在古林格特。」

「冒險者不是不會參與戰爭嗎？」

加入冒險者公會時我們簡單看過規定，記得其中明確提到冒險者在戰時沒有義務響應國家的徵兵等等。

在冒險者當中，有很多人認為國家之間的戰爭無聊透頂，不願涉入。如果硬性規定冒險者必須入伍服役，冒險者必定會退出公會。據說不參戰原則已是各國與公會之間締結的正式協定。

相對地，撲滅魔獸或盜賊就成了冒險者的義務。

聽說早年雷鐸斯王國曾經忽視這項規定，企圖對冒險者進行徵兵。他們宣稱誰敢不從將受到嚴罰，強迫冒險者充當兵力。結果冒險者紛紛從雷鐸斯王國出走作為反抗，導致王國在戰爭中大敗。冒險者公會也撤出雷鐸斯王國，聽說冒險者從此在雷鐸斯國內絕跡。

據說這件事發生後，各國再也不敢利用冒險者作為戰爭工具。

當然，也有極少數的冒險者締結個人契約，或是為了祖國自主參戰。阿曼達或讓恩就屬於這一型。

但是透過公會強行徵兵，則是已經成了禁忌。

「不是國家的委託，他們是自願前往。這裡是獸人國度，想捍衛家園的並不只限士兵或騎士。」

獸人國對獸人來說是特別的國度。現任國王同時也是冒險者，公會與國家的關係也很良好。這個國家出身的獸人冒險者們會自願參戰，或許也很合理。

「就算從附近村鎮召集冒險者，人數也不見得能多到足以展開軍事行動。」

「但戰力還是越多越好。」

「這我明白。只是視情況而定，也許募集到的人數只夠專心防衛這座都市。這點請您諒解。」

「……嗯，知道了。」

「您要回去了嗎？」

看到芙蘭站起來，公會會長開口問她。那張臉上寫滿想挽留芙蘭的心情，但他沒再多說什麼。北方有黑貓族的村莊，芙蘭又是黑貓族，這些公會會長應該都明白。

「嗯，掰掰。」

「祝您武運昌隆……」

我們騎到小漆背上再次飛上夜空，討論今後的問題。

『軍隊與冒險者，都沒辦法立刻動身。』

「嗯。」

可是，假如就這樣袖手旁觀，黑貓族必定會被魔獸大軍追上吞沒。

不管怎麼想，都是魔獸的腳程比黑貓族的移動速度快。

比方說，如果只讓年輕人搭乘馬車等運輸工具的話，或許有辦法逃出生天。代價是留下的人注定一死。但是，芙蘭絕不可能做出那種選擇。

那座村莊是芙蘭的一個夢想。

是黑貓族的安居之地，村子裡洋溢著黑貓族的笑容。

芙蘭自從到了施瓦茨卡茲之後，總是顯得真心感到快樂。

她一定很不想失去那個村子。

芙蘭鬥志高昂得非比尋常。

『……即使如此，這次還是……』

「師父，怎麼了？」

『芙蘭，想讓黑貓族逃走的話，只能靠我們幾個來戰鬥了。沒有任何地方能派出援軍。』

「嗯。」

『妳知道這很危險吧？』

「我知道。」

芙蘭神情嚴肅地點了點頭。

沒錯，芙蘭全都了然於心。她都明白，但還是無意逃跑。

『唯獨這一次，我實在很希望妳能逃走。希望妳現在立刻逃出獸人國。』

「對不起，師父，我辦不到。」

芙蘭想都沒想，立刻回答我。我覺得她那眼神，比這世上的任何事物都要更直率純粹。

『唉，妳堅持嗎？』

「嗯！」

其實我也明白，芙蘭絕不可能對黑貓族見死不救。但我就是非問不可。

我很害怕。因為我知道芙蘭為了黑貓族，是真的會搏命一戰。我不敢接受可能失去芙蘭的事實。

『抱歉，我講這些話真蠢。當我沒說過吧。我真沒用。』

怎麼能講這種話讓芙蘭心生遲疑……

「不會。師父才不會沒用，師父是很厲害的劍！」

『芙蘭……』

就是啊。我是芙蘭的劍。是為了芙蘭存在的劍。

芙蘭已經決定戰鬥。既然如此，我該做的就是盡全力實現她的決心。

『抱歉我忽然這樣，我已經沒事了。』

「我知道師父是為了我好，謝謝。但是，我想拯救同胞！也請師父助我一臂之力。」

『沒問題，包在我身上！』

「嗯！」

『話是這麼說……但是要殲滅所有魔獸恐怕有困難。』

「我知道。」

假如對手全都是哥布林的話還能考慮，但恐怕沒那種好事。剛才看到的那支魔獸大軍當中，有好幾個身影顯然超出了哥布林的體格。

不如說，我們應該料想到最糟的情況。那支大軍當中，也有可能夾雜了幾隻威脅度A或B的魔獸。

重點在於拖住腳步。

只要能打亂隊伍的最前列，延遲其進軍速度的話，想必能爭取到時間讓村民們逃走。

再說，之後才是最重要的部分。妨礙了魔獸們的進軍後，牠們當然會試著除掉我們。

就看到時候能撐多久了。

『再來還有一招能夠有效爭取時間，那就是除掉魔獸大軍的將領。』

我不知道那會是什麼樣的一號人物。

是類似哥布林王的高等魔獸，還是另一種存在？

但是，看牠們行伍那麼整齊，整個群體必定有個主帥。

要是能找出那傢伙，或許還有各種辦法可想……

除此之外，萬一擋不住魔獸大軍，我們能一邊保護黑貓族一邊戰鬥多久？我們慣於進攻，但缺乏防守的經驗。就連我們自己也不知道能撐多久。

「但還是得做，非做不可。」

『是啊，妳說得對！』

只要芙蘭想這麼做，我一定會實現她的心願。

其間，小漆繼續在夜空中奔馳。

考慮到之後還要戰鬥，這次沒像去程那樣跑出最快速度，但仍然快到無人能及。

轉眼間，我們就回到了出發避難的黑貓族身邊。在我們的視野下方，可以看到黑貓族難民正在集體移動。

「大家都在。」

『好，已經順利開始避難了。』

他們似乎正沿著鄉道南下。大概會按照當初計畫，前往古林格特吧。

「小漆下去。」

「嗷！」

小漆降落在他們面前。

黑貓族已經認識小漆，面帶笑容毫無戒備地跑過來。

「喔喔，公主大人！您回來了！」

「嗯。大家都在嗎？」

「這是當然。」

走在前頭的村長等人，表情顯得如釋重負。芙蘭不在一定讓他們很害怕吧。而且也怕芙蘭出事。

不過，避難開始得比我想像得早耶。本來以為搞不好他們還在村子裡。

一問之下才得知，黑貓族似乎在天亮前就已經做完避難準備，從村莊出發了。所有人都沒攜帶笨重的家具什物，只揹著揹得動的財產與幾天份的糧食。孩子們讓大人圍在中間，保護他們不被魔獸們攻擊。看來是真的很習慣逃跑。

話雖如此，隊伍裡有老人或小孩，走起來就是慢。不知道要花幾天才能抵達古林格特。

「我沒辦法一起去。你們自己可以嗎？」

「公主大人放心，您贈送的武器防具都已經發給大家了。」

「有了這些裝備，這附近的魔獸還對付得來！」

莎琉夏大聲這麼說。的確，她以及一些男丁，都已經用芙蘭給的武器或防具將自己武裝起來。

雖然每個人的能力還很低，但反正士氣不差，要驅離低等怪物應該不成問題。

「請公主大人放心。」

「嗯。莎琉夏，大家就拜託妳保護了。」

「是！」

「我要走了。」

掉的。

「……請小心。」

村長與村民們都沒問芙蘭要去哪裡。他們都很清楚，芙蘭必須去對抗魔獸，否則他們是逃不掉的。

同時他們也明白，芙蘭已經抱持了必死的決心。

所以他們都面帶笑容為芙蘭送行。因為他們知道現在阻止芙蘭，只會減損她的決心。

「晚點見。」

「老夫跟大家都會等您。」

「嗯。掰掰。」

芙蘭轉身背對靜靜地低頭致意的黑貓族，再次飛上了夜空。

她頭也不回，一路北上。

「我們回來了。」

『是啊。』

在視野下方，可以看到彷彿火光燒盡般悄靜無人的施瓦茨卡茲。

難以想像短短幾小時之前，我們還在這座村莊跟大家一起暢飲高歌。當時籠罩在人們歡笑聲中的村莊，如今只響起夜風吹襲的寂寥呼嘯。

「……由我們來保護大家。」

『嗯，妳說得對。』

「然後，要讓大家的笑容重回村莊。」

「嗷！」

看到村莊現在的模樣，似乎讓芙蘭重新鞏固了決心。

『稍微想一下作戰吧。直接這樣殺去再怎麼說也太有勇無謀了。』

「好。」

話雖如此，我也想趁魔獸們還在平原的時候先下手為強。一旦被牠們踏進森林地帶，就無可避免地會出現漏網之魚。在無處藏身的平原，比較容易掌握那些魔獸的動向。

不過在平原戰鬥的一大問題，就是我們也無處藏身。但是換個想法，平原也利於我們應付具有高度隱密性的魔獸做出的奇襲。畢竟平原上是真的一個遮蔽物也沒有。

『魔獸們的氣息已經往南移動了滿長一段距離。』

恐怕用不了多久，那些傢伙就會進入森林地帶了。

「動作要快。」

「嗷！」

『不得已了，作戰就在路上想吧。』

我想最重要的問題，還是如何拖延魔獸們的腳步。

怎麼做才能拖慢牠們的速度？

還有，在開戰之前能不能做一些事前準備？

「怎麼辦？要蓋牆？還是挖洞？」

『嗯——』

如果能做出連魔獸也跳不過去的壕溝與牆壁當然很好……

但聽說有這個能耐的大地魔術師，去參加與巴夏的戰事了。

憑我們的土魔術，挖不了那麼大的壕溝。深度或寬度都不夠。

就算卯足全力使用土魔術，最多也只能挖出深、寬三公尺，左右長五公尺的大洞。我怕做得不夠長，魔物們可能會試著繞過而往左右分散。

雖然連續發動的話也能做出長條壕溝，但太花時間，而且會嚴重消耗魔力。

那樣可能會對之後的激戰造成致命影響。更何況我們也沒那閒工夫浪費好幾小時搞土木工程。

如果是在地球，遇到這種情況要怎麼辦？

對軍事知識幾乎一無所知的我，唯一想到的是游擊戰術這個名詞。記得應該是以少數兵力對付大軍時，藉由設下陷阱等方式提高敵軍戒備，以拖慢其速度的戰術。

據說士兵會因為對手可能隨時來襲而心生恐懼，連帶著降低士氣。好吧，其實我是從輕小說與電影看來的。

只是，我們的陷阱製作技能等級很低，做不了大量陷阱。結合土魔術的話也許能做出陷坑？只要挖個洞，再用土魔術把上面蓋起來就好。

不，那樣或許太危險？等擊退魔獸大軍，黑貓族回來後也許會誤踩剩下的陷坑。大家都聽過越南的地雷問題，我們不能不假思索地犯下同樣的錯誤。

『看來還是只能我們自己大鬧一場，引開那些傢伙的注意了。』

「好。」

話雖如此，什麼都不預備也不是聰明的作法。於是我們決定來做一樣東西。

好吧，其實也只是安慰性質啦。

「石牆術。石牆術。石牆術。」

『石牆術！石牆術！石牆術！』

「師父，這樣就可以了嗎？」

『哦，感覺還不賴。看起來真的像窗戶。』

「嗯。」

『好，那我也來。控冰術！』

先用石牆術做出石牆堆疊整齊，再用控冰術隨便黏合起來。

我們加緊趕工，在村莊北部的森林地帶蓋出了有點規模的建造物。也就是看起來有點像凱旋門的大門，以及乍看之下還滿像要塞的石屋。不過都只是布景，裡面空空如也。

這些屋子真的只是徒具外型，無法發揮防衛功能。說穿了就是空屋，牆壁也薄得不堪一擊。

但是這樣就夠了。我們並不打算據守在此戰鬥。但是，假如無法在平原殲滅魔物而放牠們進了森林，這些布景應該就能派上用場。

如果魔物發現了這些石屋，會有什麼反應？牠們一定無法視若無睹。為了避免被前後包夾，應該會試著攻陷這些假要塞吧？

不然就是暫時停止進軍，派人過來偵察。

反正不管怎樣，都不可能視若無睹直接走過去。雖然不知道能發揮多大效果，最起碼多少可以讓牠們有所提防。

『大概就這樣吧。』

然後再設置些士兵在這裡，就大功告成了。問我哪來的士兵？現在做出來就對了。

『那就——小漆，拜託你了。』

「嗷！」

我從很久以前收進次元收納空間的盜匪或哥布林等等的屍體當中，挑選十具狀態比較好的拿出來。

然後讓小漆施展死靈魔術將它們變成殭屍，就成了士兵。

雖然比哥布林弱，但只要看起來像是有人在就夠了。我要讓這些殭屍拿著破爛弓箭，在魔獸大軍過來時放箭射牠們。弓只有五把，所以其他殭屍拿斷掉的槍或劍。然後讓牠們在假要塞上走動，看起來就像有士兵駐防了。

目的純粹只是要偽裝成讓魔物遠遠看見時像是要塞，所以這樣就夠了。

『假要塞這樣就可以了吧。』

「那麼，走了？」

『出發之前，先在這裡做好準備。』

「好。」

也就是先用魔術把強化什麼的都做起來。身體強化系技能也先開啟，到時候就能立刻開戰。

『怎麼樣？』

「體內湧起力量，隨時可以動手。」

『那太好了！』

「嗯！」

確定萬無一失之後，我們再次起飛。

『我不希望在先發制人之前被發現，你盡量飛高一點。』

「嗷！」

按照我的指示，小漆不斷提升高度。

我們就這樣在空中疾馳，不久就在視野下方再次發現魔獸們的蹤跡。雲層早已變薄，用肉眼就能看見牠們的身影。

『滿坑滿谷的到處都是。』

「滿地垃圾。」

『一開場就出大招，藉此挫挫牠們的銳氣。』

「嗯！」

為了對魔獸大軍來個先發制人，我們開始進行攻擊準備。

我提高警覺以免被魔獸們察覺，謹慎地慢慢精煉魔力。

『……好，芙蘭，讓妳久等了。』

「我也弄好了。」

「嗷！」

芙蘭與小漆也都蓄勢待發。

「覺醒！」

芙蘭還沒有要使用閃華迅雷。這次將會需要長時間戰鬥，大量消耗精力的特攻戰術使用上需要慎選時機。

比起那種戰術，更重要的是踏實而持久地進行拉鋸戰。

『那就上吧！』

「嗯！」

「咕嚕！」

以芙蘭的覺醒作為信號，我們一口氣解放魔術。

『這就是開戰的烽火！阿澄雷神——！』

「百道天雷！」

「嘎嚕嚕嚕吼！」

芙蘭施放的百道雷電廣範圍劈打敵人，我的阿澄雷神轟炸魔獸們的先鋒隊中央。小漆則以屍毒魔術變出猛烈毒霧四面噴灑。

無數魔獸被百道天雷的閃電劈碎發出臨死慘叫，超過百隻魔獸被捲入阿澄雷神的大爆炸，叫都來不及叫就灰飛煙滅。大量魔獸吸了小漆的毒霧苦不堪言地發出呻吟，劇痛難忍地掙扎扭動。

「「「嘎喔喔喔喔！」」」

平原化作遍地悽慘呻吟的地獄，魔獸們的哀嚎不絕於耳。

先發制人大獲成功。

就算沒被直接打到，也應該看見夜空閃現的無數雷光了。可以確定魔獸們現在一片混亂，嚇得六神無主。

恐慌情緒接著又四處傳播，看得出來整個大軍的速度變慢了。

『再來！』

「嗯！」

小漆在魔獸大軍的頭頂上方用繞圈的方式盤旋飛行。

芙蘭連續施放火箭術等下級魔術，我從次元收納空間拿出各種東西，從高空丟下去砸那些魔獸。

諸如我轉生至今從各種地方得到的岩石、大樹、水、砂土、毒物或不可燃物品等等，只要是可能造成傷害的全都被我拿來丟。

『看我的——！』

「哦——好強。」

最讓魔獸們亂成一團的，是一塊直徑將近三十公尺的巨大岩石。

這是在收納空間擺了很久都沒用到的浮游島殘骸。初次遇上中土巨蛇時，幾乎所有殘骸都被我塞在牠的肚子裡，但還有幾塊留著沒用。

結果效果超乎期待地好。這麼大的石頭隨時可能掉下來不但讓魔獸們提心吊膽，還能單純作為障礙物拖慢大軍的步伐。

帶頭前進的魔獸們變得只能原地打轉，隊形土崩瓦解。到目前為止都照我們的作戰進行。

『接著進行正面打擊，徹底阻止牠們前進！』

「嗯！」

「嘎嚕！」

我們就這樣降落在魔獸大軍的前方。

魔獸們大概多半都還沒注意到我們。

看來帶頭前進的似乎大多是弱小魔獸。乍看之下哥布林或半獸人之類的邪人比較多，但也有野狼或牙鼠等野獸型、蜥蜴型與死靈型等等，種族五花八門。而且這些邪人的裝備十分簡陋。

不同於日前打倒的哥布林們，這些都身穿破布手拿棍棒，就是大家聽到邪人時會想像到的裝備。

會不會帶頭的魔獸都是免洗肉盾？如果是這樣的話就難對付了。因為那就表示統率這支大軍的人，果然具有某種程度的戰術頭腦。

『喝啊啊啊！』

「喝啊啊！」

我與芙蘭全力散發出威懾或霸氣。

「嘎，嘎嘎？」

「唧咿！」

冷不防出現的強烈威懾感嚇得魔獸們陣腳大亂。由於後方魔獸推著牠們前進因此不至於停下腳步，但很明顯地變得畏縮不前。

「師父，我要上了！」

『周圍全部都是敵人！妳愛怎麼打就怎麼打吧！』

「嗯！」

於是芙蘭將我倏地拔出，衝進畏縮的魔獸大軍之中。她在瞬息之間砍倒一堆哥布林與野狼，殺進最前線。

「噓！喝啊！」

芙蘭的戰鬥方式極其合理而冷靜。

小怪瞄準魔石秒殺，稍強一點的對手則不拘泥於魔石，從腦袋等部位下手。老實說，已經顧不得素材什麼的了。除非是真的很罕見的魔獸，否則都是直接撇下。

屍體也一律不收納。死屍堆積起來也許可以發揮拖延魔獸進軍的效果。

『吃我這招！爆烈烈焰！強風險象！閃電蛛網！爆烈烈焰！強風險象！』

我只管減少敵人數量，連續發射廣範圍但威力不強的法術。雖然灌注了多出幾倍的魔力增強威力，但終究只是低威力法術。哥布林的話一擊，半獸人的話奄奄一息。食人魔程度的話生命力減掉兩成。威力頂多也就這樣了。

但是小怪還是得殲滅，否則會妨礙難民之後的逃亡。比起只能襲擊一個地點的巨獸，能夠襲擊多個地點的一百隻哥布林更棘手。

即使我像這樣連續發射魔術，仍然有很多魔獸理都不理照樣來襲。也就是一些具有魔術抗性的魔獸，或是運氣好有其他同伴充當肉盾而沒被打傷的魔獸當中，特別好戰的那一群。

當哥布林們嚇得四處逃竄時，這些魔獸依然鬥志不減，衝向芙蘭。

但是，牠們都成了芙蘭與小漆的獵物。

「喝呀啊！」

「啊喔喔喔喔哦哦——！」

任何一隻敢靠近都會被芙蘭砍死，或是被小漆從背後神不知鬼不覺地奪去性命。小漆的守備位置類似游擊手。牠一面戒備芙蘭的死角，一面從背後襲擊魔獸們。

不只如此，小漆四處散播的毒霧也比想像中更有傷害力。不愧是屍毒魔術，威力似乎大到哥布林之類的下級魔獸一吸就斃命。常常可以看到一些滿地打滾之後，歪扭著原本就夠醜陋的臉孔斷氣的遺體。

儘管毒性還沒強到能讓食人魔等魔物當場死亡，但被毒素侵蝕的個體動作確實慢了下來。想拖慢這麼一大群魔獸，沒有比這更適合的魔術了。

讓我再次體會到這種魔術的可怕。

只是由於效果太強，跟別人聯手或是在鎮上戰鬥時不能用就是了。

坦白講，芙蘭如果吸到恐怕也會受到傷害。但小漆有盡量離遠一點施放，我也有隨時張開風之結界擋住所以沒出問題。儘管這麼做相當危險，畢竟現在最需要的就是殲滅敵人的力量。

「喝啊啊啊啊！」

『閃電蛛網！』

「啊喔喔喔！」

之後我們從混亂場面中脫身，繼續對付從四面八方來襲的魔獸。

這些傢伙似乎還不打算繞過我們繼續進軍，魔獸的最前列隊伍依然忙著包圍芙蘭。大概是想先除掉擋路的傢伙再前進吧。

這是我們求之不得的狀況。

只是，由於連續施展大量魔術的關係，我的魔力開始明顯減少。差不多該換個打法了。

當然，我在被芙蘭揮動的同時都有在使用魔力吸收，但注入魔術的魔力高過了吸收量。

『我先暫停使用魔術，專心回復力量。』

「嗯。」

接下來我會少用魔術，轉為輔助芙蘭。

在對付很可能待在後續部隊的高等魔獸之前，我想先恢復魔力。

「喝！」

「唧嘎！」

「啾喔喔！」

「呼！」

「咯嘍喔喔！」

少了魔術彈幕，魔獸們的攻擊變得更加激烈。可能是已經發現打近戰贏不了，來自四面八方的魔術或投石等遠距離攻擊開始如雨點般打來。

即使如此，低等魔獸仍然無法傷到芙蘭分毫。

『芙蘭，妳還好嗎？』

「嗯，沒事！」

儘管芙蘭躲掉所有攻擊，並且不時使用精力恢復術回復體力，精神疲勞仍然無從解決。

我擔憂地出聲關心芙蘭，芙蘭沒事似的回答我。看來並不是在逞強，而是真的沒事。大概對現在的芙蘭來說，這點程度的戰鬥還不至於搞到精神不支吧。

我重新感受到芙蘭的成長。

以前鑽進天空島地下城的時候，她對付大量魔獸還打到整個人疲困不堪。

當然，這次她應該也不是完全不累，呼吸有點紊亂。但看起來還不成問題。不只是腎上腺素分泌的關係，主要應該是因為她有注意體力分配。

『還有很長的路要走，不要硬撐喔。』

「嗯！」

後來芙蘭他們繼續適時放鬆力氣，抱持著絕不讓任何一隻通行的氣勢，與魔獸打持久戰。

哥布林從背後偷襲的棍棒被她側身躲過，以左手手肘擊碎對方頭蓋骨的同時，用風魔術掃倒面前想抓住自己的半獸人讓牠摔倒。側面撲來的野狼則用我刺穿肚子，一邊順勢扔向反方向的巨蜥怪進行牽制。其間又一腳踢碎背後偷偷逼近的食人魔的腦袋。

芙蘭沒有一刻收手，持續屠戮成群魔獸。

就在被芙蘭斬殺的魔獸超過一百隻，屍塊開始淹沒周圍地面時……

「嘎嚕嚕嚕……」

「嘎喔喔哦！」

「來了好多大隻的。」

『所以好戲現在才要上演？』

「正合我意。」

『是啊！』

身體長達大約四公尺的蜥蜴、長滿綠色體毛的巨獅、手持鐵棍的高等食人魔等等，巨大魔獸們一齊襲向芙蘭。

大概是終於明白小怪來個幾百隻，也阻止不了芙蘭吧。

這一批的數量最少超過五十。

威脅度在E或D，是一群相當強勁的魔獸。一隻就能蹂躪一座村莊。

當然，一對一的話我們絕對不會輸，但數量相當多。我看不能輕敵。

而且小怪們還在繼續從遠處攻擊我們。

『小漆從暗處減少魔獸數量。』

「嗷！」

『要小心別被包圍了喔。』

捉對廝殺的話小漆絕不可能會輸，但要是被圍毆就危險了。

『遠距離攻擊我來防，芙蘭負責打倒身邊的魔獸！』

「嗯！」

芙蘭毫不膽怯，衝向了巨大魔獸們形成的高牆。

她鑽過大如自己胴體的魔獸前腳，有驚無險地躲過比電線桿還粗的犄角，在成群魔獸間起舞。

「喝啊！」

「嘎嘍哦喔喔！」

「太慢了！」

「嘰沙啊啊嗄！」

「那裡！」

「嘰咿——！」

這個等級的敵人果然很難一擊解決，但攻擊幾次之後仍然成功打倒了牠們。我剛轉生過來的那段時期，對付這個階級的魔獸還差點死掉過咧。所以不只是芙蘭，我也變強了。

看到同類接連送命，感覺得到魔獸們正在大惑不解。

眼前這隻小動物不可能比自己或同類強，怎麼看都只是牠們的食物。可是她的動作卻比牠們更快，攻擊力比牠們更強，還散發出龐大魔力。

當情緒隨著時間冷卻下來，魔獸們似乎也漸漸冷靜地感覺出芙蘭的強大了。

牠們的眼中開始帶有畏怯之色。就從這點來看，牠們似乎並非受到某人的精神控制為其效命。不過，這下魔獸們的主人就更具威脅性了。因為這就表示那人不用進行精神支配，就能讓這麼多的魔獸從命。

最可怕的情況是純粹憑實力強迫牠們服從。竟然能讓魔獸的千軍萬馬對自己言聽計從，我想都不願去想像那會是多可怕的對手。我看威脅度隨便都超過A吧。

我想著這些問題時，戰鬥愈演愈烈。先聲明，我可沒有分心喔。我有用並列思考技能做好防禦的工作。

魔獸的攻擊好像變得越來越暴力了。不只是射箭、魔術或投石，有時連魔獸的屍體都飛了過來。也許是覺得就算砸到同夥魔獸也無所謂吧，那樣隨便亂瞄準一通反而不好躲。

即使如此，芙蘭的劍法依舊犀利。

靠近她就會被大卸八塊，離遠點又會淪為魔術的犧牲品。

襲向芙蘭的魔獸數量逐漸變少。

但是，我們消耗的力量也不容忽視。

好不容易恢復了一點的魔力又再次減半，芙蘭也氣喘吁吁。

特別是芙蘭整個人的模樣，不知道的人看了還以為她渾身是傷。現在她已經被自己流出的血以及魔獸回濺的血弄得渾身通紅。不只是裝備，連臉孔與手臂等等也都滿是紅黑血汙。好像是因為魔獸的血液不全然都是紅色，混在一起看起來就變得烏黑混濁。我擔心血汙會擋住她的視野，所以頻頻幫她淨化，但臉孔一下子又染黑了。

戰況這麼激烈，不可能沒有消耗體力。

『芙蘭，妳還能打嗎？』

「完全可以！」

芙蘭像是要鼓舞自己一般，發出低喊瞪視著魔獸們。她那雙仍未失去力量的眼眸，宛如彰顯其鬥志般炯炯發光。

想必是被她的視線震懾住了，魔獸們一瞬間止住了動作。

對方似乎也理解到芙蘭不是個尋常少女了。或者應該說，終究還是被對手看出來了。

使喚魔獸的某某人好像終於明白逐次投入戰力是不智之舉，開始改變戰術。

果然如我所料，那人似乎躲在某處觀察戰況。那人是否就在這支大軍之中？還是說，有哪隻魔獸事先接受了戰略指示充當指揮官？真要說的話，我也不知道那人是怎麼對魔獸下指示的……

唯一能確定的是，這群魔獸是聽從一種明確統一的意志展開行動。

（師父。）

『是啊，真難對付。』

包圍我們的魔獸們，宛如退潮一般倏地後退。取而代之地，更為強悍的五隻魔獸出來擋在我們面前。可別因為數量少就不放在眼裡，牠們的存在感讓其他魔獸相形見絀，而且散發出濃密的魔力。

不用鑑定我就知道了。

全都很強。

不過，這倒不難理解。經過鑑定，五隻都是威脅度C的大魔獸。我猜應該是這支大軍的最強戰力吧。

這些魔獸每一隻都能單獨攻陷古林格特級的大都市，現在卻一次來了五隻。假如這些東西沒被我們發現繼續進軍的話，獸人國必定已經陷入史無前例的危機。

畢竟外有巴夏王國侵擾，內有魔獸大軍作亂嘛。簡直好像算準了獸王不在的時候結夥進攻似的。

難道說，真的是結夥進攻？如果是這樣，這些魔獸的背後是否有巴夏王國指使？太多疑問了。

不，現在不是想這些的時候。得專心應付眼前的戰鬥才行。

棘手的是，這些傢伙全是不同類型的魔獸。

身形最為巨大的多頭大蛇魔獸，名為黑鉛多頭蛇。正如其名，是一隻周身漆黑鱗片的多頭蛇。全長恐怕有二十公尺以上。不但具備高速再生能力，似乎還能吐出闇屬性、毒屬性與火焰屬性的吐息。六顆腦袋全都大到能把芙蘭一口吞下。

旁邊一身深紅毛皮的狼名為緋紅野狼，是能夠操使火焰魔術的強敵。小漆是黑暗野狼，我看這隻應該是同種族的火屬性類型吧。牠身懷高等級的物理攻擊力、魔力、體力與速度，五隻當中攻守最均衡的可能就屬牠。

另一隻獸型魔獸，是鋼鐵泰坦熊。如同名稱所示，是全身包覆硬如鋼鐵的皮膚與體毛，身高超過十公尺的巨熊。雖然特殊能力不多，但單純就防禦力與能力值而論是五隻中的頂尖。傲人的臂力值為1286，比黑鉛多頭蛇還要孔武有力。

巨熊的旁邊，還有一隻名為精金甲蟲的巨蟲。外觀不過就是把赫克力士長戟大兜蟲放大到約八公尺長，但卻具有魔術抗性8這個棘手的技能。而且一如精金之名，甲殼似乎也堅硬無比。再結合高速飛行能力，實在是個討厭的對手。

最後那隻從空中俯瞰芙蘭、膚色漆黑的人型魔獸是魔鬼。不用說也知道，當然是惡魔族。相較於以前在地下城對付過的傢伙是惡魔伯爵，這隻是惡魔男爵。能力值雖不比伯爵，但這傢伙在技能上沒有破綻。比起那個被白痴地下城主限制了能力的惡魔伯爵，這傢伙說不定反而更強。

一隻就已經夠危險了，現在竟來了五隻。

而且原先包圍芙蘭的其他魔獸，也開始有所行動。

看來是打算讓這五隻對付芙蘭，其他魔獸繼續進軍。

『情況不妙啊。』

或許唯一值得慶幸的是，由此得知這些魔獸很可能與地下城有關？因為聽說魔鬼是地下城固有種，必須使用特殊法術才能召喚。

（怎麼辦？）

『我們不可能一邊跟這些傢伙打，還一邊繼續攔阻魔獸大軍。』

那樣太危險了。對付這些傢伙必須全力以赴，否則連取勝都有困難。

（那就快攻打倒牠們。）

『對，只能這麼辦。不過，不要太急躁！』

「嗯！」

＊

「莎琉夏，妳為何一臉陰沉？」

「村長……公主大人會不會出事……？」

「少亂說話！」

「好、好痛！你幹嘛這樣！」

「妳問會不會出事？當然不會！」

「可、可是……」

「妳難道忘了大人不但實力高強，而且已經進化了嗎？」

「你怎麼能因為這樣，就斷定大人一定不會出事？萬一敵人實在太強……」

「妳這笨蛋！」

「很痛耶！不要講沒兩句就動手啦！」

「聽好了！公主大人正在為了我們戰鬥！」

「嗯……」

「我們不相信她，誰來相信她！公主大人一定不會有事。我們要相信她，等她回來！這是我們唯一能做的！」

「是、是這樣嗎……？」

「對！我們如果心有不安，那就是侮辱了公主大人的決心！」

「這、這樣啊。說得也是喔。公主大人那麼厲害，哪有可能敗給小小魔獸？真不知道我在擔心什麼。」

「哈哈哈！笑吧！笑著等公主大人回來！這才能證明我們對那位大人的深厚信心！不用擺著一張苦瓜臉！畢竟她可是我們的英雄，黑雷姬大人啊！」

「哈，哈哈。」
「哇哈哈哈哈！」
「哈哈哈哈！」
「唔嗯，就是這樣！你們大家也是，還不快笑！哇～哈哈哈！」
（……公主大人，請別讓老夫變成騙子。還請您務必平安歸來……）

*

芙蘭舉起我後，瞪視著那五隻魔獸。不僅僅是威嚇，也是在尋找對手的破綻。在這裡浪費太多時間，趁機前進的其他魔獸有可能會兵分幾路。那樣的話要殲滅就難了。不只是黑貓族，預估正從各地前往古林格特的難民也會遇襲。

但是，心急就贏不了眼前這些對手。我一面逼自己焦急的心情鎮定下來，一面把作戰計畫告訴芙蘭他們。

『小漆負責壓制住緋紅野狼。辦得到吧？』
（咕嚕！）

小漆擁有神狼眷屬此一稱號。這個稱號對其他的狼具有威懾效果，即使對手是水平相當的緋紅野狼，應該也是小漆占優勢。

『芙蘭，妳負責跟惡魔纏鬥。要是被他用魔術幫助其他魔獸就棘手了。』

最好別來一些麻煩的招數。

『顧不得保留力氣了。一旦判斷有危險就要使用閃華迅雷，知道嗎？』

（嗯！）

芙蘭從次元收納空間拿出幻輝石魔劍舉好。

我讓芙蘭他們壓制住兩隻魔獸，其餘三隻由我來打倒。

魔獸們還沒察覺到我的存在。牠們只會提防一把鋒利的魔劍，卻不會想到我能自主行動施展魔術。

這些魔獸沒有衝殺過來，只是圍著芙蘭尋找破綻。看到芙蘭拿出另一把劍，似乎略微提高了牠們的戒心。

還真是行事謹慎啊。

但是牠們的逡巡，卻給了我們更多寶貴的時間。

趁五隻魔獸忙著觀察我方動靜，我聚精會神，精煉魔力。

『──好！我們上！』

「嗯！」

『啊啊啊啊啊啊！阿澄雷神！』

可能是覺察到我方魔力急遽升高了，魔獸們急著想撲向芙蘭，但慢了一步。

『先從你開刀！大塊頭！』

黑鉛多頭蛇是牠們當中最大的一隻，但直劈巨軀的白雷更是巨大到足以將牠吞沒。

等那一片將空間照得通白的駭人雷光消散之後，被阿澄雷神直接擊中的漆黑多頭蛇早已消失得不留痕跡，現場僅存地面開出的巨大撞擊坑。不管是鱗片、骨頭還是魔石，全都蒸發殆盡。

『管你是不是有棘手的高速再生能力，當場死亡就派不上用場啦！』

而阿澄雷神掀起的駭人爆炸波，也襲向了其他魔獸。

暴風強烈到縱然是巨大魔獸，一個不留神也可能被吹跑。可能是眼見同夥遭到秒殺而心生動搖了，其餘四隻都僵在當場。

但是，就算快要被暴風吹倒，置身於這種狀況不行動就是失策。我在想，這幾隻魔獸也許實戰經驗還不太豐富，可能根本不知道在戰場上呆站不動會害死自己吧？

不過，多虧牠們不懂，幫了我們一個大忙就是了！

『再來一隻，到手啦！』

「嘎喔喔喔喔喔喔——！」

我於傳送之後發動念動彈射攻擊，襲向身形龐大看似極難對付的鋼鐵泰坦熊。

化作飛天長槍的我，射穿鋼鐵泰坦熊的肉體一擊打碎魔石。

被同夥之死嚇呆的熊完全沒反應過來，就這麼一命嗚呼。

假如是在正常狀態下，最起碼應該能察知到攻擊而閃過要害，但大概是想都沒想到我會自己行動吧，在心慌意亂的狀態下似乎沒那多餘精神。

唯一做出反應的惡魔似乎也被芙蘭阻撓，無法前來解救同夥。

只是，我也有失算的地方。照理來講我是完全出其不意，卻因為泰坦熊的防禦力太高，只有前端最尖銳的地方刺中魔石。假如我刺穿的部位皮膚更厚一點，恐怕就沒能一擊打倒牠了。這讓我重新理解到對手絕非弱小魔物。

而且，這下其他魔獸就清楚看見我自主飛行收拾掉鋼鐵泰坦熊的場面了。同一招恐怕不會再管用。

後來我試著把鋼鐵泰坦熊的屍體收進次元收納空間，想藉此嚇嚇魔獸們，但這次牠們就沒被嚇呆了。牠們用難掩焦慮的態度，緊急往四面散開。

但我們已經成功除掉了兩隻。這下狀況比一開始好多了。我暫且回到芙蘭身邊。

『就照這樣收拾掉其他傢伙！』

「好。」

「嗷！」

小漆對緋紅野狼展開了攻勢。

「嘎嚕嚕嚕！」

「吼嘎啊啊啊！」

小漆雖然體格比對方小了一圈，但也因此在敏捷性上贏過對方。

牠輕盈地躲掉緋紅野狼的咬噬，順勢將對手引誘至遠處。對手似乎也對同為狼型的小漆有一份執著，給我一種故意接受小漆挑戰的印象。

『我們來對付惡魔與蟲怪。』

「嗯！」

於是，芙蘭將我舉起，與其餘兩隻對峙。我還是想先解決掉能運用魔術的惡魔。

「……都不過來。」

『他們也不敢再輕敵了吧。』

惡魔與蟲怪一味只是與我們保持距離，用魔術等手段牽制我們的行動。

我們也用魔術應戰，但是打不中具有高度察知能力的惡魔與蟲怪。

可惜他們不願意與我們一鼓作氣決勝負。

「吼嚕啊啊啊啊啊！」

「咕嚕嚕啊啊啊！」

要是有小漆幫忙就輕鬆了，無奈小漆與緋紅野狼的戰況正深陷膠著狀態。

論魔力是小漆為上，體力則是緋紅野狼略勝一籌。就整體而論，幾乎是不分軒輊。小漆一面用潛影與敏捷身手保持距離一面以暗黑魔術持續給予傷害，緋紅野狼則是用廣範圍火焰與棄守為攻的衝刺，尋找逆轉勝的機會。

乍看之下像是小漆占優勢，但由於緋紅野狼屬於攻擊力特化型，萬一中招的話即使是小漆也有危險。

看來我們這邊只能自己想辦法了。

「嘰咿咿咿！」

精金甲蟲一直線衝刺過來。

犄角的尖端，不偏不倚地瞄準了芙蘭的胴體。

「嘰沙啊！」

而且，背後還有個惡魔。惡魔占據了能掩護精金甲蟲死角的位置，我知道他在觀察我們的動作。占著那種位置真夠討厭的！

芙蘭一面躲開精金甲蟲的衝刺，一面用我彈開惡魔的魔術。

精金甲蟲與惡魔，兩者都有著高速身手，且具有飛行能力。這兩個傢伙聯手出擊，我們追趕其中一方就會被另一方攻擊，相當難纏。

豈止如此，我本來以為精金甲蟲的威脅度沒惡魔高，沒想到也相當強悍。牠似乎能藉由向後方釋放魔力的方式獲得推進力，能夠從滯空狀態冷不防地用驚人速度飛衝而來。那種快到留下殘影的速度與機動力，比想像中更危險。

速度快到看見之後再躲就來不及了。逼得我們必須用技能在魔力釋放的瞬間及早發現，盡全力閃躲。

「沙啊！」

『這傢伙，真會挑討厭的時機！』

但是，我們也不能只注意牠一個。

可能是覺得芙蘭的視線瞬間轉向精金甲蟲構成了破綻，惡魔舉起武器揮砍過來。手裡拿著用毒素魔術做出的武器，同時也對芙蘭施展毒素魔術。速度不算太快，憑芙蘭的身手躲得掉——豈料事與願違。

「嘰咿咿咿！」

「唔啊！」

芙蘭不過是一瞬間分神注意惡魔，就中了精金甲蟲的衝撞。芙蘭察知到精金甲蟲似乎要突然冒出來，有趕緊扭動身體閃躲，豈料……

看來精金甲蟲不只能藉由釋放魔力的方式獲得推進力，還能讓犄角等處帶有壓縮過的魔力以提升攻擊力。戰鬥中持續張開的障壁，終於被完全撞破了。

『芙蘭！』

芙蘭被撞飛到空中，右臂與右腿彎向怪異的方向，頭部也大量流血。但是，這些部位都還好。最糟糕的是腹部開出的巨大空洞。從右側腹到肚臍附近，被精金甲蟲的犄角挖掉了一大塊肉。

粉紅色的內臟外露，大量體液噴灑得到處都是。

我用念動接住芙蘭的身子，急忙施展大恢復術。但傷口太大，無法完全癒合。

『快用瞬間再生！』

「嘔噗……！」

『妳聽得見嗎？芙蘭！用瞬間再生！』

芙蘭雖然痛得齜牙咧嘴，但仍輕輕點頭。緊接著，芙蘭的傷處瞬間開始再生。看來是勉強急救成功了。

但是，消耗的魔力實在太多了。看來這項技能也跟物理無效一樣，並不是很適合芙蘭。畢竟不同於我這種無機物或史萊姆那種黏體生物，人體構造比較複雜。使用這種技能硬是讓人體瞬間再生，魔力消耗得當然重了。

「唔嗚……嘔呼……」

我一邊幫喘著大氣的芙蘭張開障壁，一邊問她：

『妳還好嗎？』

「……嗯。」

『發生什麼事了？』

（那隻蟲，冷不防地冒出來。）

看來芙蘭跟我看到的一樣。剛才那記攻擊，不只是被抓到死角之類的問題，感覺就像是突然蹦出來的。

當下我以為牠是在傳送之後發動攻擊，可是精金甲蟲沒有那種技能。牠有隱密技能，但等級沒高到能騙過我們的眼睛。

『不愧是高階魔獸，不是用普通方法能對付的。』

「但是，我要贏。」

『我知道。』

芙蘭的鬥志完全沒減退。這種內心的堅強就是芙蘭最大的武器，真是太可靠了。

那就對精金甲蟲的動作保持最大級警戒，揭穿攻擊的祕密。

我本來是這麼打算的——

「叭嚕喔喔！」

「煩死了。」

無奈惡魔最會抓討厭的時機攻擊我們。

目的是打斷我們的注意力，攻擊不具有必殺威力，但又恰好達到不能不防的程度。

「嘰咿咿咿咿咿！」

「唔嗚！」

然後，芙蘭再次被精金甲蟲的突飛猛撲撞到了。

這次有提高警覺，所以成功用念動與障壁躲過了直擊，但大得驚人的衝擊力仍然撞飛了芙蘭的身子。

『回復交給我來，芙蘭妳提防追擊！』

「嗯！」

我一面幫再次折斷的左臂施展恢復術，一面回想起前一刻的攻擊。

還是一樣，直到最後一刻才能感覺到氣息。這可能必須傾注全副神經探尋氣息，才能躲得開了。

『芙蘭，我先停用一下迅捷術。』

（好。）

我們為了應付敏捷性遠勝我方的魔獸，一直有用時空魔術提升速度。但是，這種法術也有缺點。與周遭的時間差會讓聲音聽不清楚，其他感官也會多少產生一點落差。當然，在這種狀態下也很難使用氣息察覺系的技能。

在目前這種講求察知技能精度的場合，反而會礙事。

『但這樣的話就只能靠妳了。抱歉了。』

「嗯，不要緊。閃華迅雷！」

閃華迅雷是速戰速決用的技能，我很希望能留作備用。可是在沒有迅捷術的狀態下，要對付兩隻能夠高速移動的對手太難了。

「沙咿咿咿！」

惡魔再次攻擊過來。芙蘭想用我擋下這記斬擊，可是，惡魔的毒劍就好像穿透了我的刀身似的，切開了芙蘭的皮肉。

「唔嗚……？」

『真不愧是惡魔啊！』

竟然能用單純的斬擊，突破我們的障壁。看來是僅於瞬間讓魔力在毒劍上循環，藉此提升了穿透力。

傷口本身不大，但芙蘭中了猛毒。劇痛拖慢了芙蘭的動作。

精金甲蟲趁機發動第三次攻擊。不過，芙蘭已經為同樣的攻擊吃了兩次虧，沒這麼容易讓對手得逞。

面對來自背後對準心臟的犄角攻擊，芙蘭扭轉身體錯開瞄準點。右肩被剜掉一大塊肉，右臂飛了出去。

「啊啊啊啊！」

然而，芙蘭咬緊牙關，掄起剩下的左臂捶進精金甲蟲的右眼。

「喝啊！」

「嘰嘰咿咿咿咿！」

伴隨著堅硬物體裂開的啪嘰一聲，芙蘭的左臂直到手肘都插進了蟲眼裡。

她就這樣把雷鳴魔術打進了精金甲蟲的頭頂。

「雷光轟擊！」

「嘰嘰喊咿咿咿咿！」

『嘖！高階魔獸真的有夠難纏！』

精金甲蟲尖叫著扭動身軀。然而，即使堅硬腦殼的內側被雷電燒灼，精金甲蟲仍然沒死。

生命力是大副降低沒錯，但還在激烈掙扎。

「嘰嘰嘰軋咿咿咿咿咿咿！」

「嗚呃啊！」

『芙蘭！』

這次換成左臂斷開了。精金甲蟲瘋狂扭動，造成硬殼硬生生夾斷了她的手臂。

『大恢復術！解毒術！大恢復術！』

「……哈啊哈啊。」

我一邊用念動攙扶失去雙臂的芙蘭，一邊持續誦唱回復魔術。芙蘭也即刻使用瞬間再生，讓斷掉的手臂迅速長回來。可是，魔力與體力都消耗得十分劇烈。

我在幫芙蘭回復的同時，覺得剛才的攻防似乎有點蹊蹺。不只是精金甲蟲，惡魔的毒劍也不對勁。

對手是魔術師型的惡魔，劍術是6級。就算多少有點破綻，芙蘭也不可能擋不掉單純的斬擊。其中絕對藏有某些機關。

於是我再度鑑定惡魔，發現到一件事。

『我懂了！是幻像魔術！』

惡魔擁有幻像魔術4的技能。看樣子這種法術比我們想像得厲害多了，連視覺以外的感官都能騙過。這是我唯一能想到的可能性。

我們是第一次碰到敵人會用這種法術，所以想都沒想到效果會這麼強大。首先必須證實我的推測屬實。

我把技能開到最大，試著觀察再次來襲的惡魔之後，怪異感的來源就完全清楚了。這傢伙的身體是真的，但手臂以下的部位是用幻像魔術做出的假象。

這種幻覺的高明之處，在於不但能完全隱蔽原本的手臂，連氣息都能偽裝。劃破空氣之類的聲響‧也都是從假手臂傳出來的。芙蘭險些再次上當，但我的念動彈開了惡魔的毒劍。

（師父？）

『防禦交給我，妳繼續攻擊！』

「嗯！」

芙蘭對惡魔發動了猛攻。

當然，惡魔也用幻像魔術反手還擊，但都被我一一打掉。我們不會再上當了！

芙蘭與小漆在黑貓族村莊感覺到異常跡象時，我沒能反應過來。看來在野性直覺上我還是不比芙蘭他們。但是像這種欺瞞五感的幻覺等等，似乎是我比較拿手。

也是啦，畢竟我沒有所謂的五感。我看東西不是用眼睛，觸覺不靈敏，也不知道是怎麼聽見聲音的。至於味覺與嗅覺更是根本就沒有。大概沒有的東西想騙也騙不了吧。

「嘰咿咿咿咿！」

『這我也看見啦！』

「嘰嘰？」

精金甲蟲的衝刺奇招，也已經被我看穿了。是惡魔用幻像魔術幫牠隱藏了氣息。幻像魔術似乎不只能讓人看見虛偽景象，連氣息隱蔽或隱形也是拿手好戲。

但是只要識破機關，就有辦法應對。本體並沒有真的消失，我只要用技能察知掀起的些許微風就行了。如今精金甲蟲被芙蘭弄瞎一眼使得動作變慢，我有辦法察知牠的下一步行動。

於是，我對準精金甲蟲施展魔術。這畜生具有魔術抗性，所以我用的不是攻擊魔術。

『反轉之盾！』

而是扭曲空間，讓敵人的遠程攻擊等等射歪的法術。

雖然作為目標的精金甲蟲體型龐大，只要我灌注最大魔力並結合念動，要稍微弄偏衝刺方向還辦得到。

「咕啊啊啊！」

「嘰咿咿？」

而惡魔就在牠衝刺的前方。

我並不打算用這招打倒牠，只要能製造破綻就夠了。一如我所料，惡魔看到同夥突然衝向自己，急忙拉開距離。

芙蘭可不會看漏這個破綻。

「喝啊啊！」

化身為黑雷的芙蘭一劍揮去，來不及反應的惡魔當場被腰斬。這隻惡魔恐怕是等到自己被砍倒，才終於發現自己的敗北吧。

接著芙蘭劍鋒轉過一圈，順勢擊碎魔石。畢竟單論劍術對決的話，芙蘭比牠強多了。結果顯而易見。

「嘰咿咿咿咿！」

「太慢了！」

剩下精金甲蟲一隻，發揮比之前更快的速度衝刺過來。大概就是所謂的藏了一手吧。牠一口氣噴出剩餘的魔力，似乎藉此達到連牠自己也無法完全控制的超猛加速。而且看這方向是打算把芙蘭連同惡魔一起刺穿。

不過就是隻蟲子，分析戰況的能力還這麼精準！

但是失去了惡魔的掩護，這隻大傢伙已經躲不掉我們的攻擊了。衝刺再次被我們擋開，最後敗在我的念動彈射攻擊之下。

『很好！現在就剩緋紅野狼了！』

「嗯！」

收拾掉惡魔與精金甲蟲，我們趕緊前去支援小漆。

只是沒想到，不用我們去救援，牠們就快要分出勝負了。

「咕嚕嚕喔喔喔喔！」

「嘎喔喔喔嗚嗚……」

小漆單論攻擊力與肉體強韌度等方面不如對手，因此似乎一面徹底保持距離，一面用屍毒魔術慢慢削減緋紅野狼的體力。

緋紅野狼的眼瞳浮現出點點紫斑，全身體毛脫落，形成多處圓禿痕跡。呼吸粗重紊亂，時常發出咳嗽。大概是在短短的時間內體內已經被毒素破壞殆盡了吧。

小漆也一樣，右半張臉孔與背部皮焦肉爛，右眼完全燒燬露出眼窩。但是看到兩頭野狼即使如此仍然殺氣騰騰互不相讓，就知道戰況有多慘烈。

兩者一樣都是體無完膚，但看起來似乎是緋紅野狼傷勢較重。乍看之下會以為外傷嚴重的小漆瀕臨死亡，其實吐血不止的緋紅野狼才是真正回天乏術的那一個。

「嘎嚕嚕嚕嚕嗚嗚！」

眼看緋紅野狼因為傷勢過重而拖慢了動作，小漆抓準機會用闇魔術綁住牠的腳。緋紅野狼掙扎著想脫身，但小漆已經一口氣撲上去，咬住了牠的咽喉。

「嘎咕嚕！」

「嘰唏咿咿咿……！」

這下子緋紅野狼也無法脫逃了。

緋紅野狼被咬斷喉嚨，發出細微沙啞的哀嚎，當場癱軟倒下。

勝負分曉，緋紅野狼嚥下了最後一口氣。

「喔喔喔喔哦哦！」

小漆踩住陳屍地面的緋紅野狼，發出了勝利高吼。但隨即不支倒地。

「小漆！」

『大恢復術！』

我們慌忙趕往小漆身邊，對牠施加了回復魔術。可是，眼睛卻沒有長回來。小漆具有再生能力因此之後應該會慢慢痊癒，但現在沒時間等它好了。

我拿出以前到手的上級治療藥水，灑在小漆的眼睛上。雖然好得很慢，但確實可以看到眼球花了大約三十秒的時間慢慢再生。

『小漆，你還好嗎？』

「嗷嗚。」

我與芙蘭搓揉了一頓志得意滿的小漆稱讚牠。

『你真了不起，打贏牠了！』

「你真棒。」

「嗷！」

其實我很想讓小漆與芙蘭休息一下，無奈沒那多餘時間了。總之先讓芙蘭也喝瓶藥水，這樣除了精神疲勞之外應該都能再撐一下。雖然最棘手的問題正是精神疲勞。

『我們快追上前方隊伍！在這裡浪費太多時間了！』

「嗯！」

『差點忘了，先把魔石吸收一下吧。小漆，你不介意吧？』

「嗷！」

畢竟是小漆解決的獵物嘛。我先問過小漆一聲，然後才把劍刃刺進緋紅野狼的心臟附近位置。

只要能吸收這隻C級魔獸的魔石——

〈自我進化的效果已發動——〉

『呀呵——！』

好！這就是我要的！在此成功升級！魔力恢復到全滿，還得到自我進化點數！之後的戰鬥想必會輕鬆不少。

名稱：師父

裝備者：芙蘭（固定）

種族：智能武器

攻擊力：726　保有魔力：5500／5500　耐久值：5300／5300

魔力傳導率：A+

自我進化〈階級14・魔石值9133／10500・記憶體138・點數70〉

我正為了久違的進化歡天喜地時，芙蘭對我說話。哎呀，有點興奮過頭了。

「師父？怎麼了？」

『我升級了！魔力也恢復了，還得到了70點自我進化點數。』

「哦哦。」

『不只我，妳和小漆也各升了3級。』

應該哀怨打倒那麼多魔獸只升了3級，還是高興足足升了3級？不過，想到一般冒險者很多人到了三四十歲都還沒升到40級，我覺得可以為了升3級高興。

而且芙蘭還獲得了新的稱號。

『魔獸殲滅者啊。』

魔獸殲滅者：一生當中打倒了100種，總計1000隻以上魔獸者，可獲得此稱號。

效果：與魔獸戰鬥時，視對手的數量與強弱強化能力值。

一般來說應該要花更多時日才能獲得這個稱號，但芙蘭與我相遇之後身經多場激戰，又在剛才的戰鬥中宰殺了種類豐富的魔獸。看來短期間就讓她達成了條件。

『點數要用在哪裡好呢——不對，現在先追魔獸們要緊。路上再想吧。』

「嗯。」

收納好緋紅野狼的屍體，芙蘭跳到恢復了體力的小漆背上坐好。

『小漆，麻煩你追趕魔獸大軍。』

「嗷！」

*

『利格韃魯法大人！白犀族三百將士，已做好突擊準備！』

「是嗎？那就出兵吧。」

「是！」

我的名字是利格韃魯法。

是白犀族的代理族長，並拜領了僅限戰地的臨時將軍一職。

在我們獸人國，給予各種族的代表臨時軍階，將其安插進指揮體系是常有之事。

「……我還是覺得，敵軍的舉動不對勁。」

「不對勁指的是？」

副族長兼副官法德爾聽我這麼說，顯得大惑不解。

我也說不上來哪裡奇怪。

但是，巴夏軍這次的舉動看在我眼裡就是有哪裡不對勁。

首先是布軍速度，快得堪稱疾風迅雷。以公認不善打仗的巴夏王國來說，動作太快了。當然，也有可能是哪位有才華的指揮官崛起，或是從過去的失敗中學到了教訓。

但是，從這點來想，布軍後的舉動又太草率了。

分明能夠那般迅速地運用成千上萬的部隊，卻不深入攻進我國領土。

簡直好像讓戰況演變成膠著狀態才是他們的目的，僅微微越過國境線就停下來布陣。

可是，巴夏王國若是想攻打我國，唯一的途徑就是這片平原。就算是在等候援軍，為了確保橋頭堡也應該攻下幾座都市或城鎮才對。

我不懂他們為何執意以國境線為戰場。

而即使我實際上在戰場與之對峙，還是看不出他們的目的。

基層士兵還是老樣子。怨恨獸人國因此士氣昂揚，但不認為能打勝仗，稍稍攻擊個幾下就能打得他們潰亂大敗。

可是，從將官階級的指揮方式看不出想取勝的積極性。

不，這麼說不太對。

或許應該說，他們似乎無意在這個地點取勝？

給我一種在等待什麼的印象。

我不知道他們在等什麼。是正在向其他國家求援，還是暗中設下了某些計謀？又或者是對於只為了發洩國民情緒而毫無意義地出兵感到厭煩，心灰意懶？

「會不會是您多心了？」

「但願如此……不過無論敵軍在打什麼主意，直接擊潰就沒戲唱了。發動攻勢吧。」

「是！遵命！」

「那些傢伙應該作夢也想不到，我軍會在部隊尚未集結完成的狀態下以寡兵發動突襲吧。」

「就讓那些巴夏否蒡種見識一下我等白犀族的英姿吧！」

「唔嗯。目標是取下敵軍右翼的將領首級！別落後了！」

＊

我們騎在小漆背上，追趕已經往前跑遠了的成群魔獸。

一路上，我們都在討論自我進化點數的用途。

『芙蘭，妳想用在哪裡？』

「魔力駕馭？」

『原來如此，有道理。』

上次我們把氣力操作升級到氣力駕馭，結果在技能使用上發揮了極大效果。發動速度變快，威力也增強了。

既然如此，假如得到魔力駕馭，使用魔術時或許也能獲得同樣的效果？如果發揮了一如期待的效果，對今後的戰鬥一定很有幫助。

「師父呢？」

『我想用在魔力吸收。』

魔力吸收目前因為自我進化點數不足，還維持在9級，但封頂之後效果一定更強。為了等一下繼續跟魔獸們交戰，可以說一定要有。

想到這裡，我又發現到一個更值得注意的技能。那就是在剛才戰鬥中不知不覺間獲得的生命吸收。也是啦，雖然那時以擊倒敵人為優先，但還是吃到了為數可觀的魔石。大概是其中哪隻魔獸的技能吧。

從名稱來看，就是魔力吸收的生命力版。有了這項技能，閃華迅雷等需要消耗生命力的技能必定會變得更容易使用。與魔力吸收結合起來，想必相當有用。

『好，反正也沒時間慢慢想，就把現在提到的技能全部強化一遍吧。』

「好。」

反正等一下戰鬥一定用得到。

我們先用5點把魔力操作提升為魔力駕馭。技能只不過是往上進化一個等級，效果卻強大無比。

「好強！」

『就是啊。』

芙蘭應該也感覺出這項技能的厲害了，她睜大眼睛表達驚訝。不只是使用魔力所需的能力，連魔力感知等技能的靈敏度都大幅上升。就好像視野忽然變得開闊，或是拿掉耳塞之後，那種世界短暫擴大的感覺。這種解放感說不定比獲得氣力駕馭時還厲害。

『接著替魔力吸收升一級，讓它達到最大級。』

〈魔力吸收已達到１０級，技能追加魔力強奪。〉

出現新的技能了。沒差，這招的使用感晚點再試，接著來替生命吸收升級吧。

〈生命吸收已達到１０級，技能追加生命強奪。〉

這邊也是一樣的狀況啊。是不是表示吸收率更好？

此時我們已經把5點花在魔力駕馭上，2點用在魔力吸收，18點用在生命吸收，總共用掉了25點；所以自我進化點數還剩下45點。

『其他點數要用在哪裡好……』

「可以阻擋魔獸前進的魔術？」

『唔嗯。』

的確，如果有哪種法術能更有效地阻擋魔獸就太好了……但該練哪個系統的魔術才好呢？

「火焰魔術？」

『這個嘛……』

我們火焰魔術的等級僅次於雷鳴魔術，殲滅力也很強，或許還不賴？只是，使用上得注意森林火災等問題。萬一火勢延燒，波及到難民就本末倒置了。

『只要注意火災問題的話還不錯用？』

「還是說，練暴風魔術？範圍一定很廣。」

風魔術確實有很多廣範圍法術，殲滅廣域敵人時想必很有幫助。只是，這真的是最佳選擇嗎？

如果這次任務單純只需要減少魔獸數量或是驅散牠們的話，用火焰魔術或暴風魔術也行。問題是這次的戰鬥，目的是保護所有難民。講得極端點，就算一頭魔獸都沒打倒，只要把牠們留在原地讓難民逃進古林格特，就是我們贏了。

因此，隨便出手攻擊導致魔獸大軍四散逃逸的話就糟了。特別是這次的魔獸們，強悍的魔獸已被我們打倒，剩下的盡是低威脅度魔獸。攻擊得不夠徹底，也許會把牠們嚇得到處亂跑。那樣一來，就很難分別追趕，難民們很可能會被逃跑過來的魔獸襲擊。

「唔。」

芙蘭雙臂抱胸猶豫不決。不過，我倒是想到了一個主意。

『妳覺得大地魔術怎麼樣？』

「大地魔術？」

『是啊，提升它的等級，應該能做出牆壁或壕溝吧。』

我們在古林格特聽瑪爾馬儂說過，國內只有一位法力足以阻擋敵軍的大地魔術師。也就是說，如果能巧妙運用大地魔術，就有辦法隻身對抗大軍。

「嗯！原來如此。」

『而且現在點數夠多，可以把等級升到最大。我覺得要學就要趁現在。』

「就練它。」

芙蘭似乎也贊成我的主意。

『那就先來替土魔術升級吧。』

「嗯。」

我們消費4點，把土魔術升到最高等級。芙蘭的稱號多了個土術師，我得到大地魔術與砂塵魔術。對喔，之前聽過風加土就是砂塵。不過，現在這先擺一邊。接下來才是重頭戲。

『我要提升大地魔術的等級嘍。』

我先升到4級看看。可是，還沒學會想要的法術。雖然學到了幾種感覺相當強大的法術，但都不是能阻擋大軍的那種。

我注入更多點數。就在自我進化點數剩下25時，我在大地魔術6學會了似乎能派上用場的法術。

『來了！應該就是它了。』

亦即6級大地魔術的長城術。這招法術能製造出巨大城牆與壕溝，假如灌注魔力到最大極限，感覺應該能造出巨大無比的壁壘。

『用這招應該可以擋下那些魔獸！』

「嗯！」

已經深入森林的魔獸大軍，開始各自分頭進軍。大概是打算兵分幾路，去襲擊附近的村莊吧。

再這樣下去，魔獸將會往廣範圍散開，變得難以殲滅。

『不妙！』

「怎麼辦？要攻擊嗎？」

可是，總覺得看起來不太對勁。成群魔獸沒再進一步散開，不知為何竟停留在原處不動。發生什麼事了？正覺得奇怪時，我忽然想起來了。應該說，我忘得一乾二淨。就是我們之前做的那些唬人玩意兒。魔獸大軍目前似乎正把那些屋子包圍起來，等待下一步命令。

沒想到效果這麼好。多虧魔獸大軍在這裡短暫留步停止進犯，替我們爭取到了製作牆壁的時間。

我們降落在比假要塞後面一點的位置，準備以這裡為起點變出牆壁。

『先來試著做一個看看吧。』

「嗯。」

『灌注魔力到最大極限——長城術！』

「哦哦——！」

「嗷呼——！」

芙蘭他們會吃驚很合理。我要不是正在集中精神的話，大概也同樣驚叫出聲了。

因為萬萬沒想到，竟然才一瞬間就變出了高十五公尺、厚達五公尺的牆壁。而且長度肯定在五十公尺以上。

豈止如此，這種法術了不起的地方，在於不只是變出一道巨牆就結束了。製作牆壁需要多少土，在牆壁前方就產生出多大的壕溝。

也就是說，長城術是同時變出巨大壕溝與牆壁的法術。簡直強到誇張。

由於我灌注魔力到最大極限，一次就消耗了１００點以上的魔力，但憑我們的本事要連續使用都不成問題。長逾一公里的城牆照樣做得出來。

即使只是一般的高級魔術師，應該也能做出三百公尺左右的城牆。原來如此。的確只要能巧妙運用，就對付得了千軍萬馬。

只是，牆壁本身並未灌注魔力，就只是一堵不具備自動修繕功能的普通牆壁，碰上高階魔獸或魔術師時可能會比想像中脆弱。

最起碼如果讓我們來，魔術一打就能摧毀了。魔獸也是，碰上威脅度Ｄ以上的強悍個體或許也撐不住。

只是，現在這支魔獸大軍當中，我想幾乎不會有威脅度Ｄ以上的個體。

比較強悍的應該都派來阻擋我們，被我們打倒了。如果是這樣，憑這些數量多但力量弱的魔獸，恐怕很難突破這堵巨牆。

運勢似乎轉向我們這一方了？

剛才先行排除高威脅度的魔獸，在這裡大大提升了長城術的功效。

『我們要做出大量的牆壁。只是現在做的測試，應該已經被魔獸們察覺了。沒辦法花太多時間。』

「那麼，該怎麼辦？」

『強化詠唱捨棄與並列思考。這樣不但能同時操縱多種魔術，還能同時發動。』

「原來如此。」

即使用上詠唱捨棄，只有法術名稱還是無法省略不講。但是，如果是它的高等技能「無詠唱」呢？我猜應該連咒語名稱都免了吧？假如結合並列思考的高等技能一次使用多個咒語，說不定可以瞬間變出又寬又大的巨牆。

『我只是說有可能，妳覺得呢？』

「嗯，就練它。」

『好！』

首先我用10點來練詠唱捨棄，果然得到了無詠唱。跟我想的一樣，這樣只要心裡默念就能施法。

然後雖然把剩下的15點全部用光，但並列思考也得以進化，變成同時演算。這項技能的效果好得超乎我的想像。這也未免太強了吧，同時思考十件事情都完全沒問題。意識也不會變得渙散，能夠完美操控多項思考。

搞不好想同時發動阿澄雷神也沒問題？只是這下對芙蘭來說，好像反而變得相當難用。她只是稍微試一下，就按住頭蹲了下去。大概是用腦過度了。

「嗚……」

『芙蘭，妳別硬撐。』

「嗯……」

『牆壁我來做，妳負責警戒周圍狀況。』

「知道了。」

『好──』

即使得到了無詠唱，也不是只要在腦中念念咒語名稱就能自動施法。還是跟以往一樣，需要精煉魔力並集中精神。只是，藉由學會了無詠唱，讓我更容易多重發動魔術了。以往我必須念出所有魔術名稱，因此很難完全在同一時間發動。但是現在有了無詠唱，終於能夠達到完全同時發動了。

『長城術多重發動！』

我一同時發動長城術的瞬間，雄偉壯觀的巨牆立即出現在眼前。

巨大寬闊的城牆，稱得上是名符其實的長城。

深入地底的壕溝也沒少，防衛能力可與大都市的城牆媲美。

但是，我沒辦法由衷感到高興。

『真的不是鬧著玩的。』

只因消耗的魔力比我的計算超出太多了。

使用無詠唱技能發動魔術，似乎會讓使用效益大打折扣。每一道魔術的消耗量更高，效果則是稍稍減弱。而且因為已經發動，還不能中途喊停。以後使用時必須審慎思考，否則魔力會一口氣耗光。

長城術的另一項缺點，就是只能做出直線型牆壁，也不能對牆壁本身的形狀做較複雜的調整。看來這項法術純粹只能做出一堵大牆與壕溝。

雖然似乎可以藉由灌注大量魔力調整牆壁生成的形狀，不過目前這樣就夠了。

深夜一片黑暗當中突如其來出現的巨牆，營造出壓倒性的存在感。魔獸大軍提高戒心，一切動作統統暫停。

就趁著這個空檔，變出更多的牆壁吧。

『我去跑一趟。』

「嗯。」

我從芙蘭手邊離開，高速移動的同時連續發動長城術。

魔獸們感知不到我的存在，面對自動完工的長城，除了發呆什麼都不會。

『很好！這樣就完成了！』

最後，故意在中間做出空隙、往左右延伸的長城就完成了。我想從東到西應該有五百公尺長。好啦，純屬我的個人觀感。

我故意在中間做了個約十五公尺寬的喇叭型空隙。也就是所謂的隘路。

也許我該慶幸現在是晚上。多虧黑暗掩蔽，敵軍不會知道牆壁往東西延伸多長。比起繞路不知道得走多遠，魔獸們應該會選擇穿過中央隘路。最起碼不會完全不試著攻打，就忽然選擇繞路吧。

我想可能有些魔獸具有高度夜視能力，所以不確定能收到多少效果，但就連擁有夜眼技能的芙蘭都說看不到長城尾端了，應該值得期待。接下來，我們要靠自己持續阻擋殺進這條窄道的魔獸們。就像《三國演義》張飛在長坂坡的知名場面一樣。

萬一牠們對這條隘路提高戒心選擇繞路呢？那就把這裡堵起來，去追牠們。牠們當然也有可能兵分二路，一組走隘路一組繞路，那樣的話我們就在這裡打到一個程度，然後用長城術把這條隘路堵好，去追繞路組。

最棘手的是敵人試著兵分三路走隘路與東西兩方，那樣的話就只能堵住隘路，竭盡全力殲滅往東或往西的敵軍了。

在最糟的情況下，或許我、芙蘭與小漆會需要分開戰鬥。

總之就看魔獸們怎麼行動了。

『好，看看這些傢伙會做什麼決定吧。』

「嗯，要過來了。」

看到巨牆突如其來地出現，想必弄得魔獸們很焦急。

只見牠們一齊展開了行動。牠們忽略唬人用要塞，一口氣衝向牆壁。與其說是看穿要塞是空殼子，我看牠們只是選擇武力突破吧。不怕，我們已經做好了萬全準備。

除了一路殺向隘路的魔獸們之外，也有的魔獸站得遠遠地攻擊牆壁。只要能毀掉牆壁，就能一口氣進軍了。當然會想試試。

無奈攻擊威力沒大到能破壞我做出的牆壁，只削掉了一點表層。

魔獸們發現牆壁太厚，似乎決定集中戰力攻打隘路，以武力強行突破。前方的那群魔獸一起衝了過來。

『要來了！』

「嗯！」

剛才為了讓魔獸們全軍攻打隘路，我做了一點小機關，但這下看來似乎是多此一舉。枉費我點亮了魔術燈光讓隘路入口更顯眼，還故意讓守關的芙蘭維持髒兮兮的模樣。姑且講一下，我讓芙蘭維持骯髒模樣，是為了讓魔獸覺得我們精疲力盡，或許有辦法打倒。

「喝啊啊！師父！」

『知道！附近就交給我！』

隘路上塞滿了魔獸，亂糟糟地急著前進。而我與芙蘭擋住了牠們。我們用劍與魔術打倒魔獸們，堵塞了隘路的出口。

魔獸踩過同類的屍身蜂擁而至，但沒有一隻能越過我們前進。

你問小漆在幹嘛？小漆不在這裡，牠去獵殺魔獸的偵察部隊了。

在我準備蓋牆之前不久，魔獸們稍微觀望了一下情勢。當然，我想也是因為牠們太過困惑，才會暫時停步不前。但與其說是全軍一齊停止前進，我覺得更像是指揮官做出的指示。

牠們不可能只是毫無意義地站著發呆。我懷疑這群魔獸當中，有著類似偵察部隊的個體。因為如果沒有那種人員，應該會命令全軍突擊，或是對要塞抱持更高的戒心選擇繞路。

在這座長城進行的戰鬥，也有可能是故意把芙蘭留住，趁機派出斥候去偵察牆壁兩端的延伸距離。

小漆的任務就是要除掉這些偵察魔獸，攔截情資。假如弄半天並沒有什麼斥候，那也無所謂。不見小漆的蹤影，有助於提高魔獸們襲擊芙蘭的機率。

「喝啊啊啊！」

『休想從那裡通過！』

「嘎喔喔喔！」

「哼！想得美！」

『炸死你！』

我們以小怪為對手大開無雙。

多虧取得了魔力駕馭技能，魔力感知的精度也跟著大幅上升。我們藉此得知魔獸大軍當中沒有強悍個體，至少可以確定沒有威脅度C以上的魔獸，八成也沒有D級魔獸。

只是，雖說剩下的都是小怪，但數量一多仍是威脅。而且說不定也有魔獸用隱密系技能藏身，大意不得。而且小心的同時，還得注意不能打得太過火。如果都是我們大獲全勝，魔獸可能會放棄走這條路。

魔術能不用就不用，自始至終用劍殺敵。我也採用重視防禦的戰鬥方式。頂多只有一些傢伙試著繞過我們時，才會用魔術去狙擊。

「唔！」

『喂，芙蘭！再怎麼樣也不要故意挨打！』

「我沒事！」

為了讓魔獸們認為繼續強攻有取勝機會，芙蘭竟故意被哥布林的劍砍中幾次。

雖然隔著防具所以只是輕微瘀傷，但也未免做得太過火了吧？當然，她都挑不會形成致命傷的攻擊，並且用不會危及性命的部位去挨劍，也有立刻用恢復術治好，但這也太……

可是不管我怎麼說，芙蘭都不願意罷手。為了讓黑貓族逃走，她已抱定決心不計代價。

附帶一提，剛剛才得到的魔力強奪與生命強奪，都是效果相當強大的技能。沒想到竟然不用伸手碰觸，就能從周遭旁人身上吸收力量。相較於魔力吸收與生命吸收屬於接觸型的單一對象技能，這兩項是區域指定的無差別型。

只是，由於對一定範圍內全部有效，即使是自己人也會受到波及，這點比較麻煩。不過像這次這樣是單打獨鬥就沒問題了。

而且我被視為芙蘭的裝備品，所以使用這項能力也不會從芙蘭身上奪走力量，這點也很棒。

施展大恢復術耗掉的魔力已經補回來了。

我們就這樣大約戰鬥了將近一小時吧，天就快亮了。

我原本以為魔獸們會打到一個程度就避開隘路繞道前行，沒想到大半魔獸都還留在這裡繼續廝殺。

然而，魔獸們的動作也終於停下來了。畢竟數量也減半了嘛。多虧於此，我只要再累積一點魔石值就又能升級了。

『接下來要怎麼──啊！』

正當芙蘭抓住這個空檔，準備發動突擊時……

一股寒意來襲。

身為一把劍卻渾身生起駭人的寒慄，我不假思索地使用了短距跳躍。

咚咚——！

我們傳送後立刻看到，芙蘭原本站立的位置開出了一個直徑約五公尺的撞擊坑。在那撞擊坑的中央，插著一枝箭。

錯不了，必定就是那枝箭造成的。

「師父，謝謝你救了我。」

『不謝，攻擊究竟是從哪裡來的？』

可以肯定是從小怪魔獸們的後方射來的，而且速度快得嚇人。要是傳送再晚個幾秒，芙蘭必定已經身受重傷了。不用懷疑，這種破壞力絕對足以穿透我們的障壁。

是長距離狙擊，而且速度與威力都無可挑剔。

想必不是區區哥布林．弓箭手能做到的攻擊。

『……是從哪裡——』

（咦……？不……會吧……）

我們尋找神祕射手的氣息。

然後，一句話也說不出來了。

因為意想不到的是，魔獸們的背後，竟在不知不覺間出現了大量新的氣息。

而且牠們的魔力與存在感等等，都強大到令我們不敢置信。

就連最弱的傢伙，威脅度也有E。半數以上威脅度恐怕都超過D。

這樣的強者，粗略數數也有約莫一千隻。

牠們隊伍齊整，在平原布陣。

那副陣勢完全就是軍隊。在破曉的朝陽照耀下，白銀鎧甲潔淨閃亮。不是完全受到統率的軍隊，絕不可能形成那般整齊劃一的行伍。規格統一的裝備，證明了牠們屬於同一部隊。

我把之前對抗的魔獸們形容為大軍，但現在這些才是真正的軍隊。找不到其他形容詞了。

要不是身穿白銀鎧甲的都是邪人，我也許已經嘖嘖讚嘆了。

沒錯，這支部隊是以邪人組成的邪人軍隊。巨型哥布林、高等半獸人、米諾陶洛斯。牠們全都配備同樣的武裝。

『豈有此理……好不容易……好不容易才看到魔獸數量減少，還以為有希望殲滅牠們耶！』

（好多。）

『難道說，至今對付的都不過是先遣隊……？這些傢伙才是本隊？』

（都是強者。）

『芙蘭，妳行嗎？』

眼看走到這一步，忽然出現讓成群魔獸相形見絀的強大對手，我出聲詢問芙蘭。但願她的內心還沒屈服——

（當然，不管出現什麼樣的敵人我都一定要贏。就這樣。）

不愧是芙蘭。其實我也在期待這個答案。我早就知道如果是芙蘭的話，一定會這麼說了。

『妳說得對。』

（嗯！）

為了解救黑貓族，我們不能在這裡倒下。

『絕對——』

「要贏！」

第六章　女武神與無貌騎士

突然出現的邪人軍隊。

（為了保護大家，我要打倒牠們。）

『沒錯！』

我們看著那副軍容，燃起了鬥志。只不過，有一件事讓我在意。

（這些傢伙是怎麼過來的？）

對，問題是這麼雄壯威武的軍隊，是怎麼躲過我們的注意來到這裡的。

『完全沒感覺到氣息……』

（嗯。）

不過，剛才跟魔獸戰鬥得那麼激烈，也有可能就只是我們忽略了。

『不然就是用了某種技能。』

我們觀察了一下邪人軍隊。

在最前排舉起長矛的是一群巨型哥布林．長矛兵。

背後還能看到巨型哥布林．弓箭手與巨型哥布林．魔術師的身影。

接著是高等半獸人．戰士、高等半獸人．盾兵、高等半獸人．劍士與高等半獸人．狙擊手們。

更後方還有米諾陶洛斯·士兵與米諾陶洛斯·槍兵。這些應該就是主要成員了。巨型哥布林們威脅度為Ｅ，高等半獸人與米諾陶洛斯們威脅度為Ｄ。但是在牠們的更後方位置，還有力量更為強大、疑似指揮官親衛隊的一群人員嚴陣以待。

米諾陶洛斯·高等魔術師、米諾陶洛斯·高等劍客與米諾陶洛斯·碎敵斧兵們號稱威脅度Ｄ，但似乎是無限趨近於Ｃ的Ｄ。

因為這些高等魔術師能使用火焰魔術等高等魔術，高等劍客則是擁有劍聖術。

在這些米諾陶洛斯當中身形格外巨大的米諾陶洛斯·黑暗聖騎士，威脅度更是不容爭辯的Ｃ。牠們會用斧聖技、盾聖術與暗黑魔術，能力強到離譜。這樣的邪人一次來個四隻並排而立，場面甚至堪稱壯觀。

然而，就連這些傢伙都還不是指揮官。

在米諾陶洛斯形成的人牆之中，有著疑似之前那個放箭者的指揮官。身邊另一人或許是副官。

我一經過鑑定，立刻有種背脊發涼般的感覺。

光是軍紀嚴明的高階邪人軍隊就已經夠棘手了，兩個指揮官的能力卻更是超群出眾。

如果是不用爭強好勝的戰鬥，我已經強迫芙蘭逃走了。對手就是如此強大。

名稱：瓦爾基麗·殺戮弓箭手

種族：妖精・天魔
Lv：66
生命：1352　魔力：2387　臂力：682　敏捷：1339
技能：威懾6、隱形3、隱密10、風魔術7、弓技10、弓聖技5、弓術10、弓聖術5、恐懼抗性7、警戒4、氣息察覺5、氣息遮蔽7、幻影魔術6、劍技8、劍術8、剛力6、混亂抗性7、再生8、指揮8、異常狀態抗性6、槍技10、槍聖技4、槍術10、槍聖術4、屬性劍7、霸氣4、光魔術4、魔力感知6、魔力釋放6、夜視、氣力駕馭、士氣狂熱、痛覺鈍化、不動之心、浮游、步行輔助、魔力自動回復、魔力操作
固有技能：女武神
稱號：進軍的女武神
裝備：女武神之槍、女武神之弓、女武神服裝

名稱：杜拉漢
種族：死靈・魔獸
Lv：1
生命：1588　魔力：693　臂力：781　敏捷：587
技能：威嚇5、隱密4、火焰魔術3、氣息察覺6、恐懼9、氣息遮蔽3、劍技10、劍聖技2、劍術10、劍聖術2、剛力8、瞬間再生3、異常狀態抗性9、盾術10、盾聖術4、盾技

10、盾聖技4、精神異常抗性9、屬性劍7、火魔術10、魔術抗性6、魔力感知8、魔力吸收7、雷鳴抗性4、夜視、氣力操作、痛覺無效、魔力操作

稱號：無貌騎士

裝備：邪神石騎士劍、抗魔鋼全身鎧、抗魔鋼盾、障壁指環

名稱是瓦爾基麗與杜拉漢，在奇幻作品當中都屬於強悍種族。兩者的能力值確定都在威脅度C以上。瓦爾基麗是B，杜拉漢也是搞不好已經一腳踏進B級領域，兩人皆為毫無破綻的平衡型。

特別是瓦爾基麗更是強得嚇人。外觀是個一頭金色長髮的美少女，反射朝陽閃閃發光的金色鎧甲尊貴莊嚴，甚至堪稱聖潔，怎麼看都不像魔物。可是她所散發出的威懾感，我們離得這麼遠都能感受得到。

相較之下，杜拉漢是個身穿漆黑全身鎧的高大人型魔物。不是一般常見的把頭顱抱在腋下的模樣，腦袋好端端地擱在脖子上，能否拆卸不得而知。由於全身包覆得密不透風，看不出相貌五官或性別。相對於身旁的瓦爾基麗具備令人無法忽視的存在感與躍動感，杜拉漢則是不顯眼到異常的地步。

但是，這反而教人害怕。因為這就表示他能力值那樣高強，卻具有優越的隱密能力。

而構成威脅的還不只有高能力值。兩者各自具備了棘手的能耐。

瓦爾基麗的固有技能「女武神」具有輔助武術技能與提升反應速度的效果，聽起來沒啥特

別，效果卻十分強大。不只如此，稱號「進軍的女武神」更是隱藏著恐怖的力量。

進軍的女武神：滿足條件的女武神可獲得此稱號。
效果：率領人數一百名以上的軍力時，女武神擁有的隱密系與移動系技能效果擴及全軍。未直接進行指揮時，效果大幅減少。

這就是邪人大軍能夠不被我們察知，忽然在此現身的真相了吧。

這哪門子的作弊性能啦！

注釋提到未直接進行指揮時的狀況，可見只要被視為她的部下，即使是在其他地方作戰的軍隊也能得到效果。所以對之前那支魔獸大軍也有效？不過因為那時效果大幅降低，才會被我們發現就是。只是如果沒有技能效果的話，說不定可以更早發現。

杜拉漢擁有的無貌騎士稱號，能夠強化再生並提升吸收系技能的效果。聽起來不特別，卻會因此提高消滅他的難度。

剛才我說瓦爾基麗的威脅度是B，但就算個體是B，考慮到還有大軍指揮能力的話或許能達到A。雖然也要看部下的能力強弱……

這次無庸置疑地，率領的都是強悍部下。

「唔嗯，反應速度還算出色。雖然是個小角色，但能夠單打獨鬥阻擋這麼多魔獸確實有兩下子。而且第一次看到竟然就能躲過我的弓箭。」

大概是用了風魔術吧，我們聽見了瓦爾基麗的聲音。

「妳是誰？」

我們也同樣用風魔術試著回問。

「還會用魔術啊？好吧，也罷。我是繆蕾莉亞大人的奴僕，乃是統領眾軍的女武神。」

「繆蕾莉亞？她就是這次的首謀？」

「不知道，妳猜啊。」

「……為什麼要做出這種事？」

「妳還真的是什麼也不知道呢。反正不管怎樣，都跟即將死在這裡的妳無關。奉勸妳不如乖乖交出項上人頭，這樣的話我可以賞妳個痛快。」

「這是我要說的。」

「徹夜與大量魔獸交戰，勢窮力竭的妳自認還有辦法贏過我們？」

「對，輕鬆得很。」

「呵哈哈哈，很好！這樣才不枉費我出來這一趟！獵物就應該活蹦亂跳！妳就盡量多替我找點樂子吧！」

本來以為是個戰鬥狂，這下聽起來比較屬於獵人類型？感覺是喜歡必勝戰鬥的那一型。

「弓箭手部隊！放箭！」

嘖，本來想繼續對話套出更多內情的，看來是到此為止了！

不過，這些傢伙的老大……我想應該是地下城主，現在我們知道她叫繆蕾莉亞了。

瓦爾基麗一聲令下，邪人弓手們動作整齊地一起拉緊弓弦。然後同時放箭，沒有一點時間差距。而這就成了生死鬥的開端。

『得先把這邊堵起來才行！』

我讓芙蘭去擋箭，自己則用長城術堵住隘路。我們不可能在對付那支邪人軍隊的同時，還一邊抵擋魔獸進攻。所以我本來想讓牠們無法繼續前進，孰料……

「獄炎強箭！」

我看到瓦爾基麗射出的一枝火箭，飛向位置離我們稍遠的牆壁。

看起來就只是燃燒的箭，但我知道那箭鏃上含藏了龐大魔力。

同時現場發生大爆炸，牆壁有一部分被炸毀爆開。

看來那一箭並不只會引發爆炸。

似乎還朝前方凝聚高溫與破壞力，藉此提升了貫通力。

厚牆被衝擊力道貫穿，崩垮得原形盡失。豈止哥布林，就算是食人魔大概都暢行無阻。

『嘖！』

我試著再度使用長城術修補崩垮的位置——

「呵哈哈哈！獄炎強箭！」

但再次被瓦爾基麗的箭炸毀。

『可以這樣連續發射的嗎！』

這下糟了，完全無法可擋。

再怎麼修牆，一箭射過來就垮了。
我正在懊惱時，就看到魔獸們開始朝那個破洞進軍。
『該死！』
「休想過去！唔！」
『可惡！芙蘭！當心她的箭！』
「嗯！」
我們試著阻擋魔獸入侵，但瓦爾基麗或邪人們的遠距離攻擊滿頭滿臉地打來。我們邊閃躲邊攻擊魔獸們，無奈成效有限。
要繼續同時對付魔獸與邪人恐怕很困難。
光是要躲開邪人源源不斷、來自遠處的激烈攻擊就已經夠吃力了。
也許只能放棄對付魔獸……？不，不能那麼做。那樣會違背芙蘭的心願。
沒有什麼是我能做的嗎？什麼都好。
我全力運用同時演算技能，尋找最佳途徑。
只要瓦爾基麗還在，就不能用牆壁關住魔獸們。既然如此，就只能盡量減少魔獸的數量，或是全數殲滅。
我的招式當中攻擊範圍最廣的，是召喚百回落雷的百道天雷。只要廣範圍到處發動這一招，想必可以打倒相當多的魔獸。這招的每一道落雷都具有粉碎低等魔獸的威力，還附帶讓周圍其他人麻痺的效果。

但是，怎麼說也是高等魔術。假如為了殲滅三千多隻魔獸而卯起來發射，魔力轉眼間就會耗光。如果敵人只有魔獸的話或許撐得過去，可是之後還有一堆邪人等著我們對付。

魔石值只差一點就滿了，假如能吸收到大量魔石就太好了……可是一隻隻慢慢吸收，不知道得花上多少時間。

成群結隊的魔獸一定會趁機跨越牆壁。

有沒有辦法能在吃到魔石的同時，進行廣範圍攻擊……？哪有那種好事——

不，有一個辦法。憑我現在的能耐，應該辦得到吧？我集中精神，試著發動形態變形。

結果發現我操控自己刀身的能力比想像中更高超。獲得了魔力駕馭與氣力駕馭，似乎使我駕馭技能的能力強化到難以置信的地步。

這樣的話行得通！

就先把魔力全部用完吧。反正升級時就會補滿，剩下就太浪費了。

『喝啊啊啊！吃我這招！』

我連續發動百道天雷。

將近五百道雷電打向魔獸大軍的後方部隊。我沒多餘精神瞄準目標，但照那樣看來應該滅掉了相當大的數量。可以看到許多魔獸被直接擊中變成碎塊，或是在極近距離內被落雷劈成焦炭。

我對邪人們也補了一發。這麼做倒不是想造成傷害，主要是作為障眼法。不過能削掉一點體力也算賺到。

我選擇攻擊後方而不是離我較近的魔獸，自有我的用意。

我故意留下近處的魔獸。這是因為位置鄰近的魔獸，接下來都得充當我的營養來源。

『芙蘭，麻煩妳自己撐一段時間！』

「嗯！」

我要卯足全力專心做這件事！

我把警戒以及察知系技能全部打開，將所有力量灌注在形態變形上。

『喝啊啊啊啊！魔石交出來——！』

最後，我使出渾身解數發動了形態變形。只是，變形的不是刀身。

因為要是沒了武器，芙蘭就危險了。

我操縱的，是垂掛在劍柄上的結繩。以往我使用形態變形都只是操控刀身，但劍柄與繩帶也是我的一部分。當我進行再生時，飾帶等部分也會跟刀身一起再生。

既然這樣，我想應該操控得來。

結繩按照我的想法，變成了足足十根鋼絲。

不過，事情還沒完。鋼絲被我進一步注入魔力與想像，就像參天樹木的枝椏那樣，一邊分枝一邊橫向無限伸展。

一條飾帶分成十條，十條分成百條，百條分成千條，鋼絲一邊增加數量，一邊持續伸長到欲覆蓋整個戰場。

當然，同時也貫穿魔獸的魔石，一路狼吞虎嚥。

『嗚，差不多到極限了……撐住……呃啊！』

倒不是魔力不夠，是我的處理能力有限。我沒有大腦，卻有種頭腦快要燒壞的感覺。不，沒有大腦卻有這種感覺或許更危險。

『但是……要來了！』

吞噬魔力，將其化為血肉的感覺竄遍全身。

『本日第二次升級！』

吸收了大量魔獸魔石的結果，使得魔石值一口氣存滿。

再次升級，讓我足足獲得了75點的自我進化點數！

不過，沒時間讓我高興了。

『嘖……形態變形恐怕維持不下去了。』

違背我的意願，經過變化的鋼絲開始劣化、碎裂。大概已經到極限了吧。

但是，最後我狠狠地補了一招。

『喝啊啊啊！氣絕電壓！』

通過蛛網狀擴散的鋼絲，我同時施放了大約五十發的氣絕電壓。這一下使得廣範圍的魔獸們無論有沒有碰到鋼絲，都紛紛麻痺倒地。

先是百道天雷連續發射，然後是鋼絲攻擊，最後再來個廣範圍的氣絕電壓。一連串的攻擊使得將近一千隻魔獸當場斃命，並有一千多隻變得動彈不得。

『總算是撐過來了……』

（師父，你還好嗎？）

『……還、還好。』

有種渾身失去力氣的感覺。我想應該很類似身體變成劍之後，許久沒有感覺到的那種虛脫感或倦怠感。

是不是多重發動技能以及魔術，超越極限造成的反彈？這樣看來假如太過依賴同時演算，可能會嘗到惡果。我是很想針對同時演算做一番詳細驗證，但是……

『現在不是說這些的時候。能用的統統都得用上，不能受限於區區極限。』

不然的話，芙蘭就會代替我硬撐。

可能是百道天雷發揮了牽制良效，邪人們也停止攻擊了。但是時間一久，牠們立刻就會再次開始進軍。必須趁現在設法解決掉其餘魔獸才行。

「嘎嘎嗚……」

「噫咿……」

「叭嘍喔喔喔……」

芙蘭周圍的魔獸被剷除乾淨，形成一塊空蕩蕩的地帶。然而，其餘魔獸只是發出畏怯的哀嗚，不願靠近一步。豈止如此，芙蘭不過是看個一眼，就把牠們嚇得後退。

跟剩下的魔獸距離太遠，害我們很難出手攻擊。也許只能再用魔術攻擊一次？

我正在準備出手攻擊時，忽然間傳來了瓦爾基麗的聲音。可能是用風魔術做了擴音，聲音在戰場上迴盪。

「果然厲害！就連我也稍稍吃了一驚！」

我都一擊把魔獸們打到潰不成軍了，瓦爾基麗卻還是從容不迫。是因為邪人們只受到輕微傷害嗎？不過，她似乎也不是完全沒有火氣。只是火氣沒發在芙蘭身上，而是針對跟她一夥的魔獸們。

「你們這些小嘍囉！真是令我失望透頂！雖說你們只是用來開路的，但竟然如此懦弱狼狽，作為繆蕾莉亞大人的部下簡直可恥透頂！」

遭到瓦爾基麗一番辱罵，魔獸們頹然垂首。

「我對你們已不抱任何期待！至少在白白送死之前，先對眼前強敵報一箭之仇再死！這樣才能報效繆蕾莉亞大人！」

竟然叫部下去死，真是狠心。換成正常狀況的話，士氣一定直線下降，更糟的話搞不好還會有人叛逃。

然而，這些魔獸豈止逆來順受，甚至還發出高吼、鬥志高漲。

「吼哦哦哦喔喔喔！」

「嘎唔唔唔嗚嗚！」

「哺啦啊啊啊啊！」

似乎是被「報效繆蕾莉亞」的部分打動了。因為牠們一聽到這幾個字，整個氛圍立刻一百八十度轉變。

從魔獸們的眼中可以看見對芙蘭的強烈憎恨，以及赴死的決心。自己是注定活不了了。既然如此，就使出渾身解數對付這臭丫頭，報一箭之仇。滿布血絲的眼睛訴說著這個念頭。

於是，魔獸們一齊攻了過來。

『這些傢伙！真的沒在怕死的啊！』

即使我們一個接一個用魔術掃倒，牠們仍然完全不停止前進。化作死士的魔獸們，腳步一刻也不曾變慢。

看來想用恐懼讓牠們驚慌，是不可能的事了。

包圍圈一點一點慢慢縮小，芙蘭持續揮劍不曾停息片刻，動作當中開始顯露出疲倦。

但是，芙蘭的臉上依然保持微笑。

「你們願意來對付我，我更高興！」

只要魔獸們繼續衝著芙蘭而來，就不用擔心牠們去襲擊黑貓族。她純粹只是在高興這件事。

「喝啦啊啊啊啊啊啊！」

彷彿要振奮自己的精神，芙蘭發出更高亢的吶喊，橫掃成群魔獸。

只要能維持現況殲滅魔獸們，再來就只剩下邪人了。絕望之戰開始出現一線光明。

然而，事情當然不可能如我們所願。

「！是箭！」

『挑這種時機！』

大概是一直在等芙蘭耗盡力氣吧。

邪人軍隊朝我們放箭。

不愧是高等種族，這陣箭雨的威力相當可觀。而且為了射中芙蘭還不怕傷及同袍魔獸。看來是打算用魔獸們拖住芙蘭。

『障壁會被慢慢打破——芙蘭！』

「呃啊！」

芙蘭察知到一股尖銳殺氣，當場上半身一扭。霎時間，撲向芙蘭的魔獸身軀連同她的左肩一起炸成碎塊飛出去。

「嗚唔……」

『我立刻幫妳治好！』

我趕緊使用念動抓住炸飛的左臂，帶著芙蘭進行短距離傳送。

可以看到箭矢刺進我們前一刻待過的位置，引發了爆炸。

『芙蘭，我要把手臂接回去了！』

我用治癒魔術接合斷掉的左臂，一邊進行幾次短距離傳送。這是為了避免敵人瞄準芙蘭。

（我被怎麼了？）

『是瓦爾基麗射箭！』

瓦爾基麗拿魔獸當障眼法，射箭攻擊了芙蘭。而且還不是沿著拋物線，而是一直線飛來。箭矢貫穿了射擊線上將近十隻魔獸，速度卻毫無衰減，快到我們幾乎反應不過來。最多真的只能微微偏離命中點，避免直接射中心臟。

可惡，光是今天就不知道第幾次了！

『真佩服妳反應得過來！』

「……隱約有感覺？」

芙蘭的直覺果然厲害。

可是，下次就不見得還能準確閃避了。豈止如此，如果對手連續發射剛才那種神速飛箭，我們根本無法越雷池一步，只能遠遠地被射成蜂窩。

為了避免變成瓦爾基麗的標靶，我一邊頻頻使用能夠讓攻擊穿透的時空魔術「次元轉移」並進行傳送，一邊對芙蘭提議：

『芙蘭，我們提升感覺系技能吧。再不提升反應速度的話，就只能坐以待斃了。』

「嗯，交給師父決定。」

『要提升哪些技能都由我來選嗎？』

「師父喜歡哪個都可以。」

為了不辜負芙蘭的信賴，一定要精挑細選有用的技能才行！

要快狠準！

我徹底活用同時演算能力，從自己擁有的技能當中選出了目前最適用的一個。

『就是它！』

選出的技能是危機察知。

我注入自我進化點數16點，將等級提升到最大。同時，我也獲得了察知強化技能。接著我又將12點花在警戒上，同樣也把它升到最高等級。兩者都是用來預知危險的技能。

不過，強化可不是做到這裡就結束了。對手是玩真的，我們過度防備反而剛剛好。

然後，我又花了18點來練才剛從緋紅野狼身上獲得的反應速度上升1。其實我有一項想獲得的技能。

『很好！來了來了！』

雖然這下點數只剩29，但也獲得了我預期的技能。

『超反應技能！』

這項技能在芙蘭使用閃華迅雷時也會出現，效果非常強大。可以說就連我完全無法反應的攻擊等等，變成黑天虎時的芙蘭也都能察知。除此之外，以前古德韃魯法也曾經憑著這項技能，成功應付照理來講速度完勝他的芙蘭的攻擊。

假如平常就能使用這項技能的話，我們的察知能力將有望大幅高升。

『我看得見！』

「哦哦！師父好厲害！」

緊接著，我立刻用念動成功打落了瓦爾基麗射出的箭。雖然必須集中全副精神才行，但比起剛才完全看不見好太多了。

這下子才終於有站上起跑點的感覺。

但話又說回來，只不過是傳送間隔得稍微久了點，竟然就已經沿著直擊路徑射箭過來……

她的察知能力也太強了吧！

「唏！」

『芙蘭也挺有一套的嘛！』

「嗯！」

芙蘭更是用手背去撞箭的側面，讓瓦爾基麗的箭飛偏。

看來她比我看得更清楚。

『開始反擊吧。』

「嗯！」

芙蘭重新把我舉好。瓦爾基麗見狀，一邊放聲大笑，一邊依然高姿態地喊道：

「哈哈哈哈！有一套！還以為那一擊能要了妳的命呢！」

「妳也是。」

「才剛失去手臂就能這樣說大話，脾氣很硬嘛。很好！一味任由我蹂躪就沒意思了！」

瓦爾基麗愉快地放話的同時，繼續接連著射來箭矢。

雖然不再是剛才那種神速飛箭，但換成了光是揮劍打掉就會爆炸的箭、透明箭矢或是大幅轉彎飛行的箭等等，都是不易閃躲的攻擊。

即使憑著剛剛獲得的多種察知系技能，也還是每三次就會有一次受到大量傷害。一想到如果沒有這些技能會是什麼情況，就讓我渾身發冷。那樣的話，芙蘭現在一定早就身受重傷了。

對手如果在這些攻擊當中穿插那種神速飛箭，危險度想必會更高，但她沒再那樣放箭。看來那不是能說用就用的。

話雖如此，繼續這樣防禦下去遲早會被打敗。

當然，我與芙蘭都明白這一點。

『讓妳久等啦！』

（嗯！）

趁著芙蘭爭取的時間，我做好了準備。

可不能浪費掉芙蘭搏命擠出的時間！

『——吃我這招！阿澄雷神！』

分明都已經取得無詠唱了，我還是忍不住叫出聲來。也許是因為這樣更有氣勢？就用這招決勝負！憑著這份決心，我灌注全身力量發動了雙重阿澄雷神。

沒錯，就是兩次極大魔術一次施放。

阿澄雷神本來就會對身體造成嚴重負擔，同時發動實在是太亂來了。就跟超越極限使用形態變形時一樣——不，比那更可怕的駭人寒意襲向了我。

『唔啊……！』

但是，我咬緊牙關——我是說抱持著這種心態繼續集中精神，勉強施放了法術。

儘管距離相當遠，幸好魔力駕馭技能也有加長射程的效果。現在的我從這裡就能狙擊那些傢伙。

法術正常發動，巨大天雷直劈瓦爾基麗的頭頂。我下手時抓準了那傢伙拉弓的瞬間，能稍微延遲一點她的反應也好！

兩道極粗巨雷重疊形成氣勢更猛的雷電飛龍，從天際往大地飛降，企圖將瓦爾基麗生吞活剝。

幹掉她了！諒瓦爾基麗再怎麼厲害，被那麼大的雷電打中也——

或許要怪我不該在還沒贏得勝利時，就急著耀武揚威。

當我注意到時，杜拉漢不知不覺間已經繞到瓦爾基麗的背後。存在感也太薄弱了吧！我完全沒注意到他。

相較於瓦爾基麗的身高差不多一百六十公分上下，杜拉漢高逾一百八十。以這種身高差距拿起大盾往頭上一遮，就能完全蓋住瓦爾基麗的身形。

霎時間，阿澄雷神吞沒了他的龐大身軀。

一口氣把兩個都結果掉了——我會這麼想才怪。

杜拉漢的防禦力高得嚇人。他擁有盾聖術，加上魔術抗性、抗魔鋼的盾牌與鎧甲，以及障壁指環。而且就好像專門派來對付我們似的，還剛剛好具備雷鳴抗性。

這麼多項要素加在一起——

『想也知道會這樣啦。』

不，還不只是如此，結果遠遠超出了我的預料。

『這可是一擊把多頭蛇送上西天的最強法術耶？竟然這麼容易就給我擋下……！』

杜拉漢全身冒出悶燒的白煙，HP也減了一半。但也就只是這樣了。緊接著，這些傷勢都被瞬間再生即刻治好。雖然杜拉漢的魔力大量減少，但跟我消耗的力量比起來一點也不划算。

比起在武鬥大會打倒過操線師費爾姆斯的阿澄雷神加黑雷招來，威力應該毫不遜色才對。要是能直接擊中，我相信就算是瓦爾基麗也必死無疑……

威力似乎被杜拉漢削弱了不少，對周圍沒造成多大災害，也沒引發爆炸。

『該死！只造成那點損害也太——』

「師父，那個。」

『唔？』

芙蘭似乎注意到什麼了，我往她手指的方向看去。只見米諾陶洛斯・黑暗聖騎士與高等半獸人・盾兵們變成了焦炭倒在地上。高等半獸人・盾兵死得一隻不剩。米諾陶洛斯・黑暗聖騎士則是死了兩隻，其餘兩隻也奄奄一息。

這是怎麼回事？魔術威力被杜拉漢削弱了很多，照理來講不可能會波及到半獸人牠們，況且其他半獸人或米諾陶洛斯都還活得好好的。

『難道說，他把傷害轉移到別人身上了？』

我是不知道其中藏了啥機關，總之似乎有部分邪人代為承受了阿澄雷神的雷擊。雖然這下子消滅了一百多隻難纏的邪人……但是勉強施放了大型魔術，這樣的戰果並不令人滿意。

「呵……呵哈……呵哈哈哈。真沒想到，真沒想到妳會用極大魔術！挺有一套的嘛！」

「——」

瓦爾基麗冒著冷汗放聲大笑掩飾恐懼，杜拉漢則是沉默地佇立。然後，他直接伸手去碰身旁的魔獸。

「嘎喔？嘎嚇……！」

「——」

看來是在吸收魔力。他接著又伸手去碰另一隻。不妙，對於擁有魔力吸收的杜拉漢來說，魔獸們就像是魔力儲存槽。這下子想不顧一切連續發動阿澄雷神，藉此耗光對手的魔力也不行了。

況且，恐怕也很難再用阿澄雷神打中他們了吧。

瓦爾基麗與杜拉漢不再像剛才那樣停留於一處，開始隨處移動。阿澄雷神的發動步驟，簡單來說就是啟動法術、短暫蓄力之後再發動。然後一旦射出，要躲就難了。畢竟是打雷嘛。

但是，對手也不是不能感覺出法術啟動後的短暫蓄力然後逃開。我們的話就辦得到，瓦爾基麗或杜拉漢想必也可以。阿澄雷神雖然威力是最強水準，卻很難用來打中四處逃竄的小隻對手。

『從遠距離攻擊不是辦法，靠近點吧。這樣也能在某種程度上封鎖弓箭。』

（好。）

芙蘭也開始學瓦爾基麗他們那樣頻繁移動，以免成為活靶。

然後，她就這樣以前傾姿勢衝向瓦爾基麗所在的方向。

眼看芙蘭突如其來地一躍而出，魔獸們反應很快。牠們一齊包圍芙蘭，紛紛撲向她。但是想阻擋現在的芙蘭，門都沒有。

芙蘭揮劍擋開魔獸們的攻擊，用我的傳送避開瓦爾基麗棘手的射箭，甚至還舞劍砍殺魔獸大軍，一路深入敵境。

傳送能不用就不用。面對瓦爾基麗這種層級的對手，讓她看到太多次傳送會被設法破解。其實我很想保留作為祕招，無奈一邊躲開魔獸或邪人的攻擊，還要躲掉瓦爾基麗的射箭實在太難了。

不過只要靠近過去，在超近戰下應該無法拉弓射箭。不，就算能用，我想也沒有遠距離對付起來那麼危險。

問題是對付那種等級的敵人，打近戰有沒有勝算……可是既然無法從遠距離找出生路，也只能從近戰尋求希望了。

當下我想過是否該把雷鳴魔術以外的法術點到封頂，賭賭看能不能學會什麼殺招，但我實在沒魯莽到會在這種局面下把寶貴的自我進化點數用來打賭。

要試也該用來試劍法相關的技能。

不，且慢。有沒有辦法提升劍王術的等級？既然已經下定決心打近戰，強化劍王術應該也不錯。

我本來是這麼想的，結果沒辦法替劍王術升級。指定是可以，但隨後就聽見了無情的播報聲：

〈未達成技能取得條件。〉

看來應該還有比劍王術更高等的技能，但我沒辦法獲得。那就只能練劍聖技了……這個值得一試。

剛才瓦爾基麗的攻擊應該是弓聖技。既然如此，劍聖技也很值得期待。

我跟芙蘭提議看看，她也表示贊成。看來芙蘭也跟我想到了同一件事。

『那就把18點花在劍聖技上！』

「嗯！」

霎時間，訊息來了。

〈劍聖技已達到10級，技能追加劍技強化。〉

〈已達成所有條件，技能追加獨有技能·劍王技。另外，所有劍技技能與劍王技合併。〉

〈已獲得劍王技、劍王術。獲得獨有技能劍神祝福。〉

〈芙蘭已獲得劍神祝福。開放職業「劍王」。〉

播報聲劈哩啪啦響個不停。糟糕，快要聽漏了！不過，只有一件事最重要。

那就是獲得了劍神祝福。

就在這個瞬間，我明確感覺到芙蘭的劍法本領有了高度成長。應該說更接近劍理了嗎……即使處於完全沒舉劍的狀態，我也能清楚感受到，芙蘭的手彷彿與我的劍柄緊密結合。這恐怕是身為一把劍的我才能體會的感覺。總而言之，我身為劍能夠理解到芙蘭變成了更出色的高手。

劍神祝福：手裡握劍之際，可獲得與戰鬥行為相關的祝福。

講得還真籠統。不過，總之就是在戰鬥中會變強的意思吧。雖然不知道能變強多少所以不能完全依賴，但現在仍然值得感激。再說，這可是神明的祝福，效果想必不會太爛。

「怎麼搞的？身手忽然變好了？」

最起碼有強化到能讓瓦爾基麗吃驚的程度。

「我的僕人們，打倒那個女孩！」

即使不到焦慮的地步，從她的表情中可以看出比之前更認真的神色。

但是，芙蘭的變化可不僅限於劍法本領的提升。

「劍聖技，圓環衝擊。」

這是最新學會的劍聖技。

芙蘭的身體原地轉一圈，斬裂周圍簇擁的魔獸們。劍技技能也有類似的招式，但升為劍聖技之後得到了驚人的強化。轉速、範圍、威力，可以說全都多出一倍。

再與劍技強化交相配合，發揮了超乎想像的威力。

周圍大約二十隻的魔獸，一擊就被切成了上下兩半。

「音速劍波！」

這招也是劍技．音速衝擊波的進階版招式，射程大幅拉長。衝擊波吹飛了魔獸們，開出一條路。魔獸一擁而上想填補空隙，但芙蘭比牠們快了一步。她縱身跳入血路，一口氣在魔獸們之間突圍成功。

邪人軍隊就在眼前。

接下來戰況想必會更加激烈。

『就這樣衝向瓦爾基麗！』

「嗯！」

一切都是為了保護同族。

芙蘭將我舉過頭頂，進一步加速。

「喝啊啊！」

「嘎啾！」

芙蘭砍死了擋住去路的巨型哥布林。巨型哥布林再怎麼厲害，也實在不是芙蘭的對手。

雖然不是她的對手——

「嘖！」

『這些傢伙，煩死人了！』

「嘎啾喔！」

「嗝嘎嘎！」

邪人們包圍芙蘭，高聲吼叫。但是一聽就知道，那不是一般哥布林或半獸人的亂吼亂叫。

我聽不懂牠們在叫什麼，但怎麼想都覺得邪人之間在進行溝通，展開聯手攻擊。即使每個個體沒厲害到哪去，訓練程度之高卻令人驚愕。

即使面對遠遠強過自己的芙蘭，依然顯得毫不畏怯，與周圍其他邪人聯手展開攻擊。一被芙蘭追趕就後退，抓住芙蘭分神注意背後的瞬間，伸出長槍從正面刺來。絕不單打獨鬥。

豈止如此，牠們一被砍傷判斷自己已無活命機會，就會捨命撲過來想抱住芙蘭。

不知道是因為牠們是地下城魔獸，還是訓練精良，又或者是瓦爾基麗的士氣狂熱技能的效果？為了殺掉芙蘭，牠們好像完全不要命了。

邪人們運用槍技或弓技展開的攻勢熾烈至極，我們的消耗遠大於魔力強奪與生命強奪技能奪得的力量。

芙蘭全身上下不斷被刺出小傷，隨即又用生命強奪與恢復術治好；這樣的狀況不停重複發生。

「！」

「真虧妳躲得掉！看來反應速度確實是提高了！」

只要稍稍露出破綻，瓦爾基麗的箭矢就會飛來。她站在用土魔術堆出的高台上，鎖定了芙蘭。我很想反擊，無奈杜拉漢守在她身邊。

不夠紮實的攻擊想必會被全部擋下，只會白白消耗我們的力氣。

「好吧，我這邊的損害也漸漸不容忽視了。我要略為拿出真本事了。」

我也知道她至今都只是玩票性質，看來現在是準備要認真了？可是，瓦爾基麗並未放箭，而是緩緩開口：

「不過話說回來，妳為何要如此奮力戰鬥？」

「？」

「妳已經除掉了不少魔獸，何必一定要搏命繼續戰鬥？是受人僱用嗎？但我還是不懂妳為何一定要正面迎戰大軍。而且又好像不是認真要殲滅我軍。」

「我不會讓你們通過。」

「唔？」

「我會保護大家。」

即使芙蘭講話簡短，瓦爾基麗似乎已經聽懂了。她大大地點頭。

「原來如此，是黑貓族吧。」

「……嗯！」

「竟然為了讓村落同族逃走而捨命殿後，真是賺人熱淚啊！哼哈哈哈哈。」

嘴上這樣講，瓦爾基麗的臉上卻帶有嘲弄之色。然後，她說出了令人震驚的一句話。

「我問妳，妳以為繆蕾莉亞的部下，就只有我們幾個嗎？」

「！」

「哼哼哼，除了我率領的這支部隊之外，還有兩隊正從東西兩方一路南下，目標是古林格特。雖然沒我厲害，但也是由頗有實力的指揮官所率領。只希望妳的親朋好友別被追上就好嘍？」

「！」

「畢竟那邊的強襲部隊雖然人數少，但可是以騎獸兵為中心的高速移動部隊呢。」

我能清楚感受到芙蘭的焦急。糟了，這傢伙顯然是要讓芙蘭心生動搖。芙蘭如果因此而焦急，就陷入瓦爾基麗的圈套了！

（師父，她說的這些……）

『是真的，沒在撒謊。但是妳別急！反正不管怎樣，我們都不能去救援！與其心急，不如祈求國家軍隊或冒險者會去救他們！況且不管那些部隊走得多快，都不可能這麼快就追上大家！』

我想應該還有一段距離才對。應該說為了安撫芙蘭，也只能這麼說了。

「好。那我就迅速打倒妳，再去救他們就好。」

『芙蘭！這樣就中了她的計了！她就是想讓妳的攻擊變得草率才故意告訴妳！』

「好了，看妳這下還要不要繼續拖延時間？噢，忘了告訴妳，假如妳在期待國家軍隊之類的出動，那妳要失望了。不同於我們只需要吞食魔力，人類軍隊少不了輜重等等的一堆累贅。我看現在根本還沒出兵吧。」

「……我要殺了妳，去救大家！」

「有本事妳就試試看！」

該死，芙蘭完全被激怒了！這下沒人能阻止她了！不知道我能幫她到什麼程度……！

「閃華迅雷！」

糟了，她是真的想速戰速決！

芙蘭不考慮後果，發動了閃華迅雷。

生命強奪與魔力強奪只能一直開著了。

在這種狀態下我插嘴出主意，可能反而會打亂芙蘭的節奏。

既然這樣，倒不如讓她隨心所欲地戰鬥。

我可不是自暴自棄了喔。豈止如此，我甚至覺得勝算不低。

順從本能，依循殺意與戰意，用獠牙咬死敵人。其實這才是獸人的原始戰鬥方式。

（師父！傳送！）

『好！』

依照芙蘭的指示，我們傳送到這些傢伙的頭頂上方。

但就在那個瞬間，瓦爾基麗竟一箭射穿了芙蘭。她似乎能感知出空間的某種搖動，完全猜中了傳送的位置。

但是，這早就在我們的計算之中了。我在傳送的同時也發動了次元轉移。之前提升危機察知、警戒與反應等級當然也讓我受惠。

我原本完全感知不到這種神速飛箭，現在卻能時機恰好地用次元轉移因應。

只是，這種法術用得太多的話會快速耗光魔力。所以次數不能太頻繁——最起碼在做好心理準備打長期戰時不能太常用。是因為我們抱定決心短時間決勝負，才能毫無保留地盡情使用。

「喝啊啊啊！」

「真沒想到擅使時空魔術的對手會這麼難纏！」

瓦爾基麗游刃有餘的笑臉消失了。

只因芙蘭剛才的身手，實在太令人驚駭。

她行動中穿插超高速移動與短距離傳送，躲掉來自全方位的每一發攻擊。同時竟然還能與瓦爾基麗略勝一籌地鬥劍。

這就是獸人？看起來像是血氣方剛的魯莽猛攻，背後卻有著冷血的狩獵本能在觀察對手。在思考如何才能殺得死瓦爾基麗，冷靜思考要用什麼方法擊殺獵物。

而且還不是基於理性而是出於本能，實在可怕。

我彷彿從中一窺了獸人族的強悍。

實際上，芙蘭於交戰過程中，也一直在引誘對手輕忽大意。

她以毫釐之差閃避瓦爾基麗的攻擊，故意受到擦傷。藉此讓對手以為她已竭盡全力，再也無法擠出更大的力量。

即使像這樣渾身負傷，芙蘭仍在悄悄蓄積力量。不讓瓦爾基麗察覺，不為人知地緩慢進行。

最後，就在芙蘭僅稍稍加快速度，使得瓦爾基麗的動作被打亂的瞬間。

真的就只有一瞬間的破綻。

芙蘭沒錯失這個機會。

「劍王技・天斷！」

施展的是才剛學會的劍王技。

這是舉至上段，一劍劈下的袈裟斬。

意想不到的是，劍王技就只有這麼一招。但反過來說，大概就是一招足矣吧。

速度與威力都勝過空氣拔刀術。而且似乎還附加了時間加速效果。

不過不是時空魔術，似乎是讓使用者暫時發揮所謂的潛能，使得反應速度異常上升而產生的現象。

我好像是初次理解何謂斬裂空氣的感覺。這一刀就是如此犀利。

沒做強化或附加技能就已經這等厲害。

光是直接施展劍王技，就犀利到令我打個寒噤。

我敢肯定，這記攻擊絕對能殺敵。

我能感覺到瓦爾基麗身旁的杜拉漢只有視線轉過來。他的手臂抖動了一下，大概是想做點什麼好保護瓦爾基麗吧。但是我們速度過快，讓他完全反應不及。

劍刃已經滑進瓦爾基麗的肩頭，砍斷她的鎖骨，即將深達心臟。

快到即使是經過延長的思考，也追趕不及。

「呃啊……！」

我就這樣把瓦爾基麗的心臟劈成了兩半。

然後維持速度，順勢砍開她的身軀。我確實感覺到自己砍中了魔石。這我敢肯定，可是……

不知為何，我無法吸收這顆魔石。

這是怎麼回事？

經過瞬間產生的疑問，我們眼前發生了令人無法置信的光景。

「！」

『豈有此理！』

想不到分明已被我們砍死的瓦爾基麗，屍體的傷口竟在瞬間獲得修復。

瓦爾基麗沒有瞬間再生技能。再怎麼離譜，我都不認為她身體連同心臟被劈成兩半，還能像這樣恢復原狀。可是，無庸置疑地，這種令人難以置信的現象就在我們眼前發生。

同時，兩隻待在幾公尺外位置的米諾陶洛斯．黑暗聖騎士，身上噴出了鮮血。數值可觀的魔力流進我的體內。看來我吸收到的不是瓦爾基麗的魔石，而是那些米諾陶洛斯的魔石。

『我懂了！是剛才擋過阿澄雷神的那種謎樣傷害轉移能力！』

看來不只是杜拉漢，瓦爾基麗也會用同一招。這到底是什麼詭計？

「哼、哼哈哈哈。竟然會使劍王技！有、有一套！真是嚇破了我的膽！我說真的——！」

瓦爾基麗一邊與我們拉開距離，一邊竟然還笑得出來！不過，就像她所說的，臉上確實看得出懼色。不知是不是因為真的險些送命，恐懼反應比被阿澄雷神嚇到時更為明顯。

但是，那又怎樣？得到千載難逢的機會，卻只讓對方受到小驚嚇？混帳王八蛋！雖然打倒了米諾陶洛斯．黑暗聖騎士，但根本就划不來！

杜拉漢也後退保護瓦爾基麗，邪人們一齊出手攻擊芙蘭。

『這下要是被拉開距離，她又要慢慢用箭射死我們了！』

「給我讓開——！」

「嗝嘎嘎！」

「啾啾嘰啊！」

即使承受芙蘭的威懾，邪人們依然不失秩序。為了保護瓦爾基麗的性命，牠們圍成人牆阻擋我們。

時間仍在分分秒秒流失。

「啊啊啊啊！」

＊

遠離芙蘭與瓦爾基麗展開生死鬥的地方，在南方的森林地帶當中……

此處同樣也在上演激烈戰鬥。

「嘎嚕嚕嚕！」

「這隻臭狗！竟敢擋我的路！」

由惡魔率領的百名以上邪人軍隊，正與一頭狼僵持不下。

不，這些邪人早已潰不成軍。的確，戰鬥開始時多達一百人的兵力，如今只剩不到五十。

相較之下，漆黑野狼也並非毫髮無傷。

這些邪人並不是只會坐以待斃。牠們抱持著同歸於盡的意志，打傷了這頭狼。野狼以寡擊眾蹂躪邪人們，卻也弄得自己滿身是傷。

雙方的戰鬥，只能以慘烈來形容。

多數邪人全副武裝，一眼就能看出絕非普通小卒。事實上，牠們當中也的確有很多人會用魔術，運用與人類軍隊無異的陣形進行戰鬥。儘管犧牲人數已經多到部隊半毀，依然不減的士氣證明了邪人們確實受過嚴格訓練。怎麼想都不是巨型哥布林或高等半獸人這種粗暴急躁的種族該有的模樣。

而與這些不尋常的邪人打得不分上下的野狼，也不是普通的魔獸。

其名為黑暗野狼。明眼人一看，就會知道這頭狼是高級魔獸。而且這頭狼還是所謂的特殊個體，是同種族內萬中選一的強悍存在。

牠在影子之中穿梭來回，運用暗黑魔術與尖牙利爪，接連屠殺邪人們。

「再這樣下去，繆蕾莉亞大人賦予我的使命就……」

惡魔咬牙切齒地喃喃自語。大概是真的被逼急了，他全身發出怒氣，往周圍散播連自己也無法抑制的漆黑魔力。

「邪人們！壓制住那隻畜生！不行就拿命去擋！」

「嘎嘎！」

惡魔下達殘忍的命令。然而，邪人們一聽命令立刻照辦。

「嘎喔喔喔！」

「嘰嘎！」

想不到竟有幾隻邪人捨身撲向野狼，其他人則開始攻擊野狼，連那些邪人也一起打。

邪人軍隊看起來，並未效忠於惡魔或是對他抱持恐懼。可是，邪人們卻完全服從他的命令。大概這就表示惡魔的主人——那個叫繆蕾莉亞的人支配能力確實夠強吧。邪人本性自私自利，本來只是一群慾望與破壞的化身，那人的支配卻強大到能使其變成如此紀律嚴明的軍隊。

「咕嚕……嘎啊啊啊啊！」

即使如此，野狼比起牠們依然強悍。即便被多個邪人死抓不放，仍然強行突破了包圍。之後牠也未曾減緩攻勢，不斷減少邪人的數量。化為死士的邪人們，抱持著同歸於盡的決心打得野狼傷痕累累，但野狼還是沒有罷手。

任由大量鮮血潑灑滿地，繼續勇猛奮戰。

這頭狼為什麼不逃走？憑著牠壓倒性的速度，區區邪人軍隊隨便都能擺脫才是。這頭魔狼有理由待在這裡燃燒生命戰鬥嗎？為了守護地盤？出於高等魔獸的驕傲？被這些本來只當成食物的

邪人反擊，惹火牠了？

這些理由都不對。

「可惡啊！我還急著去攻陷那座都市啊！」

「咕嚕嚕嚕嚕！」

漆黑魔狼與惡魔。巧的是兩者視線共同朝向的方向，正是牠持續戰鬥的理由。

古林格特。

那是眾多獸人居住的都市，也是受到野狼之主庇護的人們避難之處。

野狼——小漆無論發生什麼事，都必須守住那座都市。沒有人命令牠這麼做，也沒有人強迫牠戰鬥。牠是為了守護主人們的笑容，憑著自我意志鎮守此處。

劍主人與小主人。他們想守護的事物，牠也要一起守護。這對小漆而言，是值得賭上性命的理由。

大概是明白到再這樣下去，永遠無法突破小漆這一關吧。

惡魔露出了做好最壞打算的神情。

「……臭小狗！你該感到榮幸！本大爺要使出殺招收拾掉你！」

惡魔散放的魔力不斷增強。但是，大概是對身體的傷害太大了。惡魔的臉孔也急速變得憔悴，生命力以異常的速度急遽減少。

他把生命力變換成了魔力。

「咕嚕嚕……」

可能是感覺到其中的危險性了，小漆發出充滿戒心的低吼聲。

「邪人們，使出那招！」

「咕嚕？」

惡魔一下令的瞬間，狀況發生了。沒想到小漆周圍的邪人們，竟發出漆黑閃光，引發了大爆炸。牠們使出了殺招，也就是自爆技能。

每一發自爆，恐怕都具有炸飛小間民宅的威力。

小漆再怎麼厲害，即使明知道這是惡魔的計謀，也不得不採取防禦行動。

「吃我這招——！邪惡之楔！」

惡魔將殘餘力量全部化為推進力，一口氣加速。速度快到連飛燕也黯然失色。

「得手啦啊啊！」

惡魔主動衝進仍然熾熱燃燒的爆炸火海。然後，無懼於全身燒得皮焦肉爛，把右臂捶進了小漆身上。

小漆再怎麼厲害，也不可能躲得過這記攻擊。

「去死吧！」

匯聚全身魔力與邪氣的病邪之爪，刺進小漆的臉孔。惡魔的身形大小與人類無異，乍看之下似乎不能給予體型龐大的小漆多大傷害。

「啊嗚嗚嗚嗚！」

但是，這樣想就錯了。

小漆令聽者心痛的哀嚎響徹四下。

邪氣與詛咒相結合的惡魔攻擊，並不只是扣血就結束了。它還能夠形成詛咒侵蝕對手的身體，持續造成劇痛直到對象嚥氣為止，是脫離正道的邪法。

換成一個正常人，使用這種邪術時絕對會心生遲疑。不過惡魔是不可能會有所遲疑的。

邪氣覆蓋小漆全身，急速奪走其生命力。

不管誰來看，都知道小漆陷入了險境。

繼續這樣戰鬥下去，將有生命危險。小漆自己應該也很清楚。

小漆當場站定不動──接著全力襲向惡魔。

「呃啊啊！這隻畜生！都到這節骨眼了……！你不要命了嗎！」

「嘎啊啊啊啊啊！」

假如現在選擇逃走，安靜養傷的話或許能撿回一命。然而，小漆沒有做這個選擇。

如果自己現在逃跑，惡魔就無人能擋了。那表示古林格特將會淪陷。

既然如此，自己就算會因此喪命也要除掉惡魔。這是小漆的判斷。

「嘎嚕嚕哦哦喔喔喔！」

小漆的巨顎，咬住惡魔的身軀。

「可惡啊……！但是，詛咒已經深入你的體內……你完了……」

被小漆的獠牙咬碎身軀，惡魔全身喪失力氣。

「可惡……」

「咕嚕……」

惡魔臨死的最後一句話，並不是謊言。

小漆的四肢慢慢失去力氣，當場膝蓋一彎癱坐在地。恐怕是連站穩的力氣都沒了。

雖然沒有當場死亡，但周圍還有其他邪人。小漆注定得死在這裡。

牠的臉上，浮現不甘心的表情。難道是輸給惡魔而心有不甘？

不，小漆腦中浮現的，是牠最喜歡的兩位主人的容顏。今後自己再也無法幫上他們的忙，這讓小漆感到懊惱不已。

小漆恐怕已經半盲了。兩眼已經失焦，視線仰望著空無一物的空間。

邪人們步步進逼，打算給這樣的小漆最後一擊，但小漆已經無力抵抗，只能等死——本來應該是這樣的。

「不准用髒手碰牠！你們這群邪人！」

「嘎嘎喔喔！」

「唧咿咿咿！」

若不是來了一人驅散邪人，救出小漆的話。

「小漆！你真是英勇！多虧有你，古林格特得救了！真佩服你能打贏！」

「咕……嚕……」

「等等，我現在就幫你治好！」

小漆恐怕根本看不見這個撫摸自己的鼻尖，往自己身上灑藥水的人。不過，小漆是野狼魔獸。縱然瀕臨死亡，鼻子也具有遠遠超越人類的嗅覺。

大概即使目不能視，一樣認出了這人是誰吧。

「剩下的就交給我吧。」

「嗷呼……」

小漆露出由衷如釋重負的表情，昏了過去。

「沒想到這麼快就有機會斬殺邪人……真是走運。好了，邪人們，成為我的力量來源吧。」

＊

芙蘭與邪人們的戰鬥，呈現出與剛才截然不同的情勢。

一邊是急著殲滅這些傢伙去解救難民的芙蘭，一邊則是阻撓她的瓦爾基麗等人。

「讓開！」

「嘎嘎！」

「啾啊！」

獲得劍神祝福的芙蘭，快刀宰殺邪人們的同時，一直線衝向瓦爾基麗。如今芙蘭併用傳送與閃華迅雷發揮的速度，就連瓦爾基麗等人也望塵莫及，芙蘭好幾次已經逼近他們眼前。

然而，芙蘭的攻擊難免容易變成偏重威力的大動作揮劍，有越來越多時候被杜拉漢擋下。而當杜拉漢挺身抵擋芙蘭的攻擊時，瓦爾基麗又會大幅拉開距離。

這使得芙蘭更加心急如焚。而且勉強攻擊形成的破綻，也成了瓦爾基麗趁虛而入的良機。雖然招招躲過要害，但中彈率明顯升高。

「唔嗚嗚！可惡！」

『芙蘭，冷靜點！』

（對不起……可是！）

只可惜對方有傷害轉移能力，不然就能速戰速決了……

我們到現在還沒完全解開箇中玄妙。其實我有猜出個大概。那兩個傢伙讓部下代為受傷的神祕現象，我猜應該是盾技技巧。

我用鑑定並未發現類似效果的道具，也沒有可能作為替身或轉移之用的技能。既然如此，那就八成是稱號或武技的效果。假如是事前用魔術等方式附加效果，應該會顯示為特殊狀態才對。

這樣一來，最可疑的就是盾技與盾聖技。至今承受傷害的米諾陶洛斯・黑暗聖騎士擁有盾聖技，高等半獸人・盾兵則是擁有盾技。既然是盾系能力，含有挺身保護同伴或代為受傷的技能也不奇怪。

事實上，此時代替杜拉漢承受致命傷而殞命的米諾陶洛斯・高等劍客與高等半獸人・戰士，也都擁有盾技。

只是，假設被我猜對了，那麼可以預料這會是一場相當艱困的硬戰。因為剩下的邪人有大約一半都擁有盾技。雖不知道等級要到多少才能使用傷害轉移技能，但假如剩下的所有敵人都會用呢？那不知道還要成功攻擊幾十次才行。

如果能用一般劍技的傷害同時殺死幾十隻的話還另當別論，無奈只會有一兩隻代受傷害死掉就結束了。

我也想過可以先殲滅邪人，但瓦爾基麗與杜拉漢不讓我們如願。那兩個傢伙從不錯過我們目光偏離的瞬間，總是用沉重的攻擊痛打我們。

真的已經被逼入絕境了。如今就算全力持續使用技能與魔術，生命力也逐漸來不及回復。但是，一旦解除閃華迅雷，力量平衡必然一口氣崩潰。就算要硬撐，也只能持續使用。

但是可恨的是，瓦爾基麗的攻擊愈加狠戾。想不到她為了攻擊芙蘭，現在竟然狠到連杜拉漢一起打。可是，杜拉漢受的傷有其他邪人代為背負。只有被大爆炸箭矢炸飛的芙蘭一個人受傷。

望著芙蘭即刻站起來擺好架式，瓦爾基麗神情愉快。

「啊哈哈哈哈！瞧妳急的！妳像這樣苦戰的期間，說不定妳的同族也正在遭到殺害呢。」

『芙蘭，她是在挑釁！不要理她！』

「……唔。」

芙蘭面帶憤怒表情瞪著瓦爾基麗，咬緊的牙關都擠出摩擦聲了。再這樣下去難保芙蘭不會失控。

不得已了。

事到如今，只能使出殺招了。也就是技能掠奪。我要用它來搶那兩個傢伙的技能。

之所以猶豫到現在沒用，是因為我無法決定要搶哪項技能。瓦爾基麗與杜拉漢基本能力都很強，技能也取得平衡。坦白講，沒有哪項技能搶了就能讓他們失去戰力。

但如果還是要舉出候補選項的話，就是瓦爾基麗的弓聖技，或是杜拉漢的盾聖技。就算不能藉此剝奪戰鬥能力，至少能大幅削弱戰力吧。然後就趁他們技能被搶陷入混亂時，迅速決勝負。假如傷害有邪人代為承受，不斷攻擊到讓邪人承受不住就好。

『問題是要搶哪一邊的技能……』

我正準備跟芙蘭商量要選哪一邊時，事情發生了。

「看招看招看招看招！」

「唔……啊嗚！」

糟了，芙蘭中了那傢伙的挑釁導致動作變得草率，被趁虛而入了！

而且傳送位置還被猜中？是芙蘭的隱密被打亂了嗎！

「唔啊！噫！」

芙蘭的右腿爆開彈飛，左側腹被挖掉一大塊。雖然即刻進行再生，但腿部再次斷開，手臂也被打得骨折。看來對手已經完全忽視魔力效率，要取芙蘭的性命了！

『芙蘭！再生不要中斷！』

「唔嗚嗚……！」

芙蘭的身手顯而易見地開始變得遲鈍。

鬥志沒有喪失。豈止如此，對瓦爾基麗的殺意還更甚以往。

但是持續失血，加上長時間忍受劇痛，卻對幼小的身體造成了超乎自己想像的負擔。即使精神尚未屈服，肉體卻即將迎來極限。

「啊啊啊啊啊！」

『糟了！芙蘭，冷靜下來！』

一瞬間，芙蘭差點要不顧一切地衝殺向前。如果對手是小嘍囉的話無所謂，但對付瓦爾基麗不能這樣搞！

不只是肉體，精神層面也已瀕臨極限。

怎麼辦？現在是否該使用傳送離開戰場，先去收拾別動隊？

不行。如果這時候放過瓦爾基麗，就等於放任一支無從捕捉且行軍速度極快的軍隊在獸人國內亂跑。就連古林格特都不可能平安度過這一關。

就在我開始煩惱是否該把剩餘點數全花在可能有用的技能上，索性賭一把的時候……

（師父，有東西接近！）

『對，我也感覺到了！』

從西南方位，有某個身懷高強魔力的存在正在高速逼近。其速度恐怕比小漆的全速奔馳還快。是敵人的援軍嗎？但它是來自西南方，而不是北方。

我觀察一下瓦爾基麗等人的反應，看到他們捕捉到這股魔力，似乎也心生動搖。看來不是瓦爾基麗等人的增援。

「要來了！」

『是上面！』

就在雙方各自停火提高戒備時，那東西自蒼空飄降而來了。

「咕哦哦哦哦哦喔喔喔！」

「飛龍……不對，是正統龍族？」

正如瓦爾基麗的低喃，那是一隻長有紅鱗的龍。

大小來說身體長逾兩公尺，翼長約莫七八公尺吧。

紅龍在空中強而有力地振翅，睥睨戰場。那雙金瞳之銳利，彷彿正在尋找獵物。

光是聽到一開始的咆哮，魔獸們已經嚇得縮成一團。邪人們吵嚷起來，停止了動作。

但厲害的是牠們隨即恢復理智，擺出看起來像是對空用的陣形。

儘管以龍來說是小型個體，論能力值威脅度卻至少有C。但是，其存在感更是強烈。有種超乎威脅度之上，令人無法忽視的特質。真不愧是龍族，體型小卻不失風範。

然而，我與芙蘭對那隻龍都沒有抱持過度的戒心。芙蘭甚至還面露笑容。這是因為——

「林德！燒光牠們！」

「咕哦哦哦哦喔喔！」

對著邪人噴火的紅龍，騎在牠背上的那號人物我們有印象。

白色的極短髮，與白皙的肌膚。俯瞰著我們的深紅眼眸，彷彿具體呈現了深藏於心的激情。

「芙蘭，妳好像打得很辛苦嘛！需要援軍嗎？」

「米亞！」

來者正是我們在蠍獅森林邂逅的神祕少女米亞。

終章

一隻紅龍突然出現在戰場上。

背上騎著一名我們認識的少女。

正是在蠍獅森林邂逅的美少女米亞。她還是一樣面帶充滿自信的表情，自上空俯視戰場。

隨從克伊娜也跟著她。而她騎乘的紅龍名為林德，是米亞的魔獸武器之中寄宿的魔龍之名。

「林德！再給牠們來一發！」

「咕哦哦喔喔喔！」

林德聽了米亞的命令，大大張嘴吐出了深紅火焰。火焰延燒至廣大範圍，同時讓二十幾隻邪人與魔獸身陷火海。

我看到瓦爾基麗見狀拉緊了弓。瞄準的是林德。林德對邪人們構成了威脅又容易瞄準，她大概想先把牠射落吧。

「師父！」

『不用擔心。』

瓦爾基麗與芙蘭好像都沒察覺，但我已有所確信。那枝箭絕對射不到牠。

「枉費你們這麼大陣仗登場，但是很遺憾！你們要退場了！」

瓦爾基麗一邊這樣吼叫一邊放箭。照那飛行方向鐵定會射中林德的身上。瓦爾基麗認為勝券在握，露出得意的笑臉。

然而，那枝箭卻穿透林德，飛往完全錯誤的方向。

瓦爾基麗與芙蘭面露吃驚的表情。

「這、這怎麼搞的……！」

（幻影？）

『沒錯。是幻像魔術，而且用得超級巧妙。』

我們也被這種魔術害得很慘過，但這次的幻像比之前那個更精緻。

米亞的幻像面露耀武揚威的表情，叫道：

「芙蘭！我來助妳一臂之力！」

「米亞！別管我，去阻止邪人的別動隊！」

對於米亞所言，芙蘭如此懇求。從芙蘭平常的態度，難以想像她會發出如此悲痛的吶喊。但米亞對這句話一笑置之。

「哈哈哈！放心吧！妳說的別動隊，就是自東西兩方南下的那兩支部隊吧？其中一隊已經被我殲滅！人數更多的另一支部隊，也已經有本小姐以外的人去應付！」

「真的？」

「唔嗯，儘管放心吧！西邊那些邪人也全成了本小姐的經驗值啦！讓我大大升級了一番呢。林德也是，妳看，變得這麼大一隻了！」

「咕喔喔喔喔喔！」

「而且我與古林格特的領主談過，讓他派護衛部隊去保護難民了。想必很快就能跟古林格特的部隊會合！」

聽到米亞這麼說，芙蘭表情如釋重負地大呼一口氣。我沒來得及發動謊言真理，但我也認為米亞沒說謊。她的言詞有種不可思議的說服力。應該說是一種讓人安心的力量嗎？只要米亞說沒事，就會讓人相信真的沒事。

瓦爾基麗則是正好相反，表情失去了從容。看來她也明白米亞沒在說謊。

「怎麼可能……繆蕾莉亞大人賜予的邪人大軍居然被擊敗了……？西行部隊可是有杜拉漢與惡魔跟著。特別是杜拉漢，應該是相當強悍的個體才對！」

「的確是有沒錯。他相當厲害，但看來還是抵擋不了我們兩人的聯手攻擊喔。」

「兩人聯手？」

瓦爾基麗疑惑地瞇起眼睛。

「對，沒錯。就是我們倆。」

米亞說著露出大膽無畏的微笑，我發現某人的身影不知不覺間已從她背後消失。剛才明明還跟她一同騎乘林德，現在跑哪裡去了？

「這樣好嗎，女武神？妳這樣缺乏防備——」

米亞話都還沒說完，事情就發生了。

「嗚呃啊啊啊啊啊！」

瓦爾基麗突然發出了尖叫。

痛得齜牙咧嘴扭動身子的瓦爾基麗，急忙跳離原位。

不知不覺間有一名人物，湊近到瓦爾基麗的身旁。意想不到的是，那人竟用貫手刺穿了瓦爾基麗的胸脯。

雖然本來就覺得她有本事，沒想到竟然這麼厲害……

「小女子是米亞大小姐的侍女克伊娜，請多指教。不過話說回來，心臟都被破壞了居然還能全身而退，真是怪了。」

正是侍奉米亞的暗殺女僕克伊娜。

她是什麼時候暗中逼近的？我們沒有一個人察覺到耶。不過，我知道她做了什麼，想必是結合了幻像魔術與固有技能夢幻陣吧。林德與米亞的幻像，也是克伊娜塑造出來的。

這種幻像，讓克伊娜這樣的高手來有效運用，首次碰上時是不可能看穿的。堪稱無懈可擊的初見殺。

但是，這次算她遇錯對手了。

我看得出來克伊娜的魔力扣了一堆。雖然神色自若，但原本應該是想一擊收拾對手吧。這招被破解竟然還能保持冷靜，果然厲害。

不，等一下。上次遇到時她也是神情冷靜，內心卻大吃一驚。這次會不會也只是我看不出來，其實心裡急得很？

「呼哈哈！不愧是克伊娜！一點都沒在著急！妳雖然平常愛嘮叨，上了戰場卻很可靠！」

看來是真的冷靜如常。哇——我完全不會分辨耶。克伊娜即使身處這種狀況仍然對瓦爾基麗優雅地行過一禮，然後重新拉開距離。

「該死！竟然走到這一步還有這種人來攪局！」

「呼哈哈哈，讓妳失望了！不過，妳打傷了本小姐的勁敵，這筆帳必須算清楚！」

「畢竟她可能是大小姐的唯一一個朋友嘛。」

「把唯一拿掉！而且她不是本小姐的朋友！是勁敵！」

「這麼愛逞強……雖說大小姐對於自己最喜歡的黑色被芙蘭小姐捷足先登冠為綽號，心裡五味雜陳也不是不能諒解就是。」

「不要全部解釋一遍！可是，她竟然叫做黑雷姬耶？不覺得太奸詐了嗎！」

「大小姐再怎麼努力，頂多也只會落個白焰姬、狂獸（白）或是白色潑猴之類的綽號罷了。」

「……這些綽號算是讚美嗎？妳是不是在損我？」

「非常抱歉，一不小心就說出真心話了。」

「好歹找一下藉口啦！好吧，也罷。總而言之，只有我可以贏過我的勁敵芙蘭！妳這礙事的東西就由本小姐拿出真本事打垮吧！」

「個性就是這麼彆扭。」

「要、要妳囉嗦！總而言之，我要上了！」

米亞如此大喊，就從林德身上一躍而下。

特別獻稿

水池插曲

原案／棚架ユウ
漫畫／丸山朝ヲ

像這種大熱天的時候…
如果在我的世界，就可以買泳裝給妳，帶妳去游泳池了。
游…？泳裝？
ワー
キャッ
キャッ

是啊。游泳池就是人工的大水池，
泳裝可以說是下水用的服裝吧…
是喔。
キャー…
ザバザバ

或者更微型的…
不，太不像話了！
我不准！
我看還是這種的才對，
小朋友就該穿安心、安定的
死庫水！也適合她的體型…
1-A
芙蘭
バシャ
嗚哇…!?
怎麼了…!?
而且好像還
把我當成笨蛋
亂開玩笑。
師父又在
亂妄想了。
盯——
ドキッ
不…我哪敢…
バシャ
バシャ
我…
我沒有啊。
你騙人。
感覺很不爽。
夠了啦，不要
再潑我水了…
哇——
バシャバシャ
バシャバシャバシャバシャ
某個和平日子的
午後小插曲。
END

異世界悠閒農家 1~15 待續

作者：內藤騎之介　插畫：やすも

密探們帶來的麻煩將大樹村捲入其中……！
「夏沙多市」附近發生大爆炸！

與魔王國之間的經濟能力和軍事力量持續拉開距離，導致人類國家陷入焦慮，相繼派出密探前往魔王國。然而入侵魔王國的密探們陸續在各地引發問題，甚至在「五號村」大鬧！村長因為拉麵問題被找去「五號村」！總而言之，在海的另一端對拉麵呼喊愛！

各 **NT$280~300/HK$90~100**

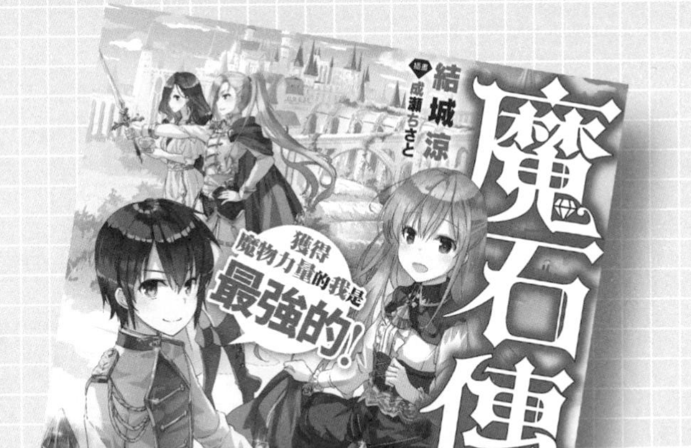

魔石傳記 **獲得魔物力量的我是最強的！ 1待續**

Kadokawa Fantastic Novels

作者：結城涼　插畫：成瀬ちさと

被積極的未婚妻和冒失女騎士簇擁，
少年開啟為了成為「王」的新生活！

多虧女神轉生成貴族！本該是一帆風順——但得到的技能實在太不起眼，只能過著在家中被瞧不起的日子……然而某日得知自己能使用技能吞噬魔物的魔石並吸收其能力，以及自己是鄰國王族這一事實！最後甚至還將傳說中的魔物杜拉罕的能力收為己有！

NT$250／HK$83

靠死亡遊戲混飯吃。 1 待續

作者：鵜飼有志　插畫：ねこめたる

第18屆MF文庫J輕小說新人賞優秀賞作品
一窺美少女們荷槍實彈的死亡遊戲殊死戰！

醒來以後，發現自己人在陌生的洋樓，身上穿著不知何時換上的女僕裝，而有同樣遭遇的少女還有五人。「遊戲」開始了，我們必須逃出這個充滿殺人陷阱的洋樓「GHOST　HOUSE」。涉入死亡遊戲的事實，使少女們面色凝重——除了我以外……

NT$240/HK$80

龍姬布倫希爾德

作者：東崎惟子　插畫：あおあそ

布倫希爾德物語第二部揭幕！
人們時而輕蔑時而畏懼，並稱她為「龍姬」。

小國諾威爾蘭特遭受邪龍的威脅，因此與神龍締結契約，在其庇護之下繁榮。名為布倫希爾德的少女誕生在國內唯一理解龍之語言的「龍巫女」家族，與母親及祖母同樣侍奉著神龍。其職責是清掃龍的神殿、聆聽龍的言語，並獻上貢品表達感謝——每月七人。

NT$240/HK$73

國家圖書館出版品預行編目資料

轉生就是劍/棚架ユウ作；可倫譯. -- 初版. -- 臺北市：臺灣角川股份有限公司, 2024.02-
冊；　公分. -- (Kadokawa fantastic novels)
譯自：転生したら剣でした
ISBN 978-626-378-606-6(第8冊：平裝)

861.57　　112021369

Kadokawa
Fantastic
Novels

轉生就是劍 8

（原著名：転生したら剣でした 8）

２０２４年２月26日　初版第１刷發行

作　　者：棚架ユウ
插　　畫：るろお
譯　　者：可倫

發 行 人：台灣角川股份有限公司
總　　監：呂慧君
總 編 輯：蔡佩芬
副總編輯：朱哲成
主　　編：林秀儒
設計指導：陳晞叡
美術設計：莊捷寧
印　　務：李明修（主任）、張加恩（主任）、張凱棋

發 行 所：台灣角川股份有限公司
地　　址：１０４台北市中山區松江路２２３號３樓
電　　話：（02）2515-3000
傳　　真：（02）2515-0033
網　　址：www.kadokawa.com.tw
劃撥帳戶：台灣角川股份有限公司
劃撥帳號：19487412
法律顧問：有澤法律事務所
製　　版：巨茂科技印刷有限公司
ＩＳＢＮ：978-626-378-606-6